Marion Reichert *Eisenhans' Tochter*

Eisenhans'

Marion Reichert

Tochter

Roman

CONTE
VERLAG

Für Désirée, Natalie und Patrick.

Bibliografische Information der Deutschen Bibliothek
Die Deutsche Bibliothek verzeichnet diese Publikation in der
Deutschen Nationalbibliografie; detaillierte bibliografische
Daten sind im Internet über http://dnb.d-nb.de abrufbar.

ISBN 978-3-936950-97-7

© Marion Reichert
© CONTE Verlag, 2009
Am Ludwigsberg 80-84
66113 Saarbrücken
Tel: (06 81) 4 16 24-28
Fax: (06 81) 4 16 24-44
E-Mail: info@conte-verlag.de
Verlagsinformationen im Internet unter www.conte-verlag.de

Lektorat: Stefan Lauer
Umschlag und Satz: Markus Dawo
Druck und Bindung: PRISMA Verlagsdruckerei GmbH, Saarbrücken

1

DER BUS FUHR ÜBER LAND und bahnte sich seinen Weg durch den strömenden Regen, der, angetrieben von heftigen Böen, in Kaskaden gegen die große Windschutzscheibe schlug. Die Scheibenwischer schoben das Wasser von einer Seite zur anderen. Ohne Unterlass und ganz umsonst, wie Sara fand. Selbst die hohen Pappeln am Straßenrand verloren ihre Konturen und gingen auf im Fließen.

Der Busfahrer hatte kaum Sicht und doch war er blendend guter Laune. Er vertraute seiner Erfahrung, denn er fuhr die Strecke jeden Tag. Heute allerdings langsamer als sonst.

Er warf einen kurzen Blick nach hinten in den Bus. Alle Gäste waren bester Stimmung. Er nickte Sara freundlich zu. In ihrem schmalen Gesicht lagen ein stiller Ernst und ein Anflug von Melancholie, die ihrem Äußeren eine frühe Reife verliehen. Ihre Hand presste ein kleines Fläschchen, bis ihre Knöchel weiß hervortraten. Es war mit einer durchsichtigen grünen Flüssigkeit gefüllt. Sein Blick fiel auf den kleinen roten Koffer neben ihr. »Heute mal nicht zur Schule?« Sara nickte. Trotz ihrer Aufregung freute sie sich über seine Aufmerksamkeit, zumal sie heute Geburtstag hatte. Ihren zwölften. Sie war auf dem Weg nach Saarbrücken zu ihrem Freund Notre Goethe, der heute zum Schlachthof sollte. Das wollte sie um jeden Preis verhindern.

Eine kräftige Böe drückte den Bus auf die Gegenspur. Doch keiner der Gäste ängstigte sich. Seit Wochen hatten sie alle auf den großen Regen gehofft. Und nun kam er in wahren Sturzbächen und setzte das ausgetrocknete Land unter Wasser. Die Erde war nicht in der Lage, so große Mengen auf einmal aufzunehmen. Saar und Blies traten über die Ufer. Das Wasser ergoss sich über jede Unebenheit des Bodens und füllte kleine und große Senken auf Straßen und Feldern zu Seen und Flüssen auf. Wie ein Schiff musste sich der Bus seinen Weg bahnen.

Während das Fläschchen von ihrer linken in die rechte Hand wanderte, lauschte Sara dem wilden Trommeln des Regens auf dem Busdach. Es erinnerte sie an die Buchstabenschweine. Sie hatten in der größten Hitze einen fulminanten Regentanz aufgeführt, der genau so geklungen hatte. Das fröhlich-turbulente Treiben der Sechsundzwanzig hatte Sara ein zaghaftes Lächeln abgerungen. Immerhin. Nach Wochen der Trauer und Verinnerlichung. Nur Regen hatten sie keinen gebracht. Das Land war braun von der Sonne, die unbarmherzig auf Natur und Mensch nieder brannte. Eine allgemeine Lähmung hatte sich breit gemacht.

Die Schere ihrer Mutter Lore sprang nicht mehr behände über die Köpfe ihrer Kunden wie zuvor, sondern arbeitete sich mühsam von Strähne zu Strähne. Ein magisches Ding, das einen Teil seiner Wirksamkeit einbüßte. Selbst Lores Chef, Herrn Harrer, blieb sein Lieblingswort »Volumina« im trockenen Hals stecken, während er nahezu vergeblich versuchte, das Haar seiner Kundinnen kunstvoll aufzubauschen, wie es die Mode vorsah. Sogar der Dorfpriester ließ die heilige Monstranz fallen, die Sara schon längst in ihr Kompendium magischer Dinge und Worte aufgenommen hatte.

Damals bei Tante Elisabeth hatte Sara das meiste darüber gelernt. Über den Zauber, der in den Dingen lag, der die Menschen immer größer erscheinen ließ, als sie waren. Und über den Zauber der Worte, die eine noch größere Wirkung entfalten konnten. Unter ihnen kam dem Namen eine ganz besondere Wirksamkeit zu. Ihre Freundin Rotze war ein Beispiel im Guten und der Hund Leo, der vorher einen Namen trug, den Sara nicht aussprechen durfte, im Schlechten.

Sara schaute in die regenverhangene Landschaft. Nervös rollte sie die Flasche mit dem grünen Wasser zwischen ihren Händen hin und her. Sie versuchte zu erkennen, wo sie waren. Vielleicht Hanweiler. Da hatte sie gewohnt. Vor Jahren. Und dort war sie auch in den Brunnen gestürzt.

Der Fahrer manövrierte den Bus sicher durch die überfluteten Straßen in Kleinblittersdorf. Hier wohnte Tante Helga, bei der sie einige Monate zugebracht hatte. Der Regenvorhang öffnete sich ein wenig, und Sara konnte durch die beschlagenen Scheiben einen Trauerzug ausmachen. Sechs schwarz gekleidete Männer trugen einen Sarg, gefolgt von dem grauen Schweif der Trauergemeinde. Niemand benutzte einen Schirm, und niemand schien traurig zu sein. »Das muss am Regen liegen«, dachte Sara, für die Beerdigungen nichts Neues waren.

Sara fiel Großvater ein und eine Welle der Wärme und des Stolzes fegte für kurze Zeit ihre Angst zu spät zu kommen beiseite. Großvater, der König. Das hatte Sara schon beim ersten Sehen erkannt. Er machte seinem Namen alle Ehre. Aber selbst er kam nicht ohne magische Dinge aus. Sara sah vor ihrem geistigen Auge Großvaters Zeigefinger, der sich belehrend hin und her bewegte, während er von Gott und der Welt berichtete. Niemand sonst in ihrer großen Familie, kein Lehrer, kein Priester konnte Worte so wahrhaftig, bedeutsam und gewandt äußern. Großvater, der König, war unerreichbar, und er würde es immer bleiben.

Er hatte ihr über Goethe erzählt, und wie er von den Franzosen als einen der ihren gesehen wurde. *Notre Goethe* sagten sie zu einem deutschen Dichter. Der Gedanke, dass Ideen und Dichtung nicht nur einem Volk, sondern der ganzen Welt gehörten, hatte Sara sehr beeindruckt. Deshalb hatte sie das mächtige, namenlose Brauereiross kurzerhand Notre Goethe getauft, und deshalb fühlte sie sich jetzt verantwortlich für ihn. »Hoffentlich komme ich zeitig. Hoffentlich erwischt mich niemand«, dachte sie mit Schaudern, während sie auf das rasche Kreuzen und Queren der Regentropfen starrte. Für einen Moment sank ihr Blick nach innen. Sie fragte sich zum ersten Mal, wer sie, Sara, eigentlich sei, und warum sie

Notre Goethe unbedingt retten musste. Doch ihre Antworten erschienen ihr oberflächlich. »Du bist eine Prinzessin.« Das jedenfalls hätte Großvater, der König, gesagt und dabei beide Fragen auf einmal beantwortet.

2

ES BEGANN AN EINEM DENKWÜRDIGEN ABEND. Saras leiblicher Opa verbat der siebzehnjährigen Lore mit ihrem neuen Freund Peter auszugehen. »Er ist ein Rowdy, ein Rocker, die ganze Familie ist … die mit ihrer dämlichen Schnapsbrennerei, sein Vater ist vom vielen Fusel schon debil und Peter säuft wie ein Loch«, lallte Opa aufgeregt.

Er hing sehr an Lore und wollte auf jeden Fall verhindern, dass sie sich mit Peter einließ.

»Nun lass sie doch gehen«, forderte Rosalie ihren Vater auf. Als Antwort bekam sie eine Ohrfeige. Lore schaute aufgebracht ihren Vater an, der eine Bierflasche in der Hand hielt.

»Du gehst jetzt in dein Zimmer und dort bleibst du bis morgen früh«, befahl er.

Lore hatte gar kein eigenes Zimmer. Sie musste es sich mit zwei Schwestern teilen. Obwohl sie schon seit ihrem dreizehnten Lebensjahr Geld verdiente. Es standen damals nur zwei Ausbildungsplätze zur Verfügung. Eine Stelle als Frisörlehrling und eine als Schneiderlehrling. Lore entschied sich für den Frisörberuf. Um an die Köpfe der Kunden zu kommen, musste sie auf einen Hocker steigen, denn sie war noch sehr klein. Aber sie brachte Geld nach Hause. Damit alle etwas zum Essen hatten und Opa sein Bier.

Eine Hupe ertönte. Lore rannte zur Tür. Opa hinter ihr her. Doch seine Tochter war flink wie ein Wiesel. Sie schwang sich behände auf Peters Motorrad.

»Sauf dich doch zu Tode!«, schmiss Lore Opa an den Kopf. Sie ließ einen Geldschein los, der ihm um den Kopf flatterte. Er machte ein paar lächerliche Hüpfer, erwischte ihn aber nicht. Einige Meter weiter segelte der Schein auf den Boden. Opa hob ihn auf und steckte ihn ein. Dann drehte er sich zur längst entschwundenen Lore um und brüllte: »Du bist nicht mehr meine Tochter. Pack deine Sachen und verschwinde.«

Lore und Peter fuhren beim Gasthaus vor. Peters Motorrad blitzte im Licht, ein magisches Ding, das Freunde und Bekannte herbeizog. Wie gern wären sie mit dem Motorrad gefahren. Ihre Hände streichelten hingebungsvoll die verchromten Teile. Lore sonnte sich in den neidischen Blicken der Mädchen mit den Petticoats. Peter ließ in einer großzügigen Anwandlung einen Freund nach dem anderen auf das Motorrad steigen. Nur fahren ließ er keinen. Lore erlaubte ein paar Freundinnen mit ihm eine Runde zu drehen. Sie schmiegten sich dicht an seinen breiten Rücken und umfassten seine Hüften, während er fuhr. Mit verklärtem Blick begaben sie sich danach zurück in die Arme ihrer Freunde. »Hast du ein Glück«, flüsterten sie Lore zu und Lore strahlte.

Die ersten Takte der Band waren zu hören. Die Jugendlichen, darunter einige aus dem Nachbardorf, strömten in den mit bunten Lichterketten geschmückten Tanzsaal. Die Jungs in der Band sahen alle aus wie Elvis und schwangen unwiderstehlich ihre Hüften wie Elvis. Mit unterschiedlichem Geschick. Der Rock'n'Roll elektrisierte alle. Elvis forever jagte ihnen durch ihre Glieder, bis sie zuckten und sprangen.

Lore war die ungekrönte Königin an diesem Abend. Einer nach dem anderen ergriff sie und schleuderte sie im Rhythmus um sich herum. Ihre langen Beine hielten sich mehr in der Luft als am Boden auf. Einer aus dem Nachbardorf zog sie eng an sich. »Du bist umwerfend«, sagte er. Lore warf Peter einen stolzen Blick zu. Peter, der sie die ganze Zeit beobachtete, trank in einem Atemzug ein ganzes Bier aus.

»Sie ist einfach spitze, rassig«, sagte er zu seinen Freunden. Sie nickten begeistert. Lore war außer Atem. Die lockigen, dunklen Strähnen ihres dichten langen Haars klebten nass in ihrem Nacken und Gesicht. Sie ging auf Peter zu. Aber ihr Tänzer wollte sie nicht loslassen. Lore wehrte sich, aber er wurde immer aufdringlicher. Er gehörte zu einer Gruppe Jugendlicher aus einem Nachbardorf, die schon tief ins Glas geschaut hatten.

Peter sah ihn an Lore zerren. Ohne auch nur einen Augenblick zu zögern, rammte er dem Angetrunkenen seine Faust ins Gesicht. »Die gehört mir«, waren die begleitenden Worte. »Und wenn du sie nur noch ein einziges Mal anschaust, liegst du für ein paar Wochen im Krankenhaus. Verstanden?«

Nein, er wollte nicht verstehen. Und seine Freunde, die ihn mit schiefer Nase stürzen sahen, eilten ihm zur Hilfe. Im Nu bauten sich Peters Freunde neben ihm auf. »Gut«, sagte Peter, »meine Jungs bleiben hier und sehen, dass alles richtig abläuft. Ich kämpfe nacheinander mit jedem von euch, und wenn ich euch alle schaffe, verschwindet ihr hier und lasst euch nie wieder blicken. Verstanden?«

Die gegnerische Gruppe flüsterte. Der Größte und Kräftigste trat vor. Peter war einen Kopf kleiner, aber sehr sportlich und voll animalischer Vitalität. Inzwischen war es mucksmäuschenstill im Saal und alle gruppierten sich um die Streithähne. Doch Peter wartete nicht eine Sekunde. Ein Tritt in den Magen und zwei Fausthiebe gegen den Kopf setzten den Gegner sofort außer Gefecht, bevor er sich überhaupt erst in Position gebracht hatte. Peters Freunde drehten sich mit gewohnter Gelassenheit um. Dergleichen kannten sie schon. Die anderen gaben klein bei und verzogen sich mit den beiden Verletzten.

»Eine Runde für alle«, brüllte Peter, und seine Freunde ließen ihn hoch leben. Die Band spielte *Love me tender*. Peter zog Lore an sich und ließ sie den ganzen Abend nicht mehr los. Sie war stolz darauf, von ihm begehrt zu werden. Diese Nacht gehörte er ihr. Und als sie beide erregt umschlungen in einem dunklen Hauseingang standen, konnte sie gerade noch sein Eindringen verhindern. Die Erektion außerhalb von ihr schien ihr folgenlos. Das war ein Irrtum.

»Ich bin doch noch Jungfrau«, versuchte Lore ihren Eltern klar zu machen.

»Ich hab es ja gesagt!« lallte Opa. »Was rauskommt, muss auch reingekommen sein«, sagte Lena-Oma mit ihrer vollen, tiefen Stimme.

»Eine Stimme wie Zarah Leander«, fanden alle. Und Lena-Oma sang von ihnen bewundert, »Ich stäh im Rrrägen und warrrte auf dich, auf dich.« Saras Opa war jedoch nicht damit gemeint. Denn er sorgte dafür, dass sie in acht Jahren ein Kind nach dem anderen bekam. Zwei unmittelbar vor dem Krieg. Viermal war Opa während des Kriegs zu Hause. Das machte zusammen sechs Kinder. Wenigstens sind alle Mädchen, fand Lena-Oma und spürte dabei eine heimliche Genugtuung. Sie hatte früher einmal eine hellere Stimme. Bis sie anfing zu rauchen. Im Krieg, um das Hungergefühl zu unterdrücken. Damit wenigstens ihre Kinder etwas zu essen hatten. Sara fragte sie einmal, warum sie jetzt immer noch rauche, obwohl sie nun seit Jahren wieder genug zu essen hatte. »Damit ich nie vergesse, wie weh Hunger tut«, war ihre Antwort.

Lena-Oma gehörte zu den wenigen Frauen, die elegant aussahen mit der Zigarette zwischen Zeige- und Mittelfinger. Sie hatte wunderbare Hände mit langen Fingern und schmalen ovalen Nägeln, die immer lackiert waren. Mit ihren zweiundvierzig Jahren war sie eine schöne Frau, vital, temperamentvoll und glücklich. Sie hatte eine Arbeit gefunden und verdiente ihren Lebensunterhalt selbst. Das war nach vielen entbehrungsreichen Jahren möglich, denn die Jüngste war in der Lehre und Opa endlich weg.

Opa war einmal ein gut aussehender, schlanker Mann mit prächtigem kastanienbraunem Haar. Er kam aus einer reichen Kaufmannsfamilie und ließ sich herab, Lena zu heiraten, die arme Tochter eines kleinen Bahnbeamten. Sorgte er schon vor dem Krieg mehr für Nachwuchs als für dessen Wohlergehen, so war nach dem Krieg nicht mehr mit ihm zu rechnen. Er trank den lieben langen Tag. Und wenn Lena-Oma immer mit einer Zigarette in der Hand herumlief, so tat Opa das gleiche mit der Bierflasche. Sie schien an seiner Hand festgewachsen zu sein.

Einige Wochen später tauchte er nackt und total betrunken bei seiner jüngsten Tochter Astrid auf, die das ganze Haus zusammenschrie. Er musste packen. Er trat den Weg in die Heilanstalt an, abgeführt von den sieben Frauen, die seinen Namen trugen. Zurück blieben sechs Flaschen Bier. »Damit wir nie vergessen, wie weh er uns getan hat«, sagte Lena-Oma und stellte sie gut sichtbar auf das Buffet.

Nun war Lena-Oma frei. Und alle gönnten es ihr von Herzen. Zu dumm, dass ausgerechnet ihre unbezähmbare Lore schwanger war und das unverheiratet. »Ich wünsche dir vier von deiner Sorte«, hatte Lena-Oma einst Lore gedroht, denn sie war ein vorwitziges Ding und handelte spontan und aus heiterem Himmel. Lena-Oma konnte nicht ahnen, dass der Zeitpunkt für Lores unbefleckte Empfängnis bald bevorstand. Was würde nicht alles auf Lore zu kommen.

»Ein Kind hat man ein Leben lang«, sagte sie ihr.

Lore versuchte sich in verschiedenen Techniken. Sie fuhr über Stunden mit dem Fahrrad, bis sie völlig erschöpft in einen Straßengraben fiel und sich nicht mehr rühren konnte. Sie sprang mit zwei Eimern Wasser vom Küchentisch. Sie stürzte sich in ein heißes Bad. Doch es nützte alles nichts. Lore, die Wilde, musste sich in ihr Schicksal fügen, und Sara erblickte das Licht der Welt im Sommer 1957. Im selben Jahr, als das Saarland Bundesland der erst acht Jahre jungen deutschen Republik wurde.

3

LENA-OMA MACHTE LORE beim Auszug unmissverständlich klar, dass es nun keinen Weg mehr zurück gab. »Wer einmal draußen ist, ist draußen«, waren ihre Worte und Lore richtete sich danach.

Nach Saras Geburt hatten sich Lore und Peter trauen lassen. Sie zogen in eine kleine Wohnung, ein paar Häuser von Lena-Oma entfernt.

»Komm jetzt!«, befahl Peter am dritten Abend ihrer gemeinsamen Häuslichkeit. Er riss Lore gewaltsam die Bluse auf, so dass ein paar Knöpfe wegflogen. Einer landete direkt vor Sara, die in ihrem Gitterbettchen saß und die beiden ängstlich beobachtete. Doch Lore wollte ihm auch heute nicht zu willen sein, so unsensibel wie er mit ihr umsprang. Sie befreite sich gewandt aus seiner Umklammerung, rannte durch die Küche und griff nach den Eiern.

»Keinen Schritt weiter!«, sagte sie. Peter lachte laut und gehässig. Lore griff nach dem eindrucksvolleren Schürhaken. »Steck dein Ding doch sonst wohin«, schrie sie ihn an und holte mit dem Schürhaken aus. Seine Ohrfeige war von solcher Heftigkeit, dass Lore unter Saras entsetzten Augen von einer Küchenecke in die andere befördert wurde. Peter riss ihr den Schürhaken, der dazu bestimmt war seinen Schädel zu zertrümmern, hämisch lachend aus der Hand und schwang ihn über Lores Kopf bedrohlich hin und her. Lore lag in der Ecke, wischte sich mit einer Hand das Blut von der Nase und schützte ihren Kopf mit der anderen. Einen kurzen Augenblick verharrte Peter in seiner Position. Diese Pause nutzte Lore. Sie schnellte auf und sprang seitlich an ihm vorbei. Panisch rannte sie aus der Wohnung, um ihre Schwestern und ihre Mutter zu rufen. Als sie mit ihnen zurückkam, jede mit einer der Bierflaschen von Opa bewaffnet, schrie Sara fürchterlich. Peter hatte das Weite gesucht und Sara, die im Gitterbettchen saß, eine geschwollene, blau-rot schimmernde Wange.

Sara spielte im kleinen Garten hinter der Wohnung. Dort war ein zugemauerter Brunnen mit einem Meter tiefem Wasser. Sara krabbelte auf die Steine, die, treppenartig aufeinandergetürmt, nach oben führten. Sie beugte sich über den Rand, um an das Wasser zu gelangen, verlor den Halt und stürzte kopfüber in den Brunnen. Sie lag still auf ihrem Rücken und schaute staunend in das glitzernde Netz aus Licht und Wasser, das sich über ihr ausbreitete. Sie fühlte sich leicht. Sie hatte vergessen zu atmen. Sie hatte aufgehört zu existieren. Für einen Augenblick war sie gut aufgehoben. Dann kam der unangenehme Teil. Ihre Mutter riss Sara aus dem Brunnen und hielt sie mit dem Kopf nach unten, damit sie das verschluckte Wasser ausspeien konnte. Genaugenommen rettete Lore ihrer Tochter das Leben. Aber für Sara war es gerade umgekehrt. Nicht das Ertrinken war der Schock, sondern die Rettung. Der Frieden war vorbei.

Lore reichte in der darauffolgenden Woche die Scheidung ein. Peter hatte die Steine für Sara aufgestellt. Lore sah darin einen Mordversuch an seinem eigenen Kind.

Von nun an nahm Lore ihre Tochter mit zur Arbeit. Sara stellte sich als praktisches Kind heraus, denn sie rührte sich wenig und folgte gut. Ideal zum Mitnehmen. Es schien ganz so, als habe Sara nichts von der vulkanischen Energie ihres Vaters und der strahlenden Präsenz und wilden Frohnatur ihrer Mutter geerbt. Deshalb hatte Lores Chefin nichts dagegen, als sie Sara mitbrachte und in einem Nebenzimmer deponierte, während sie arbeitete.

Einen guten Teil der Arbeitszeit ihrer Mutter verbrachte Sara damit, auf dem Töpfchen zu sitzen. Da es selbst der geduldigen Sara irgendwann zuviel wurde, schob sie sich mit den Füßen durch den ganzen Raum. Sie streckte sie vor und rutschte mit Po und Topf hinterher, streckte sie wieder vor und wiederholte diese Abfolge, bis sie dort war, wo sie hin wollte. Denn Aufstehen durfte sie nicht. Und wenn ihre Mutter kam, um nach ihr zu sehen, war schon meistens etwas im Töpfchen, das bewundert werden konnte. So war Sara früh das, was ihre Mutter und Lena-Oma »sauber« nannten.

Lores Chefin war groß und dick, hatte ein viereckiges Gesicht und trug eine honigblonde kurze Lockenfrisur. Ihr gehörte der Frisörladen in Jägersfreude. Das Netteste an ihr war die leuchtend grüne Waldmeister-Limonade und das Aufregendste das gemeinsame Mittagessen mit allen. Sie bekochte ihre Angestellten Lore und Giovanni, ihren Mann, der sein Bein im Krieg verloren hatte und ihren Sohn. Sara durfte am Tisch sitzen und mit der eigenen Gabel im eigenen Kartoffelkloß herumstechen. Am meisten Spaß machten ihr die gerösteten Brotstücke, die aus der Mitte des Kloßes purzelten. Es war immer fröhlich bei Tisch. Giovanni warf Klöße in die Luft, und Lore fing sie auf. Wenn sie alle aufgegessen hatten, warf Giovanni Sara in die Luft. Das kitzelte im Bauch. Und Sara fürchtete, Giovanni könnte beim Rückflug daneben greifen. Doch sie landete wieder sicher in seinen geschickten Händen. Er setzte sie auf seine Schultern und brachte sie zum Mittagsschlaf ins Nebenzimmer. »Avanti popolo, alla riscossa«, sang er und stampfte mit seinen Füßen im Takt dazu.

Die Nachmittage waren so ruhig wie die Vormittage. Sara blieb sich selbst überlassen. Ab und zu schaute jemand herein, winkte ihr freundlich zu und ging wieder. Sie lehnte ihren Kopf an die Wand, die das Nebenzimmer vom Frisörladen trennte. Sie hörte die vertrauten Stimmen ihrer Mutter, der Chefin und die von Giovanni. Sie lauschte den kehligen Tönen und seinem quirligen Lachen. Ihre Mutter und die anderen betonten dieselben Worte ganz anders. Sara atmete die Fremdheit der Laute neugierig ein. Manchmal wiederholte sie still vor sich hin, was sie hörte und versetzte sich damit in eine andere Welt, die bunter und leuchtender war als die ihre. Aus den Stimmen der Kunden, die sie nicht sah, formte sie Gesichter, die sie sah. Der Klang der Stimmen verriet ihr, wie sich die Kunden fühlten. Wenn sie wieder kamen, hörte Sara dieselben Stimmen, die jetzt ganz anders klangen. Dazwischen lag eine Geschichte, die sie nicht kannte.

»Aber Sara, willst du nicht lieber spielen«, unterbrach sie Lore, die nicht verstehen konnte, dass sie die ganze Zeit untätig an der Wand stand. Sie reichte ihr ein Säckchen mit Holz-Klammern und ging wieder.

Sara setzte sich in die Mitte des Zimmers und leerte den Klammerbeutel vor sich aus. Sie steckte einen Teil der Klammern ineinander. Das war die Klammerschlange. Sie schlängelte sich durch den Raum. Sie war gefährlich. Wie ihre Schwester, die Klapperschlange, die Sara einmal auf einer Abbildung gesehen hatte. Und sie war gefräßig. Sie fraß herumliegende Klammern und wurde immer größer, bis sie alle aufgegessen hatte. Nun wollte sie noch etwas trinken und zischte Sara an. Sara war heute großzügig. »Du kriegst Waldmeister-Limo.« Sie schüttete ein halbes Glas davon vor den Kopf der Klammerschlange, die sich darauf stürzte, aber mit dem Trinken Probleme hatte. Sara legte sich neben sie und zeigte ihr, wie es geht. Sie leckte die grüne Flüssigkeit vom Boden auf. »So geht das«, sagte sie der Klammerschlange.

»So geht das nicht, Sara. Was für eine Sauerei«, meinte die Chefin. »Lore!«, rief sie. Lore kam und wischte den Rest der Limonade vom Boden auf.

»Tu das nie wieder«, sagte sie. Sara gab ihrer Klammerschlange keine Waldmeister-Limonade mehr, weil Klammerschlangen davon Bauchschmerzen bekommen.

Sara wusste, wie sich das anfühlte. Denn ihr tat der Bauch weh. Schon den ganzen Tag. Sie wollte nicht laufen, keinen Schritt mehr. Lore dachte an Faulheit. Bauchweh wäre nur eine Ausrede.

»Nun komm doch endlich. Wir gehen auch Lena-Oma besuchen.«

Sara stand vor dem Frisörladen und rührte sich nicht. Lore trug zwei Einkaufstaschen und konnte Sara nicht auf den Arm nehmen. Sie hatte den ganzen Tag Köpfe frisiert. Ihre Beine taten ihr weh. »Sara, komm sofort!« Die Stimme ihrer Mutter klang ärgerlich. Sara bewegte sich keinen Zentimeter weiter. Lore, die immer in Bewegung war, konnte Faulheit nicht ausstehen. Fleiß war eine Tugend. Selbst Peter war fleißig. Deshalb hatte er auch immer Geld. Doch bezahlte er nur sehr sporadisch Unterhalt für seine Tochter. Heute war wieder kein Geld von ihm eingegangen. Lore stellte ihre Taschen ab und schlug Sara auf den Po.

»So, jetzt weißt du, was es heißt, faul zu sein.« Sara weinte und lief Lore langsam hinterher. Ihr Bauch war voll heißer Nadeln, die sie bei jeder kleinsten Bewegung stachen.

Lena-Oma strahlte. «Meine Sara!« Sie sah ihre leeren Hände. Sara hatte sonst beide Hände voller Blumen und Gräser, die sie vom Wegrand abpflückte und ihr schon von weitem entgegenstreckte. Lena-Oma stellte jedes Sträußchen auf. Sie hatte viele kleine Vasen und wenn sie nicht reichten, nahm sie Schnapsgläser. Manchmal hatte sie mehr als zwanzig kleine Sträuße auf der Vitrine stehen. Alle nebeneinander aufgereiht. Alle von Sara. Sie musterte Saras Gesicht.

»Was ist denn mit ihr los?«, fragte sie Lore.

»Zu faul zum Laufen, sagt immer, sie hätte Bauchweh.« Lena-Oma fasste Sara an die Stirn. »Sie hat Fieber.« Lore blickte überrascht zu Sara. In dieser Nacht durfte Sara in Lores Bett schlafen und ihre schöne schlanke Hand halten, die sie von Lena-Oma geerbt hatte.

Am nächsten Tag kam Sara ins Krankenhaus. Sie hatte eine schwere Blinddarmentzündung und musste sofort operiert werden.

Im Krankensaal standen viele Gitterbettchen mit weinenden Kinder. Sara erwachte aus der Narkose. Ihr war übel und alles drehte sich, sie selbst, die Gitterbettchen, die weinenden Kinder, die Krankenschwestern mit den weißen Hauben und ihre Mutter und Tante

Helga, die gerade hereinkamen. Sara nahm die Hand ihrer Mutter, um sich daran fest zu halten. Wenn sie schon durch den Raum wirbelte, dann besser mit als ohne Mama. Lore beugte sich besorgt über das Bettchen. »Kann ich sie auf den Arm nehmen?«, fragte sie die Krankenschwester.

»Nein, besser nicht.«

Lore und Helga mussten wieder gehen. Die Besuchszeit war zu Ende.

»Bleib hier, Mama.«

»Es geht nicht«, antwortete Lore, »alle Besucher müssen jetzt gehen.« Sara fühlte sich zu schwach, um sich zu wehren.

Beim nächsten Besuch war Sara viel munterer. Sie spielte begeistert mit dem kleinen Teddybär, den sie ihr mitgebracht hatten. Lore und Helga schauten ihr die ganze Zeit zu. Teddy ritt rund um das Gitterbettchen, dann sang er ein Lied, dann jagte er im Wald, und dann wollte er nach Hause. Aber nicht ohne Sara.

»Ihr müsst noch ein paar Tage hier bleiben«, sagte Lore.

»Das ist besser wegen deinem Bauch«, meinte Tante Helga, »damit du wieder ganz gesund wirst.« Sara hatte kein Verständnis für ihre Argumente. »Ich will wieder mit Mama zur Arbeit gehen!«

Sara war zwar erst zwei und ein halbes Jahr alt, aber sie sprach schon seit ihrem ersten Lebensjahr ganze Sätze. »Das kannst du ja, wenn es der Arzt erlaubt«, sagte Lore.

»Du musst ihn fragen«, antwortete Sara.

»Das hab ich doch schon, Sara, nun sei bitte vernünftig.« Lore und Tante Helga packten ihre Sachen.

Sara weinte: »Ich will nicht hier sein, ich will nach Hause, ich will mit Mama zur Arbeit.« Sara streckte die Arme nach ihrer Mutter aus. Lore nahm sie auf den Arm und küsste sie. Es fiel ihr schwer, sich von Sara zu trennen. Sie flüsterte Helga zu und drückte ihr Sara in den Arm. »Ich komme gleich wieder, muss nur zur Toilette.« Sara hörte auf zu weinen. Sie saß auf Helgas Schoß, die sanft auf sie ein sprach.

Helga war Lores Schwester. Kaum jünger als sie, hatte Helga die Stelle angenommen, die nach Lores Entscheidung, Frisöse zu werden, übrig geblieben war. So lernte sie Herrenschneiderin. Helga war von feiner, unaufdringlicher Schönheit. Ihr empfindsam-heiteres Wesen bezauberte alle, die sie kannten. Und Walter am meisten. Endlich wusste er, sein Leben hat einen Sinn. Und der durfte um keinen Preis in die Hände eines anderen gelangen. Er umwarb sie mit solcher Intensität und Inbrunst, dass Helga vergaß wie klein er war. Dafür hatte er einen Rücken wie ein Pferd, breit und kräftig. Und Hände, die anpacken konnten. Nach nur drei Wochen sagte sie »Ja« und war selbst davon überrascht. Lena-Oma weniger. »Gegensätze ziehen sich an!«, sagte sie den beiden unmittelbar nach der Trauung, und es klang wie ein Glückwunsch. Fortan schneiderte Helga nur noch für ihren Gatten. Walter wurde der eleganteste Mann im Dorf und erlangte Ansehen und Respekt.

»Ich geh deine Mama holen«, sagte Helga und stellte Sara ins Gitterbettchen zurück.

Sara wartete. Die ganze Nacht saß sie aufrecht im Bett und blickte unentwegt zur Tür. Gegen Morgen kippte sie müde ans Gitter und schlief mit dem Teddy im Arm ein.

Sara freute sich, als Lore am nächsten Tag kam und ihr Gemüse von Lena-Oma mitbrachte. Das aß Sara für ihr Leben gern. Lena-Oma kochte Möhren und Sellerie in einer Rindfleischbrühe. Sie nahm das weiche Gemüse heraus und zerdrückte es mit einem Stück Butter. Sara löffelte die ganze Schale aus. Lore freute sich über ihren Appetit. Als sie aufbrechen wollte, fing Sara an zu weinen. »Ich komm gleich wieder«, sagte Lore. Aber sie konnte sagen, was sie wollte. Sara ließ sich nicht beruhigen. Sie klammerte sich panisch vor Angst an Lore, die sich nicht mehr zu helfen wusste. Sie rannte unter Tränen aus dem Saal. Sara ließ sich schreiend aus dem Bettchen fallen und lief hinterher. Eine Krankenschwester fing sie ab. Sie schaffte es nicht, ohne die Hilfe einer zweiten Krankenschwester Sara zurück ins Gitterbettchen zu bringen. Sie wehrte sich mit allen Kräften und schrie ununterbrochen. Der ganze Saal war in Aufruhr. Die Schwestern nahmen einen Ledergurt und banden Sara an den Gitterstäben fest. Sie legten ihr den Teddy in den Arm. Sara wollte ihn wegschubsen, aber sie konnte sich nicht rühren.

4

»Es ist nicht für lang«, hatte Lore gesagt. Sie packte Saras Kleider in den kleinen roten Koffer und legte einen Beutel mit Klammern dazu.

Sara nahm ihn wieder heraus. »Damit spiele ich nicht mehr«, sagte sie deutlich. Lore blickte überrascht in das kindlich-runde Gesicht ihrer Tochter, aus dessen großen blauen Augen ihr der blanke Missmut entgegen blitzte.

»Wie viel Zeit ist nicht für lang«, fragte Sara misstrauisch. Ihre Hände umklammerten den Beutel so fest, bis ihre Knöchel weiß wurden.

»Nur einige Male schlafen, ungefähr neunzig Mal.«

Sara versuchte zu verstehen, welche Dimension die Zahl Neunzig beinhaltete. Sie war knapp drei Jahre alt und konnte gerade einmal die Zahlen von eins bis zehn überblicken. Neunzig war also viel zu viel. »Ich will aber bei dir bleiben«, sagte Sara trotzig.

»Magst du denn Tante Helga gar nicht? Sie ist doch meine Schwester«, fragte Lore, die verschiedene Bilderbücher von Sara im Koffer verstaute und ihn mit einem geschickten Griff verschloss. Sie stellte ihn mit einem resoluten Schwung auf, woran Sara klar erkennen konnte, dass Lore ohnehin an ihrer Entscheidung festhielt.

»Doch ...«, antwortete Sara, »ich bin auch ganz lieb, wenn du mich wieder zur Arbeit mitnimmst«, flüsterte sie mit tränenerstickter Stimme.

»Wenn ich dich bei Tante Helga wieder abhole, dann, ja, dann kannst du wieder mit«, sagte Lore, die einem Gefühlsausbruch Saras ausweichen wollte.

Das lag nun zwei Monate zurück und Sara hatte sich bei Tante Helga und Onkel Walter mehr schlecht als recht eingelebt. Sie vermisste Lore sehr, auch wenn sie etwas von ihr im Gesicht ihrer Tante wiederfand, die jetzt freundlich auf sie herabblickte.

»Gehst du Milch holen?«, fragte sie Sara. Geduldig hielt sie ihr die Kanne hin. Sara nahm sie langsam entgegen und langsam schlich sie aus dem Haus.

Der Bauernhof war direkt um die Ecke. Aber der Weg dahin schien ihr weit. Immer musste sie an dem frechen Jungen vorbei, der sie nie in Ruhe ließ. Jeden Tag fiel ihm eine neue Variante ein, wie er Sara quälen konnte. »Wenigstens ist es immer auf dem Hinweg«, dachte Sara, da ihn seine Mutter, während Sara im Stall war, zum Abendessen rief. Nicht auszudenken, wenn schon die Kanne mit Milch gefüllt wäre, und er würde sie ihr aus der Hand reißen und auskippen. Sara sah in Gedanken die umgestoßene Milchkanne neben einem weißen See aus Milch. Und sie selbst mitten drin. Die Milch stieg und stieg, bis sie an ihre Knie reichte. Sara schüttelte sich und ihr blondes welliges Haar flog ihr um den Kopf. Sie lugte vorsichtig um den Hausvorsprung. Da war niemand. Sie rannte schnell los. Gestern hatte er einen Stein nach ihr geworfen, vorgestern tauchte er aus dem Nichts auf und erschreckte sie mit lautem Gebrüll. Vorvorgestern riss er ihr die Milchkanne aus der Hand, vorvorvorgestern schubste er Sara, vorvorvorvorgestern zog er ihr an den Haaren, vorvor... die Liste war lang, aber Sara vergaß wie viele ›vors‹ sie schon vor gestern gesetzt hatte. Und deshalb gab sie auf weiter darüber nachzudenken.

Sie lief so schnell sie konnte am Misthaufen vorbei bis zum Eingang des Kuhstalls. Er führte ein paar Stufen abwärts. Sie waren schief und krumm, viele hundert Jahre alt. Sara schaute zurück, aber niemand war zu sehen. Ihr schlug warme dumpfe Luft entgegen, die sie erleichtert einsog. Das war geschafft. Vielleicht war der Junge ja krank. Ja, krank sollte er sein, viele Wochen lang. Als Strafe, weil sie immer ärgerte. Ihre Augen brauchten eine

Weile, um sich an die Dunkelheit zu gewöhnen. Nur spärlich fiel das Tageslicht durch zwei kleine Luken in den Stall. Gemächlich zermahlten die Kühe das Heu mit ihren großen Kiefern. Ab und zu ließen sie etwas fallen. Sara stellte die Milchkanne auf eine niedrige Mauer. Sie streichelte einem kleinen Kalb, das abseits stand, die weiche Schnauze. Das Kalb verdrehte den Kopf und versuchte mit seiner langen Zunge, Saras Hand abzulecken. Sie lachte. Der Bauer saß auf seinem Melkschemel zwischen den Kühen. Er sah Sara und kam mit einem Eimer Milch.

»Voll?« fragte er. Sara nickte. Er schüttete die Milch durch das Sieb in eine große Milchkanne, die auf dem Boden stand. Mit einem Humpen füllte er Saras Kanne bis an den Rand.

Er mochte Sara. Sie war anders als die anderen Kinder. Stiller, verträumter. »Ganz frisch«, sagte er und steckte das Geld in die große Schürze. Sein rotbraunes wettergegerbtes Gesicht lachte. Sara steckte den Deckel vorsichtig auf die Kanne. »Wiedersehen«, sagte Sara und ging.

Sie ließ sich Zeit. Sie schlenderte an den einstöckigen Reihenhäuschen vorbei, jedes in einer anderen Farbe. Die Eingänge waren niedrig, die Fenster klein. Der Boden war uneben. Er bestand aus Pflastersteinen, fast so groß wie Saras Gesicht, nur eckiger. Da, wo sie aneinander stießen, gaben sie etwas Erde frei. Geschäftig und mit militärischer Präzision marschierte eine Reihe von Ameisen den Weg entlang. Sara stellte vorsichtig die Milchkanne ab, bückte sich und schaute ihnen zu. Sie schleppten kleine weiße Kugeln vor sich her und verschwanden einen Meter weiter in einem Loch. Sara wollte sich wieder aufrichten. Da sah sie aus den Augenwinkeln zwei Hände, die sich ihr rasch näherten. Sie stießen zu und Sara fiel kopfüber hin. Hatte Lore nicht gesagt, sie solle beim Fallen ihre Hände ausstrecken, um ihr Gesicht zu schützen? »Andere Kinder tun das auch«, hatte sie gesagt, »alle machen das, warum du nicht?«

Doch alles ging viel zu schnell für jemanden der das Händeausstrecken beim Fallen lernen sollte. Sie strich sich mit der Hand über ihre Nase. Sie blutete. Sara stand auf. Die Hände, die sie schubsten, gehörten zu dem Jungen, den sie fürchtete und dessen Namen sie nicht wissen wollte. »Sara, die Kleine, hat verschissne Beine«, sang er und piekste ihr mit seinem spitzen Zeigefinger in die Seite.

Sara verstand nichts mehr. Wieso tauchte er jetzt auf? Das tat er sonst nie. Selbst auf die Quälerei war kein Verlass. Sara traten Tränen in die Augen. Sie nahm die Milchkanne, die noch unversehrt war und eilte davon. Er folgte ihr und ließ nicht locker. Er trat gegen die Kanne. Sie schwankte heftig. Nur mit Mühe bekam Sara sie unter Kontrolle. Wieder holte der Junge mit dem Fuß aus.

In Sara stieg ein Gefühl auf, das alle anderen überschwemmte. Unbändige Wut, die ihre Angst seit Wochen zurückgehalten hatte. Und ehe sie selber wusste, was sie tat, attackierte sie den völlig überraschten Jungen mit der Milchkanne. Er landete im dampfenden Misthaufen. Angeekelt wollte er aufstehen. Doch Sara zog ihm die Milchkanne samt Milch mit Schwung über den Kopf. Noch einmal und noch einmal. Jedes Mal tönte es dumpf, jedes Mal fiel er wieder zurück in den Misthaufen. Sara geriet außer Atem. Der Junge rannte mit Beulen am Kopf und von oben bis unten mit Kuhmist verdreckt nach Hause. Sara blickte unterdessen erstaunt auf die Kanne in ihrer Hand. Niemals hätte sie es für möglich gehalten, dass die Milchkanne eine so nachhaltige Waffe sein konnte. Wie durch ein Wunder war nur wenig Milch ausgelaufen. Sie rann ihr über die zitternden Hände und vermischte sich mit ihrem Blut. Weiß Rot, Rot Weiß. »Wie schön das aussieht«, dachte Sara.

Sie ging mit der Milchkanne durch die dunkle Waschküche. Ein großer Bottich stand auf einem gemauerten Sockel, in dem ein Feuer brannte. Darin brodelte die weiße Wäsche. Feucht-warmer Mief hing im Raum. In einem Trog stand ein Waschbrett. »Waschwellen«, sagte Sara und fuhr mit ihren Fingern die metallenen Wellen entlang, über die Tante Helga immer die Wäsche rubbelte.

Sara stellte die Milch ab und öffnete die Toilettentür. In einer Ecke stand ein großer Emailletopf mit Deckel. Abends nahm ihn Tante Helga mit hoch auf die Schlafetage. Und morgens sammelte sie den Urin aus den Nachttöpfen in den Emailletopf und brachte ihn runter, um ihn auszuleeren. An der Wand hing ein Nagel mit einem dünnen Seil. Es hielt in handliche Stücke geschnittenes Zeitungspapier, das als Toilettenpapier diente. Seine Saugkraft war ebenso vorbildlich wie seine Druckerschwärze, die nicht nur die Hände färbte. Während später andere Haushalte ihre fortschrittliche Gesinnung mit handelsüblichen grau bis weißen Toilettenpapierrollen unter Beweis stellten, tat es Tante Helga, in dem sie das schwarz-weiße Zeitungspapier durch das bunte Papier von Hochglanzzeitschriften ersetzte. Angenehm glatt, aber für den eigentlichen Zweck nur begrenzt tauglich.

Saras Aufregung legte sich langsam. Sie stellte sich auf die Zehenspitzen. Nur knapp erreichte sie den unteren Rand des Spiegels, in dem sie ihre Nase betrachtete. Sie wischte sich das Blut ab und sah nun wieder fast normal aus bis auf eine leichte Schwellung der Nase. Sie brachte die Milch in die Küche. Tante Helga setzte sie auf. Einen Teil davon kochte sie und stellte ihn beiseite. Mit der übrigen Milch bereitete sie Pudding zu. Pudding mit Himbeeraroma. Das ging schnell und Sara konnte gleich nach dem Essen ins Bett. Saras Herz pochte immer noch hörbar. Nie zuvor hatte sie jemanden geschlagen. Doch statt sich zu freuen, weil sie sich endlich gewehrt hatte, fühlte sie Traurigkeit in sich aufsteigen. Nicht, dass ihr der Junge leid tat. Er hatte es ja verdient. Es war vielmehr die Unberechenbarkeit des Ereignisses und zwar gleich in zweifacher Hinsicht. Zum einen hatte sie den Jungen nicht zu diesem Zeitpunkt erwartet. Zum anderen erschreckte sie ihre eigene unbändige Wut, die gewaltsam aus ihr hervorstieß und sie überwältigte.

Am nächsten Morgen fror Sara. Sie lag im Nassen. Onkel Walter war sauer. »Das ist jetzt schon das vierte Mal«, schrie er Sara in nasalem Ton an und schlug ihr auf den Po, um seine Worte zu bekräftigen. Tante Helga nahm Sara von ihm weg und fragte sie in freundlichem Ton, warum sie denn ins Bett gemacht habe. Für Kleinigkeiten stünde doch der Nachttopf unter dem Bett. Sara bemühte sich sehr eine Antwort zu finden, wusste aber keine. Stattdessen malte sie sich aus, was passieren würde, wenn Tante Helga ganz oben an der Treppe der Kessel aus der Hand fiele. Der Urin würde durch das ganze Treppenhaus fließen und ihr über die Füße schwappen. Sara schüttelte sich vor Ekel. Ob Onkel Walter dann auch Tante Helga den Po versohlen würde?

»Kannst du denn nicht nachts aufstehen und aufs Töpfchen gehen?«, fragte sie Tante Helga. Sara nickte: »Wenn ich es merke.«

»Was soll denn das heißen: wenn ich es merke?«, fuhr Onkel Walter dazwischen.

»Was soll denn das heißen?«, fragte sich Sara und dachte eingeschüchtert über Onkel Walters Bemerkung nach. Onkel Walter zog sich sein schönes Jackett an. Er musste zur Arbeit in die Halberger Hütte. Er goss Stahl und hatte von der Arbeit an den Hochhöfen ständig Probleme mit seiner Nase. Tante Helga reichte Sara ein Brot mit Quittengelee. Nichts mochte Sara lieber. Denn über dem Gelee lag der dicke Rahm der abgekochten Milch, die sie am Abend zuvor beim Bauern geholt hatte.

»Wenn du noch einmal ins Bett machst, kannst du nicht mehr bei uns bleiben«, näselte Onkel Walter und ging zur Tür hinaus.

5

»Muss ich von Tante Helga weg, weil ich ins Bett gemacht habe?«, fragte Sara ihre Mutter. Lore schüttelte den Kopf. Tante Helga war in den letzten Monaten immer schwerfälliger geworden. Ihr Bauch hatte deutlich an Umfang zugenommen.

»Kann ich jetzt wieder mit dir zur Arbeit?« Sara blickte erwartungsvoll zu ihrer Mutter hoch. Sie ging an Lores Hand.

»Du bist jetzt drei und kannst in den Kindergarten.« Sara blickte an ihr hoch. »Aber du hast gesagt, wenn du mich abholst von Tante Helga, dann kann ich wieder mit dir zur Arbeit!«, sagte Sara entrüstet.

»Das geht aber nicht, die wollen das dort nicht. Und ich auch nicht. Du musst jetzt unter Kinder«, sagte Lore unbekümmert.

»Du hattest aber gesagt –« begann Sara. »Quatsch! Da hast du mich falsch verstanden«, fiel Lore ihr ins Wort.

Der Bus hielt. Lore schob Sara zuerst rein. Dann ihren roten Koffer. Schließlich stieg sie selbst ein und bezahlte. Sara setzte sich in die Mitte des Busses auf einen Fensterplatz. Sie schaute Lore entgegen. Ihre Haare waren jetzt blond und umrahmten in üppigen Wellen ihr Gesicht. Ihr Teint war hell, mit Sommersprossen auf der kleinen Nase. Darunter dominierte ein ausdrucksvoller roter Mund. Eine Reihe schöner weißer Zähne schimmerte auf, wenn sie sprach: »Wir fahren zur neuen Wohnung.«

»Ist sie bei Lena-Oma um die Ecke?«, fragte Sara.

»Nein, weiter. In Bliesransbach.«

Sara war enttäuscht. Sie wollte nicht dorthin. Und sie wollte auch nicht jeden Tag in einen Garten mit Kindern. Sie wollte wieder mit ihrer Mutter zur Arbeit und manchmal abends Lena-Oma besuchen. Sara schaute aus dem Fenster. Der Bus fuhr los. Sara blickte zum Himmel, wo sich die Wolken gegenseitig jagten. Der Wind trieb sie vor sich her, eine Herde weißer und grauer Rösser. Sara versuchte sie mit den Augen festzuhalten. Doch ohne Erfolg. Bald wandelten sie sich in Elefanten, die sich übereinander türmten. Bald trieben sie wieder auseinander in grauen zerfaserten Fetzen.

»Im Quallenbrunnen«, sprach Sara ihrer Mutter nach.

Sie standen vor einem kleinen weißen Häuschen inmitten eines großen Gartens. »Im Quallenbrunnen«, sagte Sara noch einmal Silbe für Silbe. Lore zog an ihrer Hand. »Was ist eine Qualle, Mama?«, fragte Sara.

»Das ist ein Tier. Es schwimmt im Wasser mit einem Körper wie eine Halbkugel mit Fäden dran. Komplett durchsichtig«, erklärte Lore.

Sie klingelte. Die Tür öffnete sich. Frau Singen gab Sara die Hand. Herr Singen tauchte hinter seiner Frau auf. Sara machte einen Knicks. »Ahh, ihre kleine Tochter.« Frau Singen hatte lachende Augen. Selbst wenn sie wütend war. Sie trug immer eine Schürze, an der sie sich ihre nassen Hände abstreifte. Ihr Mann war Kunstschmied. Den schmiedeeisernen Zaun um Haus und Garten hatte er selbst angefertigt. Das kleine Eingangstor mit aufwändigen Schwüngen und Schnörkeln war sein ganzer Stolz.

»Iiiiihhhhh, hau sofort ab damit … Mama«, schrie es durchs ganze Haus und Eva und Elke, ihre Töchter, rannten die Treppe hinunter.

»Leeeoooo«, brüllte Herr Singen hoch. Oben an der Treppe erschien ein Junge von etwa acht Jahren. Er hatte die dunkle Haut und braunen Augen seines Vaters und dichte schwarze Haare. Er hielt etwas in der Hand, das sich bewegte. »Die dummen Weiber haben auch vor allem Angst«, sagte er.

»Bring das sofort raus«, befahl Herr Singen.

Sara ging mit ihrer Mutter die Treppe hoch. In der ersten Etage war die neue Wohnung. Eine Küche und ein Wohn-Schlafzimmer.

Leo stand immer noch da mit dem großen silbernen Wurm in der Hand, der sich hin und her ringelte. Er hielt ihn Sara vors Gesicht und grinste. Sara wich ein Stück zurück und beobachtete ihn. Es war keine Klammerschlange. Das stand fest. Und keine Klapperschlange. Auch das war klar. Sara öffnete ihre Hand. Wie ein Armband legte ihr Leo den großen silbernen Wurm ums Handgelenk. Kühl und trocken fühlte er sich an. Und stark.

»Ist das eine Silberschlange?«, fragte Sara. Leo klärte sie auf.

»Das ist keine Schlange. Das ist eine Eidechse, eine Blindschleiche.«

»Was machst du mit ihr?«

Leo zuckte mit den Schultern. »Wieder wegbringen.« Leo dachte nach. Sara gefiel ihm.

»Willst du mitkommen?«

Sara schaute ihre Mutter an. Lore nickte. »Eine halbe Stunde.«

Sara rannte neben Leo her in den Garten. An seinem Ende war ein Zaun mit einem kleinen Tor. Leo öffnete es und sagte feierlich: »Das ist das Paradies!« Sara trat ein und staunte. Bunt leuchtende Blumen, so weit ihr Auge reichte. Darüber breiteten Bäume ihr weiß und rosa blühendes Dach aus. »Die Leute im Dorf haben hier ihre Obstbäume stehen«, sagte Leo. Er streifte durch die Wiese. Die Blindschleiche baumelte in seiner Hand. Sara musste schnell laufen, um mit ihm Schritt zu halten. Leo ging in den angrenzenden Wald. Er schien Sara ganz vergessen zu haben. Der Boden war übersät von Tannennadeln. Er federte bei jedem Schritt. Die Luft duftete würzig. Leo hielt an und ging in die Hocke und setzte die Blindschleiche ab. Erst rührte sie sich nicht. Dann schlängelte sie geschwind unter einen Stein. Sara berührte ihre silberne Schwanzspitze, die sofort wegzuckte.

»Hier ist sie zu Hause«, sagte Sara.

»Nein«, meinte Leo und zeigte den Bach hinunter. »Ein Stück weiter unten. Mal sehen, ob sie dorthin zurückfindet.«

Sara nahm die Blindschleiche in ihre Hand. »Ich bring sie zurück.«

»Setz sie wieder ab«, sagte Leo.

»Nein, ich will nicht, dass sie suchen muss. Dann hat sie Angst«, sagte Sara.

»Es ist doch bloß ein Test«, fand Leo, aber er sah Saras unglückliches Gesicht und gab nach. »Dann mach halt. Dort bei der großen Tanne.«

Sara war froh. Sie lief zur Tanne und legte die Blindschleiche behutsam auf die feuchte Erde. »Komm jetzt«, rief Leo.

Ein langer Pfiff ertönte.

»Das ist ein Bussard«, flüsterte Leo. »Wo?« Sara blickte nach oben. »Da!«

Leo zog Sara hinter einen Baum. Der Bussard stieß hinunter. Sara klopfte das Herz. Sie hatte noch nie einen Raubvogel aus so großer Nähe gesehen. Für einen Moment verschwand er vor ihren Augen. Als er wieder aufflog, sahen sie etwas Längliches, Silbernes in seinem Schnabel aufblitzen. Saras Augen füllten sich mit Tränen. »Ich wollte sie doch nur nach Hause bringen.«

Einige Male träumte sie davon, und sie weinte im Schlaf. Doch schon die ersten Tage im Kindergarten nahmen ihre ganze Aufmerksamkeit in Anspruch. Sara mochte den Kindergarten nicht. Sie wollte nicht hier sein. Denn der Kindergarten war gar kein Garten für Kinder, sondern ein Haus. Aber das Haus war auch nicht für Kinder. Das Waschbecken, die Toiletten, die Stühle, alles war für große Leute. Außerdem hatte sich Sara eine echte Gärtnerin vorgestellt. Fräulein Mertens war keine. Alle sollten zur selben Zeit zur Toilette gehen, zur selben Zeit essen und zur selben Zeit spielen. Und was gespielt wurde, bestimmte Fräulein Mertens.

Sara schob vorsichtig einen Fuß vor den anderen über den glatt polierten Boden, um nicht auszurutschen. Er roch kräftig nach Bohnerwachs.

Saras Gesicht hatte unregelmäßige gelbe Streifen. Sie kam zu spät, und das wurde nicht gerne gesehen. Sie hing ihre kleine Tasche über einen Haken an der Wand. Der gehörte ihr. Darunter stand der Name eines anderen Kindes. Sara zog ihre Schuhe aus und die Pantoffeln an. Sie war ganz alleine. Sie ging zur Tür, wagte sich aber nicht einzutreten.

Sie hatte sich beim Bäcker einen Einback gekauft für die Pause. Dazu musste sie am Kindergarten vorbei gehen. Auf dem Rückweg sah sie einen Schmetterling. Sie lief ihm nach. Er tanzte, torkelte und flatterte in der Morgensonne. Er setzte sich auf eine hohe, flache Blume aus vielen winzigen gelben Blüten. Sara streckte ihre Hand aus. Er flog auf und ließ sich darauf nieder. Behutsam umschloss sie ihn mit beiden Händen. Die Flügel kitzelten in den Handflächen und Sara lachte. Vorsichtig hob sie eine Hand hoch. Der Schmetterling saß ganz ruhig in ihrer Hand, die Flügel dicht gefaltet und Sara wunderte sich, wie flach er war. Dann breitete er seine Flügel aus und flog davon. Auf Saras Handfläche hinterließ er feinen gelben Blütenstaub. »Flugpuder«, sagte Sara und rieb ihn sich ins Gesicht. Vielleicht konnte sie damit fliegen. Sara schwang ihre Arme und rannte und sprang in die Luft. Doch ihr Körper fühlte sich zu schwer an. Er fiel immer wieder herunter. »Vielleicht muss ich noch warten, bis der Flugpuder wirkt. Vielleicht kann ich fliegen, wenn der Kindergarten aus ist«, dachte Sara. »Dann flieg ich zum Quallenbrunnen, oder zu Lena-Oma oder Mama abholen oder … der Kindergarten«, fiel ihr ein.

»Sara, wieso kommst du wieder so spät?«

Sara stand immer noch an derselben Stelle vor der Tür, die Tante Mertens gerade geöffnet hatte. »Und was soll dieses grässliche Gelb auf deinen Backen? Geh dich waschen!« Sara schüttelte den Kopf. »Geh dich waschen! Wir wollen hier nur saubere Kinder.«

»Ich bin nicht schmutzig«, sagte Sara.

»Doch, bist du«, sagte Fräulein Mertens, »oder siehst du ein einziges Kind hier mit gelb verschmiertem Gesicht?«

Sara blickte sich um. »Nein!«

»Dann geh dich waschen«, wiederholte Fräulein Mertens laut. Sie hatte einen ausladenden breiten Kiefer, auf dessen Höhe sie das dunkle Haar zu einer dicken Innenrolle frisiert hatte. So wirkte der Kiefer noch breiter. Sie warf den Kopf nach hinten, wie immer, wenn sie sich ärgerte. Dabei klappten die Haarrollen nach außen auf und klappten nach innen wieder zurück.

»Meine Mama ist Frisöse«, sagte Sara. Fräulein Mertens blickte Sara irritiert an und strich sich über das Haar.

»Ich weiß, dass deine Mama Frisöse ist. Jetzt geh dich endlich waschen!«

Sara ging zur Toilette. Sie schloss hinter sich die Tür. »Vielleicht kann ich ja jetzt schon fliegen«, dachte sie und kletterte auf den Toilettendeckel. Sie breitete ihre Arme aus, aber sie plumpste nur ungeschickt auf den Boden. Sara nahm ein Stück Toilettenpapier und spuckte darauf. Sie schaute der Spucke zu, wie sie im Papier verschwand, konnte sich aber nicht entschließen, den Flugpuder damit abzureiben.

Die Tür ging auf. »Jetzt reicht es mir«, sagte Fräulein Mertens. Sie zerrte Sara an der Hand vor die anderen Kinder und erhob ihre Stimme, während die Haarrollen gefährlich hin und her klappten.

»Schaut euch alle Sara an. Sie will sich nicht waschen. Wer will das übernehmen?« Ein paar Kinder traten vor.

»Franz kann das machen. Nimm dir den nassen Lappen und putz Sara die Backen blank!« Sara zuckte zusammen. Ausgerechnet Franz, der sie sowieso immer ärgerte.

Franz war das hässlichste und gemeinste Kind, das Sara kannte, schlimmer noch als der freche Junge bei Tante Helga. Und Fräulein Mertens schien ihn ins Herz geschlossen zu haben. Vielleicht, weil er mit zwei Jahren einen Eimer kochendes Wasser über den breiten Kopf bekam. Nun wuchsen darauf nur noch vereinzelt Haare und sein Gesicht war rot vernarbt.

Jetzt kam er mit dem stinkenden Lappen und hob ihn hoch. Sara kniff die Augen zusammen. Sie wollte nicht sein Gesicht sehen, wollte nicht in seine mit narbigen Häuten verwachsenen Augen blicken, die böse funkelten.

Franz war gründlich. Er rieb Sara vor den Augen der anderen das Gelb solange von den Wangen, bis sie knallrot wurden. Sara hielt die Augen geschlossen und wiederholte ständig denselben Gedanken: »Sie werden niemals fliegen können, sie werden niemals fliegen können, sie werden niemals fliegen können.«

In der Nacht träumte Sara vom hässlichen Franz, der sie mit dem stinkenden Lappen verfolgte, obwohl sie keinen Flugpuder im Gesicht trug. Sara wollte flüchten. Aber sie kam kaum vorwärts, weil ihre Beine sich nur im Zeitlupentempo bewegten. Franz rückte immer näher. Da bewegte Sara ihre Arme schnell auf und ab und langsam stieg sie in die Höhe, bis sie weit über Franz in der Luft schwebte. Franz war wütend. Er zerriss den Lappen und steckte ihn Fräulein Mertens in den großen Mund. »Ich brauche zum Fliegen gar keinen Flugpuder«, murmelte Sara im Schlaf und lächelte.

6

SARA STAND VORM SPIEGEL und betrachtete sich, während Lore ihr das helle Haar kämmte und versuchte, es auf den Seiten mit Spangen zu befestigen. Sara trug ein weißes Kleid mit Rüschen an beiden Ärmeln und Kragen, worüber sich das runde Gesicht mit dem kleinen vollen Mund recht hübsch ausnahm. Sara verzog ihn zu einer Grimasse und die weißen perligen Milchzähne kamen zum Vorschein. Sara spielte Zähneputzen und hielt ihren Zeigefinger an die obere Zahnreihe. Dabei bewegte sie ihren Kopf hin und her, ohne jedoch den Zeigefinger zu rühren.

»Halt doch mal still«, sagte Lore ungeduldig und klopfte Sara mit dem Kamm auf den Kopf. »Oder willst du hässlich deinen Vater besuchen?«

Denn heute war Besuchstag. Das Vormundschaftsgericht hatte die Zeiten festgelegt, da sich Lore und Peter nicht auf gemeinsame Termine einigen konnten.

Sara blies ihre Backen auf und schüttelte den Kopf. Dann schlug sie sich mit beiden Händen auf die Wangen, so dass ihnen die gepresste Luft entfuhr. Plopp!

»Wenn du jetzt nicht mit dem Gezappel aufhörst, dann schneide ich dir die Haare ab!«

Sara blickte auf das Abbild ihrer Mutter im Spiegel. Offenbar war es ihr ernst. Sara wusste, wie schnell sie mit der Schere sein konnte. Sara wollte keine kurzen Haare. Deshalb hielt sie ihren Kopf ganz steif.

Es klingelte. Sie wollte schon losrennen, um ihrem Vater zu öffnen, aber Lore hielt sie zurück. »Der kann warten!«, sagte sie und befestigte in aller Ruhe die zweite Spange in Saras Haar. Es klingelte noch einmal. Wieder stürzte sich Sara Richtung Tür, wieder hielt sie Lore fest.

»Hier noch deine Tasche und sag Peter, ich hole dich um sechs Uhr heute Abend ab!«

Sara rannte zur Tür und beeilte sich, die Treppe hinunter zu kommen. Unten nahm sie Peter auf den Arm und warf sie zur Begrüßung einen halben Meter in die Luft. Das kitzelte im Bauch und Sara musste lachen.

»Mama hat gesagt, sie holt dich heute Abend um sechs Uhr ab!«

»Mich wird sie kaum gemeint haben«, lachte Peter und fuhr sich durch die blonden Haare. Sara kletterte auf das Motorrad. Peter fuhr los und Sara hielt sich an seiner Lederjacke fest. Lore blickte den beiden vom Fenster aus nach und schüttelte den Kopf. »Wie gespuckt ihr Vater«, murmelte sie vor sich her, »Gott sei Dank, ist sie kein Junge geworden!«

Die Fahrt führte durch die hügelige Landschaft, deren sattes Grün den beiden frühsommerlich entgegen leuchtete. Die Sonne stand hoch am Himmel und erwärmte das schwarze Leder auf dem breiten Rücken ihres Vaters. Sara drückte ihre Nase dagegen und sog den herben Duft ein und mit ihm einen Hauch von Abenteuer. Peter fuhr langsam wegen Sara. Die Chromteile funkelten in der Sonne und der eine oder andere Blick folgte ihnen mit Bewunderung. Peter hielt vor dem Wirtshaus an und hob Sara mit großartigem Schwung vom Motorrad. Es dauerte nicht lange und seine Kumpanen umringten ihn und Sara. Er war stolz auf seine Tochter, weil sie ihm so ähnlich sah.

Sara bekam eine Waldmeisterlimonade. Peter trank ein Glas Bier, das ihm ein dienstbarer Geist anreichte. In wenigen Zügen war es leer. Er nahm vor Saras großen Augen das leere Glas und warf es über seine Freunde hinweg. Die Kellnerin quietschte und versuchte vergebens das Glas zu fangen. Es zersprang direkt neben ihren Füßen und die Scherben spitzten in alle Richtungen. Die jungen Männer grölten und applaudierten.

Sara stand der Mund offen vor Staunen. Warum ihrem Vater applaudiert wurde, weil er etwas zerstört hatte, konnte sie nicht verstehen. Sie sah in das unsichere Gesicht der Kellnerin, die sich nicht einmal beschwerte, obwohl eine Scherbe ihr den Strumpf zerrissen hatte. Sara blickte ängstlich an ihrem Vater hoch.

Tante Rosalie hatte einmal zu Sara gesagt, ihr Vater Peter sei gefährlich. Man müsse sich vor ihm hüten und vor allem dürfe man ihn nicht provozieren, dann würde er ausrasten. Und ein elender Frauenheld sei er, der immer bekommen würde was und wen er will. Daran sei seine Mutter schuld. Die habe ihren Jüngsten unsäglich verwöhnt. Ihr Ältester sei damals in die französische Fremdenlegion und nicht mehr heimgekehrt. Die Drohung, sich ebenfalls bei der Fremdenlegion verdingen zu wollen, habe Peter immer als Druckmittel gegen seine Mutter verwendet, um ihr Verschiedenes abzupressen, auch sein Motorrad.

Den kurzen Weg zu sich nach Hause fuhr Peter schneller. Sara ängstigte sich, aber sie sagte nichts. Froh, unbeschadet angekommen zu sein, rannte sie zu den großen Holzfässern, die im Hof herumstanden.

»Sind die voller Kirschen?«, fragte Sara. Peter nickte. Sara reichte gerade mal bis zum Rand der Fässer. Die Kirschen quollen ihr üppig rot entgegen. Sara zog sich einen Stuhl heran und stellte sich darauf.

»Iss nur«, forderte sie ihr Vater auf. Seidenglatt fühlten sich die Kirschen an. Sie leuchteten rot in ihrer Hand und riefen einen zarten Widerschein hervor. »Glänzende Herzen«, sagte Sara, »Herzen zum Essen.« Jeweils ein Paar hängte sie sich an die Ohren. Sie schwenkte ihren Kopf hin und her und lachte, wenn die Kirschen an ihre Wangen klopften. Sie steckte eine Kirsche in den Mund und zwischen Fleisch und Stein, Zunge und Zähnen quetschte sie ihre Frage hervor. »Sind die alle zum Essen?«

»Ja, eine der Tonnen kannst du mit nach Hause nehmen!«

Sara blickte Peter überrascht an. »So viele, alle für mich?« Peter nickte. »Die kann ich gar nicht tragen«, meinte Sara und dachte nach. »Dann musst du Räder drunter schrauben, damit Mama das Fass am Bus festbinden und nach Hause ziehen kann.«

Peter lachte über Saras Idee. »Und was machst du mit den anderen Kirschen?«, fragte sie ihn und deutete auf die restlichen Fässer.

»Schnaps brennen.«

»Was ist Schnaps?«

»Was zum Trinken. Dazu muss man die Kirschen auspressen und den Saft weiter verarbeiten.« Peter ging mit Sara in das Gebäude und zeigte ihr die Destillieranlage.

»Kann ich mal probieren?«, fragte Sara.

»Ja, gib doch dem Kind ein Schnäpschen«, sagte Peters Vater, der sich an der Presse zu schaffen machte. Er fuhr Sara freundlich-fahrig über die Haare. Sara blickte zu ihm empor. Er war zierlich und drahtig, hatte kleine blaue Augen und eine hervorspringende, großporige Nase. Seine Hände waren unverhältnismäßig groß und ununterbrochen in Bewegung. So, als wären sie ständig auf der Suche nach etwas. Manchmal jedoch blieben sie ruhig. Immer dann, wenn seine Hand ein Glas mit Schnaps hielt. Schon lange hatte Peter ihm den Schlüssel zur Destillieranlage und zum Keller weggenommen, wo der Schnaps in großen Korbflaschen lagerte. Aber Opa fand immer wieder einen Weg, an den Schlüssel zu kommen. Dann saß er für Stunden im Keller neben den Korbflaschen, ruhig und konzentriert und mit einem Glas in der Hand.

»Sara ist zu klein für Schnaps«, entgegnete Peter.

»Nur ein bisschen«, meinte Opa.

»Untersteh dich!« drohte Peter seinem Vater. Eine helle Frauenstimme war undeutlich zu hören. Peter horchte auf. Er lief zur Tür, gefolgt von Sara. »Muss mal weg«, sagte er und verschwand.

Opa gab Sara heimlich ein Schlückchen Schnaps, der ihr heiß durch die Kehle rann. Sara verzog das Gesicht und schüttelte sich. »Kirschen schmecken besser«, sagte sie.

Lore kam abends um sechs, um Sara wieder abzuholen. Sie

beugte sich hinunter und küsste sie auf die Wange. Sara roch nach Schnaps. Lore wurde wütend. »Was seid ihr denn für eine Familie! Jetzt gebt ihr schon dem Kind zu saufen«, schrie sie Opa an. »Wo ist überhaupt Peter? Ihr werdet Sara nie wieder sehen, das verspreche ich euch.« Sie packte Sara, ging und hielt Wort.

Bald darauf starb Opa. »Schnaps, das war sein letztes Wort, da trugen ihn die Englein fort ...« Sara hörte das Lied im Radio und dachte, sie hätten es extra für Opa komponiert. Sie erinnerte sich an ihren Vater und fragte Lore nach ihm. »Dein Vater hat mit dem Motorrad einen Unfall gebaut, weil er sicher wieder zu viel getrunken hatte. Er hat es ohne einen Kratzer überlebt. Aber seine Freundin ist tot.«

»Und wo ist er jetzt?«

»Er hat die Schnapsbrennerei verkauft und ist weg gezogen.«

»Kann ich ihn dort mal besuchen?«

»Wenn du größer bist.«

Sara merkte es sich.

7

Endlich Sommerferien. Der Kindergarten hatte zu Saras großer Freude geschlossen. Aber Lore musste arbeiten und wollte Sara zu Tante Elisabeth bringen. »Wer ist Tante Elisabeth?«, fragte Sara.

»Eine Großcousine von mir,« meinte Lore.

»Ich will aber nicht zu deiner Großcousine. Die kenn ich nicht. Ich will lieber zu Lena-Oma oder Tante Helga oder …«

»Die können alle nicht«, unterbrach sie Lore. »Sie arbeiten, und Tante Helga erwartet jeden Moment ein Baby.«

»Lassen Sie Sara doch bei uns«, bot Frau Singen an. »Ob ich nun für drei oder vier Kinder koche, spielt wirklich keine Rolle. Sie kann mit Elke und Eva spielen.«

»Und mit Leo«, fügte Sara hinzu.

»Und mit Leo«, wiederholte Frau Singen lachend.

»Ich bin auch ganz lieb«, sagte Sara. Lore war einverstanden.

»Picknick, Pick – nick«, sagte Sara vor sich her. Sie folgte Elke, die Eva folgte, quer durchs Paradies.

»Picken – nicken, die Vöglein picken, die Blümlein nicken.« Sara versuchte sich einen Reim darauf zu machen, warum das, was sie vorhatten, Picknick hieß. Die Wiese im Paradies war jetzt so hoch wie Sara. Margeriten, Kornblumen und Klatschmohn leuchteten vereinzelt zwischen den Gräsern hervor. Die Bäume standen in dichtem Laub. Die späte Kirschernte war gerade vorüber. Aber Sara hatte genug Kirschen gegessen.

»Hier machen wir Picknick«, bestimmte Eva und breitete die Decke unter einem ausladenden Apfelbaum aus, der dichten Schatten spendete. Eva war die Älteste und froh, dass Leo nicht dabei war.

Auch Elke freute sich darüber, denn Leo ärgerte sie immer. Nur Sara hätte sich über Leo gefreut. Er war viel interessanter als seine Schwestern und redete nicht so viel wie sie. Aber Elke und Eva waren sehr nett zu Sara, weil sie die Jüngste war. Sie brauchte nur die beiden Trinkflaschen zu tragen. Sie waren aus Blech und hatten Korkstopfen zum Verschließen. Sara trug sie an einem Band um den Hals. Jetzt hatten alle Durst, obwohl sie erst vor einer halben Stunde aufgebrochen waren.

»Sara ist die Kleinste, sie darf zuerst trinken«, sagte Eva.

»Dann gib ihr doch deine Flasche«, meinte Elke.

»Nein, du musst ihr zuerst etwas aus deiner geben«, sagte Eva. Elke gab Sara die Flasche. Sara trank einen großen Schluck Essigwasser mit Zucker. Das war sehr erfrischend. Doch beim zweiten Schluck riss Elke ihr die Flasche aus der Hand. »Hey, nicht so viel! Jetzt bist du dran, Eva«, forderte Elke ihre Schwester auf. Nun reichte Eva Sara die Trinkflasche. »Aber nur einen Schluck wie bei Elke.«

»Aber einen ganz großen«, sagte Sara, die sehr durstig war. Eva nickte. Sara ließ sich den Mund voll laufen, bis ihre Backen kugelrund waren. Dann gab sie Eva die Flasche wieder zurück. »Das gilt nicht«, sagte Eva. »Das sind mindestens drei Schlucke.« Sara schluckte schnell.

»Dann musst du auch noch von Elke zwei Schlucke nehmen. Sonst ist es ungerecht« Elke reichte Sara ihre Flasche und Sara trank genau zwei Schlucke. Jetzt waren Eva und Elke an der Reihe. Elke setzte die Flasche an und trank ohne abzusetzen. Plötzlich machte es Plong und Elke flog die Flasche vom Mund. Plong, und auch Evas Flasche fiel ins Gras. Sie hoben sie schnell auf, um das Auslaufen zu verhindern. Sara schaute sich um und erblickte Leo, der mit einer Schleuder in der Hand auf dem Nachbarbaum saß. »Ihr Geizkragen!«, sagte er. Eva und Elke heulten auf vor Wut.

»Das sagen wir Papa, du hättest unsere Augen treffen können. Du bist gemein, du bist ein Arschloch, du bist ein …« Eva und

Elke fuhren eine Weile so fort. Da aber Leo unbeeindruckt blieb, beschlossen sie, ihr Picknick abzubrechen und Walderdbeeren zu sammeln. Sara war Feuer und Flamme, denn sie hatte noch nie welche gegessen und wusste auch nicht wie sie aussahen. Aber was Picknick war, das wusste sie jetzt. Man brauchte dazu nur eine Decke, zwei Trinkflaschen und einen Jungen mit einer Schleuder.

Sara lief mit den Flaschen um den Hals hinter Elke und Eva her. Sie drehte sich um und sah Leo. Er sprang vom Baum und folgte ihnen unauffällig. Sara winkte ihm zu. Leo legte seinen Zeigefinger auf den Mund. »Pst«, flüsterte Sara vor sich hin und eilte den beiden Mädchen nach.

Im Wald war es angenehm kühl. Dichte Büsche wuchsen an den schmalen Trampelpfaden, die sie entlang liefen. Immer wieder fiel ein Bündel Sonnenstrahlen durch die Baumkronen, grün-weiße Lichtsäulen, die dufteten und vibrierten. Sara hielt ihre Hand hinein. Sie löste sich auf.

»Sara, trödele doch nicht so rum. Wir wollen Walderdbeeren pflücken. Hier steht alles voll. Kommst du jetzt oder nicht?«, rief Eva ungeduldig ein gutes Stück entfernt von ihr. Sara erschrak und zog ihre Hand wieder zurück.

»Schrei doch nicht so«, sagte sie leise. Sie ging zu Eva und Elke, die in der Hocke saßen und pflückten. Ein alter angerosteter Topf, den sie im Wald gefunden hatten, stand neben ihnen. Sara bückte sich und hob die Blätter der Erdbeerpflanzen hoch. Darunter baumelten die kleinen tiefroten Früchte, die ihr appetitlich entgegen lachten. Sie legte sich eine auf die Zunge und zerdrückte sie am Gaumen. Die frische Süße durchrieselte sie bis in die Fingerspitzen. Das also waren Walderdbeeren. Sara nahm eine weitere in den Mund.

»Du sollst sie nicht alle aufessen, sondern hier in den Topf tun«, sagte Elke. »Wir nehmen sie mit nach Hause und essen sie dort mit Dosenmilch und Zucker.«

Sara gehorchte. Sie legte viele Erdbeeren in den Topf, und sie steckte viele Erdbeeren in den Mund. Der Topf war voll. Aber sie wollten noch nicht nach Hause, sondern gingen zur Blies hinunter. Das dicht bewachsene Ufer des Flusses war seicht und schlammig. Sara lief ein paar Schritte hinein und genoss die feine nasse Erde, die kühl ihre Füße umschloss. Eva rannte ins Wasser, während Elke mürrisch auf einem Stein saß, den Topf Erdbeeren unterm Arm. Sie konnte sich nicht entscheiden. Ging sie ins Wasser, musste sie die Erdbeeren alleine lassen. Blieb sie hier und die Erdbeeren waren in Sicherheit, konnte sie nicht ins Wasser. Sie schaute sich gründlich um und gab sich schließlich einen Ruck. Die Walderdbeeren versteckte sie unter dem Stein, auf dem sie saß. Dann sprang sie mit einem Freudenschrei ins Wasser und mit einem Schrei der Entrüstung gleich wieder heraus. Leo war da, schnappte sich den Topf und wollte damit wegrennen. Doch das war nicht einfach. Elke rannte wie eine Furie auf ihn zu und von der anderen Seite kam Eva. Vor ihm aber lag die Blies und den Topf mit Erdbeeren ohne Verlust ans andere Ufer zu manövrieren, war aussichtslos. Er rannte los wie der Blitz und hätte es fast geschafft. Wäre da nicht die Wurzel gewesen, die sich ausgerechnet jetzt unter seinen Fuß schob. Leo fiel der Länge nach hin, während der Topf mit Erdbeeren sich so lange in der Luft drehte, bis er ein Topf ohne Erdbeeren war und mit einem dumpfen Geräusch auf den Boden fiel. Sara kam aus dem Wasser. Keiner sagte ein Wort. Sara bückte sich und fing an sie aufzusammeln. Die anderen taten es ihr nach. Auch Leo. Bald war der Topf wieder fast so voll wie vorher und keiner rührte ihn mehr an.

Jetzt spielte Leo mit. Niemand freute sich so sehr darüber wie Sara. Leo hatte ein Seil dabei. Geschwind wie ein Affe kletterte er auf einen Baum direkt am Ufer und befestigte das Seil an einem Ast. Es hing fast bis auf den Boden. Leo nahm mit dem Seil in beiden Händen Anlauf, zog die Füße an und schwang weit über den Fluss. An der höchsten Stelle ließ er sich ins Wasser fallen, verschwand unter der Oberfläche und tauchte erst am Ufer wieder auf. Eva und Elke bedrängten Leo, er solle sie auch mitmachen lassen. Leo aber beschloss, Sara sollte die erste sein.

»Aber ich kann nicht schwimmen«, sagte Sara, während ihr Gesicht vor Glück strahlte.

»Macht nix«, sagte Leo, »du brauchst ja nicht so weit rein zu springen wie ich.« Sara zögerte.

»Ich bin dort, wo du abspringst«, beruhigte Leo sie. »Dann kann ich dich aus dem Wasser fischen.«

Sara glühte vor Aufregung. Sie nahm Anlauf und zog die Beine ans Seil, wie sie es bei Leo gesehen hatte. Doch sie wagte nicht das Seil loszulassen und ins Wasser zu springen, obwohl Leo dort stand. Das Seil schwang mit Sara zurück ans Ufer. »Noch einmal«, rief Leo. Wieder nahm Sara Anlauf und dieses Mal ihren ganzen Mut zusammen. Über dem Wasser kniff sie die Augen zu und ließ sich fallen. Das Wasser schlug für einen Augenblick über ihrem Kopf zusammen, aber eine kräftige Hand packte sie am Arm und zog sie wieder raus. Sie suchte mit den Füßen Grund und fand ihn. Sara rieb sich das Wasser aus den Augen. »Und?«, fragte Leo. Sara platzte fast vor Stolz. Jetzt stürzten sich auch Eva und Elke auf das Seil, schwangen sich übers Wasser und ließen sich fallen.

Am Abend wanderten sie stillschweigend zurück zum Quallenbrunnen. Selbst Elke und Eva brachten kein Wort mehr raus, so müde waren sie. Die Lichtsäulen im Wald färbten sich langsam golden. Als sie das Tor zum Garten durchschritten, hörten sie die ersten Grillen zirpen. Lore kam Sara entgegen. »War es schön heute?«, fragte sie. Aber Sara versagte vor Glück und Müdigkeit die Stimme. Sie ärgerte sich auch nicht über Elke, die den ganzen Topf mit Walderdbeeren, Dosenmilch und Zucker alleine aufaß und sich deshalb erbrechen musste. Als Eva die matschigen Walderdbeeren in der Toilettenschüssel sah, weinte sie. Aber Leo lachte und sagte: »Das geschieht euch recht.«

Sara war verzaubert und schwebte glückselig durch den Sommer. Es war der schönste Sommer unter den wenigen, die hinter ihr lagen und den vielen, die noch folgten. Der Walderdbeerensommer. Fortan ließ sich Glück nur daran messen.

8

SARA HING WAAGERECHT IN DER LUFT. Ihre Füße
stützte sie auf der Hausmauer ab. Ihre Hände hielten eine dünne
Schnur, die mit dem anderen Ende um das eiserne Männchen mit
dem eisernen Hut gewickelt war. Sie liebte diese Figuren, die nur
dazu dienten, die geöffneten Fensterläden an der Mauer zu fixieren.
Ihr Mechanismus war ganz einfach. Zum Schließen der Holzläden
mussten sie hochgezogen und dann nach vorne gekippt werden.

Doch jetzt dachte sie nicht an sie. Sie sah die Wolken über sich
und spürte, wie ihr Körper der Schwerkraft trotzte.

Das eiserne Männchen beugte sich vornüber, die Schnur flog ihr
entgegen und Sara stürzte rücklings auf die Bordsteinkante. Der
dumpfe Schmerz in Ihrer Steißbeingegend trieb ihr Tränen in die
Augen.

»Hast du dir weh getan?«

»Nein.« Sara schüttelte ihr schmerzverzerrtes Gesicht, während
sie der Junge neben ihr neugierig musterte. Er mochte etwa sechs
oder sieben Jahre alt sein, wie sie. Lukas hieß er. Eigentlich war sie
ja nur wegen ihm an der Hausmauer hochgestiegen. Um zu prah-
len. Dann hatte sie ganz vergessen, dass er da war. Diesen kurzen
Augenblick in der Luft. Sie lief rot an. Die Schnur hielt sie noch in
der Hand. Sie blickte hoch zu dem eisernen Männchen, das sich
höflich verbeugte, und rappelte sich mühsam auf. Der Schmerz ließ
nicht nach.

»Wo bleibst du denn Sara?« Tante Elisabeth rief aus dem Fenster.
Hatte sie ihr nicht schon einmal verboten, sich an die Halterung
zu hängen? Sie nannte die Eisenmännchen ›Halterung‹. Das empörte Sara im Stillen. Es gab doch so viele ›Halterungen‹. Für alles

Mögliche. Und die hatten keine Gesichter und auch keine Hüte aus Eisen. »Kommst du endlich?« Sara stopfte rasch die Schnur in ihre Jackentasche und hielt sich betont gerade. Sie versuchte zu lächeln. Denn ihre Tante durfte nichts von ihrem Sturz wissen. Sonst setzte es eine Strafe. Sara ging mühsam die Treppe hoch und ließ Lukas einfach stehen.

Es war nicht leicht, den Schmerz zu verbergen. Am schlimmsten war das Sich-Niedersetzen aufs Bett und anschließend das Hinlegen. Und gerade das musste sie jetzt tun. Tante Elisabeth schaute sie an. Aber Sara erwiderte ihren Blick nicht und legte sich hin. Ihre Tante ließ sich auf dem Bettrand nieder. Unter ihrem Gewicht gab die Matratze stark nach. Sara rollte Tante Elisabeth eine Viertel Drehung entgegen, bis sie durch ihre üppigen Hüften gebremst wurde. Das tat weh und sie zuckte zusammen. Sie blickte ängstlich in das große Gesicht mit den schmalen Lippen. »Was hast du denn?« Sara antwortete wie aus der Pistole geschossen: »Ich will beten!« Ihre Tante blickte sie erstaunt an. Sie beteten jeden Abend, aber dass Sara diesen Wunsch so explizit äußerte, war bisher noch nicht vorgekommen. Doch Sara legte ihre Handflächen dicht aneinander und schloss mit großer Andacht die Augen. »Lieber Gott, mach mich fromm«, Sara sah mit geschlossenen Augen den prüfenden Blick der Tante, »dass ich in den Himmel komm.« Und um sie abzulenken, betete sie ohne Unterbrechung weiter: »Vater unser, der du bist im Himmel, geheiligt werde …«

Nun war Sara schon ein halbes Jahr bei Tante Elisabeth in Brebach und ging hier zur Schule. Und regelmäßig in die Kirche. Denn Tante Elisabeth war sehr gläubig. Sie stand mit dem Lieben Gott auf und ging auch wieder mit ihm zu Bett. Und außerdem jeden Sonntag und Feiertag in die Kirche. Begleitet wurde sie von Onkel Fritz, ihrem Mann. Fritz war dünn, knochig und ohne Geruchssinn. Er duftete immer nach Pomade, wenn er nicht gerade Zahnpasta auf den Haaren hatte. Denn häufig verwechselte er die beiden Tuben. Zu Saras großem Vergnügen.

»Onkel Fritz?«

»Ja, Sara?«

»Du riechst nach Pfefferminze.« Onkel Fritz verstand, machte Sara zuliebe ein zerknirschtes Gesicht und lachte herzlich. Und wenn er lachte, zitterten die wenigen Härchen am Hinterkopf, die sich selbst der zähsten Pomade widersetzten. Von dieser Stelle aus teilte ein schnurgerader Seitenscheitel seine schütteren Haare in eine kleine und eine große Hälfte und endete an seiner niedrigen zerfurchten Stirn.

Fritz war ein guter Mann. Er tat meistens, was Tante Elisabeth sagte. Und sie schaute dafür über seine zertrümmerte Nase hinweg und sein Hinken; Verletzungen, die er aus dem Krieg mitbrachte. Doch beklagte er sich nie, war immer freundlich und guter Dinge. Das Leiden übernahm sie, obwohl sie nie krank war. Aber Christus litt ja auch. Er ließ sich sogar ans Kreuz schlagen. Er hat sich geopfert. Tante Elisabeth opferte ihr Frausein. Aber sie opferte es schon, bevor sie sich einen impotenten Kriegsveteranen zum Mann nahm. Denn Elisabeth fühlte sich schuldig. Sie war das uneheliche Kind in einer streng katholischen Familie. Ihre Mutter musste schnell heiraten. Aber nicht den Vater, den sie nie verriet, sondern den Nächstbesten. Dafür musste sie ihr ganzes Leben bezahlen. Ihre Ehe war freudlos und Elisabeths Stiefvater in sich gekehrt und menschenscheu. Elisabeth blieb das einzige Kind.

Sara beendete ihr Gebet »... wie im Himmel, so auf Erden, Amen.« Tante Elisabeth strich zufrieden die Bettdecke glatt, machte das Licht aus und ging. Sara war erleichtert. Jetzt konnte sie ihrem Schmerz freien Lauf lassen. Sie weinte.

Sara ging immer noch vorsichtig die Treppen hinunter. Erstaunt nahm sie wahr, dass der Schmerz verschwunden war. Tage hatte es gedauert und jetzt war es vorbei. Endlich. Heute war Sonntag und Gottesdienst. Sara bewegte sich nun schwungvoller. Die letzten Stufen nahm sie mit einem Satz. Sie landete auf den breiten Platten des Bürgersteigs und hüpfte im Worttakt von einer zur nächsten. »Ich-bin-klein-mein-Herz-ist-rein-darf-niemand-drin-wohnen-als-Jesus-allein.« Und wieder den Weg zurück. »Ich-bin-klein-…« Sara streckte dem Eisenmännchen die Zunge heraus – »mein-Herz-ist-rein …« Sie blieb mit triumphierendem Blick direkt vor ihm stehen »darfniemanddrinwohnenalsJesusallein« und schlug dem Eisenmännchen auf seinen Eisenhut. Sie blickte auf die Innenfläche ihrer Hand, die jetzt schwarze Schlieren hatte. Ruß von der Halberger Hütte oberhalb des Hauses. Sie stieß ihren Qualm aus den vier Schloten, ob Sonntag war oder nicht. Und immer hing der Geruch von Ruß in der Luft.

Tante Elisabeth und Onkel Fritz kamen in ihrem Sonntagsstaat aus dem Haus. Tante Elisabeth nahm Saras Hand. Die mit den Ruß-Schlieren. Sara sagte nichts. Sie wollte vermeiden, dass Tante Elisabeth ein Taschentuch herausnahm, mit ihrer Spucke befeuchtete und ihr die Hände damit abrieb.

Sie gingen an vielen grauen Häusern vorbei. Leute kamen heraus und strebten nach der Kirche wie sie. Nachbarn nickten ihnen zu und gingen weiter. Schwarz und Grau gekleidet. Sie waren ›gut katholisch‹, wie Onkel Fritz immer sagte. Kinder bildeten die einzigen Farbtupfer auf dem Weg zur Kirche. Sara blickte auf die plumpen Absätze der Frauen, die einen eigenwilligen Rhythmus auf den Bürgersteig klopften. Vor ihr ging ein Paar Arm in Arm. Eine kleine alte Frau und ein gebeugter alter Mann, die sich zusammen wie eine Person bewegten.

»Onkel Fritz, sind das Geschwister?«

»Nein, wie kommst du denn darauf?«

»Die sehen aber so aus.«

Fritz schüttelte den Kopf. »Sie sind verheiratet, seit fünfzig Jahren.« Als sie das Paar überholten, nickten ihnen die beiden Alten zu, gleichzeitig. Selbst später auf der Kirchenbank kauerten sie dicht zusammen. »Wie Vögel im Winter«, dachte Sara. Sie hatten nur ein Gesangbuch. Er hielt, sie blätterte. Und beide sangen mit einer Stimme »Großer Gott, wir loben dich.« Sara saß eine Reihe vor ihnen und drehte sich zu ihnen um. Sie überlegte, wie es wohl wäre, wenn sie sterben würden. Dann lägen sie bestimmt in einem Doppelsarg. Ihre Arme wären eingehakt wie jetzt und ihre Gesichter einander zugewandt. Wie im Leben, so im Tod.

Vor kurzem hatte sie ihre erste Tote gesehen. Es waren alle da, Lore, die Tanten, die sie kannte und die Tanten, die sie nicht kannte. Auch Tante Elisabeth war unter ihnen und Lena-Oma, deren Schwester Großtante Gerda war.

Sara war mit dem Kopf genau in Sarghöhe. Sie sah die fahle, wächserne Haut und die feinen grauen Linien im Gesicht, sah die bläulichen Fingernägel und roch den durchdringenden Duft der Lilien. Eine dicke Fliege setzte sich auf die Nase der Toten und begann sich ausgiebig die Flügel zu putzen. Alle sahen sie, aber niemand vertrieb sie. Eine Weile harrte sie dort aus unter den andächtigen Blicken der Hinterbliebenen. Dann aber flog sie auf und ließ sich unverzüglich mitten in Großtante Gerdas rotem Gesicht nieder. Sie quietschte vor Schreck und schlug nach ihr. Sara musste lachen.

Alle benahmen sich plötzlich seltsam. Lore senkte ihren Kopf, tiefer als der Anstand es vorgab. Ihre Schultern zuckten eigentümlich. Lena-Oma, Tante Helga, Tante Rosalie und Tante Astrid hielten sich Taschentücher vors Gesicht. Nur Kriemhilde und Sieglinde blieben ernst und feierlich. Sie konnten nicht begreifen, warum sich ihre Mutter und Schwestern bei einem Anlass wie einer Beerdigung so aufführten. Schließlich zückte auch Großtante Gerda, die sich von ihrem Schreck erholt hatte, ein Taschentuch, um hinein zu lachen. Dann wanderte die Prozession der Trauernden aus der Kapelle, und fast alle versteckten ihre Gesichter in den Taschentüchern. Die Menschen, die ihnen auf dem Friedhof begegneten, warfen ihnen teilnahmsvolle Blicke zu.

Sara kniete auf der Bank neben Tante Elisabeth, die kein Gesangbuch brauchte. Sie kannte nämlich alle Lieder auswendig. »Fest soll mein Taufbund ewig stehen ...«, sang sie inbrünstig. Sara schaute zum geschmückten Altar mit den hohen Kerzen. In dessen Mitte strahlte die goldene Monstranz. Der prächtig gekleidete Priester hielt sie nach oben. Bald würde der Leib Christi in den Mündern der Gottesfürchtigen verschwinden. Eine Reihe nach der anderen stand auf. Sara war noch zu jung dazu. Erst musste sie zur Heiligen Kommunion. Auch Lukas, der mit seinen Eltern eine Bankreihe vor ihr saß. Tante Elisabeth und Onkel Fritz waren nun an der Reihe. Wie jeden Sonntag hielt Tante Elisabeth neben der Bank von Saras Lehrerin, Frau Nolte, an, um sich diskret nach Saras schulischen Leistungen zu erkundigen. Sie beugte ihr Knie in Richtung Altar, um sich ehrfurchtsvoll zu bekreuzigen.

Sara dachte mit Schrecken an den noch unentdeckten Ruß, der von dem Eisenmännchen zu ihr und von ihr zu Tante Elisabeth gewandert sein musste. Diese wechselte flüsternd ein paar Worte mit Frau Nolte. Dann stand sie auf und drehte sich um. Sara blickte ihr gespannt ins Gesicht. Tante Elisabeth nickte im Vorübergehen dezent nach rechts und links. Und da war es. Das Aschermittwoch-Mal aus Ruß in der Mitte von Elisabeths Stirn, kurz vor Pfingsten. Lukas blickte mit einem breiten Grinsen zu Sara, die ihn standhaft ignorierte. Denn wenn Sara es richtig bedachte, war Lukas an Tante Elisabeths peinlichem Auftritt Schuld. Denn ohne ihn wäre sie nicht an der Wand hochgeklettert, nicht gestürzt, hätte sich nicht wehgetan und auch keinen Grund gehabt, dem rußigen Eisenmännchen auf den Hut zu schlagen. Lukas musste sich schon etwas Besonderes einfallen lassen, um wieder ihre Gunst zu erlangen.

9

Über der Klassentür hing Christus am Kreuz.
Auf seiner Stirn drückte ihn die Dornenkrone. Seine Hände waren ans Kreuz genagelt und die beiden Füße übereinander mit nur einem Nagel ins Holz geschlagen. Sara hatte Mitleid mit ihm. »Ich bin klein, mein Herz ist rein, darf niemand drin wohnen als Jesus allein.« Ausgerechnet er sollte als einziger in ihrem Herzen wohnen dürfen. Wenn es schon so sein musste, warum dann nicht ein strahlender Gott? Und nicht so ein bemitleidenswertes Geschöpf!

Neben der Tür, unter den Blicken des leidenden Jesus, stand ein langer Rohrstock aus gelblichem Bambus. Sara fand ihn hübsch. Eine Art Zauberstab. Denn sobald Frau Nolte ihn in die Hand nahm, verlieh er ihr Würde und verschaffte ihr Respekt. Sie setzte ihn bei passender Gelegenheit ein, um ihre Schüler auf den richtigen Weg zu bringen. Das war schließlich ihre Aufgabe, der sie sich mit großem Eifer widmete. Es schien Sara, dass alle Erwachsenen mindestens einen magischen Gegenstand besaßen, der sie würdevoller aussehen ließ. Tante Elisabeth hatte einen Rosenkranz, Lore eine Schere, Lena-Oma eine Zigarette und Peter ein Motorrad. Der Priester in der Kirche hatte ganz viele magische Dinge. Deshalb war er auch die Würde in Person. Und deshalb war er so angesehen.

Damals, als Sara vier Jahre alt war, hatte Tante Astrid, Lores jüngste Schwester, alle übertroffen. Auf dem kleinen Dorfplatz gab es einen Auflauf von Menschen. Tante Astrid kam mit ihrem zwei Meter fünf großen Mann in einem Auto vorgefahren, einem VW-Käfer. Sara staunte. Der Käfer war wunderschön und blitzte in der Sonne.

Auf den Seiten hatte er kleine Ärmchen, die ausfuhren. Blinker nannte man das. Sara war beeindruckt. Mit den Jahren machten alle Tante Astrid nach und überall fuhren diese blinkenden Käfer in verschiedenen Farben umher. Irgendwann sah Sara an einem Kiosk ein Foto des VW-Käfer auf der Titelseite einer Zeitung. Sie blieb neugierig stehen und las die Überschrift dazu: Wirtschaftswunder. Was ›Wirtschaft‹ bedeutete, war ihr nicht geläufig, aber von einem ›Wunder‹ hatte sie ziemlich genaue Vorstellungen. Offenbar hatte die Öffentlichkeit erkannt, dass der Käfer ein magisches Ding war wie der Stock von Frau Nolte, der sie größer erscheinen ließ, als sie in Wirklichkeit war.

»Sara!« Sara zuckte zusammen. Ihre Lehrerin rief sie auf. Sie musste aufstehen und neben die Bank treten.

»Wiederhole, was ich eben gesagt habe.«

Sara antwortete wie aus der Pistole geschossen »Wirtschaftswunder.« Frau Nolte und die übrigen Schüler schauten sie verblüfft an. Sara erschrak. Rasch blickte sie auf die Tafel, wo eine Rechenaufgabe stand. Sie wollte wissen, wie viel acht mal sechs ist. »Das ist Achtundvierzig.« Frau Nolte antwortete nicht sofort. Immer noch hielt sie das Wirtschaftswunder in Schach. Sara blickte sie in ängstlicher Erwartung an. Frau Noltes Gesicht verzog sich missbilligend. »Du warst nicht bei der Sache. Ich muss dich bestrafen.« Und sie setzte bedauernd hinzu: »So leid es mir tut!«

Sara hatte Angst. Niemals zuvor war sie von ihr, die sonst immer voll des Lobes für sie war, bestraft worden. Sie wusste, was es hieß. Vor den Augen aller musste sie vor die Klasse treten. Mit ausgestreckter Hand sollte sie den Schlag des Rohrstocks auf ihre Fingerspitzen abwarten. Sara ging nach vorne. Röte stieg ihr ins Gesicht und ihre Hand zitterte. Mucksmäuschenstill war es im Klassenzimmer. Gebannt fixierte sie den erhobenen Stock. Wie er nieder sauste, nahm sie nicht mehr wahr. Frau Nolte schrie auf. Sara blickte sie erstaunt an. Wieso schrie sie? Sara war verwirrt und die Lehrerin ernsthaft wütend. Sie nahm Sara am Handgelenk und hielt sie fest. »Ausstrecken!« Sara streckte die Finger aus. Der Stock zischte zweimal auf ihre Fingerspitzen. Ihr traten vor Schmerz Tränen in die Augen. Frau Nolte ließ ihre Hand los. Sara ging zurück zu ihrer Bank und setzte sich. Nun wusste sie, was passiert war. Auf dem Bein der Lehrerin zeigte sich ein roter Striemen. Sara hatte ihre Hand zurückgezogen und der kräftige Schlag hatte Frau Nolte selbst getroffen. Aber Sara empfand keine Genugtuung, so sehr schmerzten ihre Finger.

In der Pause mussten sie auf den geteerten Schulhof. Sie spielten Engel und Teufel. Sara kniff die Augen ein wenig zu. Sie stellte sich vor, dass die eigentümlichen Formen aus Licht vor ihren Augen Engel waren, die um sie herum schwirrten. Eins der Kinder war Teufel und sollte die Engel jagen. Aber Sara konnte die Engel immer verschwinden lassen, indem sie die Augen einfach wieder öffnete. Das wurde dem Teufel zu langweilig. Zuerst musste er Engel jagen, die er nicht sah und dann bekam er sie nicht, weil sie ihm ständig entwischten. Stattdessen fing er Sara, die sich aber kurzerhand zum Lieben Gott erklärte und den Teufel in die Hölle zurück schickte. Und da Gott allmächtig war, konnte der Teufel nichts dagegen unternehmen.

Das Klingelzeichen ertönte. Sie stellten sich zu zweit hintereinander auf und gingen ins Schulhaus. Zurück im Klassenzimmer traute Sara ihren Augen nicht. Statt eines großen Rohrstocks, standen nun zwei kleine da. Lukas sah ihren Blick und stieß sie freundschaftlich in die Seite. Sara spürte die Taubheit in ihren Fingerspitzen. Dann begriff sie. Die Magie des Rohrstocks war ein für alle Mal dahin. Nun war er zu klein, um Frau Nolte größer erscheinen zu lassen. Und ein neuer Rohrstock würde nie mehr dieselbe Wirkung haben. Sara gönnte Lukas ein Lächeln. Er war wieder in Gnaden aufgenommen.

Tante Elisabeth wartete am Fenster. Die Arme überkreuzt auf der Fensterbank, füllte sie den ganzen Rahmen aus. Sie musste die Fensterbank immer vorher abwischen, sonst wurden ihre Unterarme rußig. Das machte sie jeden Tag. Sara sah Tante Elisabeth von Weitem. Sie winkte ihr nie. Auch sprachen sie kein Wort miteinander, bis Tante Elisabeth ihr die Tür öffnete. Sie war einfach da. Wie das graue Haus, die Fensterläden und die Eisenmännchen. Das fühlte sich gut an.

In der Küche war schon das Essen vorbereitet. Ein großer Ring Lyoner lag dampfend auf dem Teller. Beim Anschneiden sprang die Wurst aus ihrer Haut. Sie duftete verlockend und Sara bekam ein besonders großes Stück davon. Tante Elisabeth pflegte sie während des Essens immer nach der Schule zu fragen. Wie war es heute? Was habt ihr gelernt? Welche Hausaufgaben habt ihr auf? Sara beantwortete kauend alle Fragen. Aber die Sache mit dem Rohrstock ließ sie aus. Tante Elisabeth schob ihr noch ein großes Stück Wurst in den Mund.

»Butter!«, hörte sie ihre Mutter sagen. Sara liebte Butter und Lore hatte ihr ein Eckchen davon in den Mund gesteckt. Doch es war Banane. Ein strenger Blick von Lore und Sara schluckte sie angewidert. Sie konnte Bananen nicht ausstehen. Aber Lore fand sie gesund. In der Nacht übergab sich Sara. Alles lag voll Erbrochenem, Kissen, Decke, Bett und Sara. Lore war aufgestanden. Bei diesem Anblick übergab sie sich auch. Gleich daneben.

»Willst du noch ein Stück Wurst?«, fragte Tante Elisabeth. Sara schüttelte angewidert den Kopf. »Aber warum denn nicht, du isst doch sonst immer viel mehr davon?«

Sara entschuldigte sich. »Die schmeckt so … die schmeckt nach Banane.« Tante Elisabeth blickte sie überrascht an.

»Banane?« Sie roch an der Lyoner. Dann legte sie ihre Hand auf Saras Stirn. »Du wirst mir doch nicht krank werden, Kind?«

»Nein, mir geht es gut. Ich mach jetzt Hausaufgaben.« Sara ging zu dem Tisch ins angrenzende Wohnzimmer und packte ihre

11

LENA-OMA STRAHLTE VOR GLÜCK. Seit fünf Jahren standen die Bierflaschen von Opa auf der Vitrine. Es war vor fünf Jahren, als ihn seine Töchter und seine Frau für immer verstießen. Astrid hatte bei Gericht ausgesagt, ihr eigener Vater habe sie angefasst. Opa leugnete das. Er sei nur zufällig in dieses Zimmer gekommen, und zufällig sei er nackt gewesen. Außerdem hatte er zuviel getrunken, deshalb habe er sich in der Tür geirrt. Eigentlich wollte er schlafen gehen. Niemand glaubte ihm.

Doch heute war Lena-Omas großer Tag und sie konnte nicht anders, als Astrid dankbar zu sein. Denn sie heiratete. Die sechs Bierflaschen kamen in den Mülleimer. Opa war ein für allemal weg. Keiner sprach mehr über ihn, und Sara erinnerte sich an das Wort Opa nur noch im Zusammenhang mit dem Vater ihres Vaters. Der mit dem Schnaps, der inzwischen tot war.

Lore hatte Sara von Tante Elisabeth abgeholt. »Wer ist denn mein neuer Opa?«, fragte Sara auf dem Weg zu Lena-Oma.

»Das wirst du ja gleich sehen«, antwortete ihre Mutter.

»Wie heißt er denn?«

»Willi«, sagte Lore und zupfte Sara das neue hellgrüne Kleid zurecht, das sie ihr mitgebracht hatte.

»Dann hast du jetzt einen neuen Papa. Sagst du Papa zu ihm?«, fragte Sara.

»Ich weiß es noch nicht. Vielleicht.«

Saras neuer Opa überragte alle anderen. Er hatte ein dreieckiges Gesicht mit einer breiten Stirn, durchdringende Augen unter buschigen Brauen und eine Adlernase. Sara betrachtete sie die ganze Zeit. Diese Nase stellte alle anderen, die sie kannte, in den Schatten.

Sie hatte einen leichten Höcker kurz unterhalb der Nasenwurzel. Von dort aus verlief sie gerade und mit schmalem Rücken bis zur Nasenspitze und mündete in schlanken, fein auslaufenden Nasenflügeln.

»Meine Sara, wir haben uns so lange nicht mehr gesehen«, sagte Lena-Oma mit ihrer tiefen Stimme und nahm Sara auf den Arm.

»Er ist ein König«, dachte Sara, »aber niemand weiß es, nicht einmal Lena-Oma. Nur ich.« Sara blickte ihren neuen Opa über Lena-Omas Schulter hinweg an. Er stand inmitten der Hochzeitsgäste. Er nickte ihr freundlich zu. »Ja, ich bin ein König«, sagte sein Nicken, »verrate es niemandem. Ich werde auch niemals verraten, dass du eine Prinzessin bist.« Er löste sich aus der Gruppe und ging auf Sara zu.

»Da bist du ja«, sagte er, als hätte er Sara gesucht. Seine großen, wohlgeformten Hände, die Saras umschlossen, waren warm, trocken und dufteten nach Lavendel. Lore gratulierte ihrer Mutter und ihrem neuen Vater und wünschte ihnen Glück. Sara ging mit Lena-Oma und ihrem neuen Opa an der Hand zu einer Gruppe von Gästen. »Das ist mein Enkelkind, Sara«, sagte Opa mit großer Selbstverständlichkeit. Und Sara wunderte sich nicht darüber. Die Umstehenden blickten freundlich zu ihr herab. Opa strich Sara mit einer liebevollen Geste über den Kopf.

Alle saßen an der Hochzeitstafel. Sara blickte von einem zum anderen. Ihre Mutter Lore unterhielt sich mit ihrer Schwester Rosalie. Neben ihr saß ihr Gatte Christoph, der sich augenscheinlich langweilte. Christoph war zwei Köpfe größer als sie, ein attraktiver Mann mit schwarzem Haar und großen, schräg geschnittenen grünen Augen über hohen Wangenknochen. Im Krieg hatte er sich als kleiner elternloser Junge vom Osten in den Westen herüber geschlagen. Er sprach nie über diese Flucht. Irgendwie war er angekommen. Irgendwie hatte er es geschafft, Fuß zu fassen. Doch mit seinem polnischen Akzent, den er nie los wurde, blieb er immer der kleine Junge aus dem Osten. Tante Rosalie liebte große, schöne

Männer. Sie störte sich nicht an Christophs zweifelhaftem Charakter und war beseelt davon, ihm ein Stück Heimat in einer Häuslichkeit zu bieten, die wenig friedvoll verlief, aber lange hielt.

Rosalie begann in einer Fabrik in Frankfurt zu arbeiten, nachdem sie sich mit vierzehn für mehrere Jahre als Kindermädchen in Südfrankreich verdingt hatte. Sie hatte keine Lehre gemacht, aber sie wurde gebraucht. Am Fließband setzte sie in Akkordarbeit Teile für Bremsen zusammen, die für die aufstrebende Autoindustrie benötigt wurden. Das gab gutes Geld. Rosalie war fleißig, wie alle in der Familie. Sie arbeitete so viel, dass sie am Fließband fast einmal eingeschlafen wäre. Das kostete sie etwas mehr als das obere Glied ihres rechten Mittelfingers. Danach war sie wach und blieb es auch. Erst als die Finger anderer Arbeiter in den Maschinen verschwanden, wurde das eingeführt, was sie ›Sicherheitsmaßnahmen‹ nannten. Sara blickte auf den halbierten Finger. Tante Rosalie machte nicht viel Aufhebens davon, es sei denn in Form von Witzen. »Mein Finger ist eigentlich noch vollständig«, erklärte sie Sara. »Ich spüre diesen Teil nämlich noch. Es juckt manchmal da, aber ich kann nicht kratzen. Denn er ist unsichtbar.« Sara nickte verständnisvoll und fragte Tante Rosalie, ob sich das Fingerglied vielleicht hinter einem Tapetenmuster oder etwas anderem versteckt hielte und sich nur manchmal zeigte. »Das nicht«, meinte Rosalie erstaunt. Sara war enttäuscht. Sie fasste vorsichtig auf die Kuppe von Rosalies verstümmeltem Finger. »Das ist die Narbe, da wurde er zugenäht«, sagte Rosalie.

Eine kleine Hand legte sich auf Saras. Es war ihre Cousine Tina, die Tochter von Tante Helga und Onkel Walter. Sie war erst zwei Jahre alt. Sara fand sie süß. Sie hatte dickes rotes Haar und ein liebes Gesicht. Sara hob sie auf den Stuhl neben ihr. Tina reichte nur gerade mit dem Kinn zur Tischkante. Sie nahm den Löffel vom Tisch und klopfte auf den Teller. Als Vorspeise sollte es Schnecken in Kräuterbutter geben, im Schneckenhaus serviert. Dazu gab es eine spezielle Zange und eine kleine Gabel, um die Schnecke aus dem Haus zu holen. »Tina geben wir ein Stück Brot zum Knabbern, die mag bestimmt keine Schnecken«, sagte Tante Helga.

»Tina esse a Necke«, rief die Kleine über den Tisch. Alle lachten und Lena-Oma am lautesten, weil sie so glücklich war. Opa legte seine Hand auf ihre Hand und schaute zu Sara und Tina herüber. Er stand auf, um eine kurze Ansprache zu halten. Opa schlug mit einer Gabel ans Glas und alle blickten zu ihm hin. »Meine liebe Familie, liebe Freunde, herzlich willkommen«, begann Saras neuer Opa. Die Tür öffnete sich schwungvoll und Tante Astrid und ihr Mann, der lange Hans, kamen herein. Opa musste seine gerade erst begonnene Rede unterbrechen. Lena-Oma sprang völlig überrascht auf.

»Mein Kind, dass ihr noch kommt«, rief sie vor Freude, »ich dachte, ihr seid noch in den Ferien!«

»Herzlichen Glückwunsch, Ma, herzlichen Glückwunsch Willi«, verkündete Astrid überschwänglich. Tante Astrid und ihr langer Hans hatten schon einen Urlaub geplant und im Voraus bezahlt. Und da Lena-Omas Hochzeit mit Willi nur sehr kurzfristig angekündigt wurde, überschnitten sich Ferien und Hochzeit. Natürlich hätte sich Tante Astrid die Hochzeit nie entgehen lassen. Auch wäre es ein Leichtes gewesen, am heutigen Tag pünktlich zu kommen. Aber auf diese Weise war die Überraschung größer, und sie hatte einen angenehmen Nebeneffekt. Astrids Auftritt erstrahlte im Glanz des Besonderen. Sie war schließlich kein gewöhnlicher Gast. Sie war die Jüngste von Lena-Omas Töchtern.

Eilig wurden noch zwei Stühle an den Tisch geschoben. Alle rückten auf. Auch Sara, die aufstand, um den Stuhl mit Tina zu verschieben. Tina nutzte das allgemeine Stühlerücken und griff mit der Schneckenzange in Großtante Gerdas blondiertes Haar. Sie hatte sich an diesem Morgen viel Mühe mit ihrem Haar gemacht, denn heute heiratete ihre Schwester Lena zum zweiten Mal.

Sie selbst lebte in wilder Ehe mit einem gutmütigen, freundlichen, aber fernsehsüchtigen Mann. Gerda hatte ihren Gatten im Krieg verloren und bald darauf ihren kleinen Sohn an Diphterie und Scharlach. Danach bekam sie keine Kinder mehr. Ihre Schwester dafür mehr als ihr lieb waren. Gerda konnte nicht anders und musste sie für diesen Segen beneiden, auf den Lena gar keinen Wert legte. Sie ließ sich mit siebenundzwanzig Jahren die Gebärmutter entfernen. Sechs Kinder waren schließlich genug.

Tina zog mit Schwung an der Schneckenzange und Tante Gerdas Kopf kippte zur Seite. Sie hatte sich verhakt in den toupierten und mit Haarspray befestigten Strähnen. Doch Gerdas Humor hielt dem kleinen Malheur stand. Um Sara und Tina eine Freude zu machen, hing sie sich noch eine weitere Schneckenzange auf die andere Seite des Kopfes. Das fanden Tante Kriemhilde und Tante Sieglinde, die ältesten Töchter Lena-Omas, sehr peinlich. Nicht genug, dass Gerda in wilder Ehe lebte, wie konnte sie sich auch noch vor allen Anwesenden so lächerlich machen.

Auch Kriemhilde und Sieglinde waren fleißig. Sie hatten sich bei ihrer Schwester Lore Geld geliehen, um ein Fischgeschäft zu eröffnen. Sie verkauften in drei Jahren so viele Fische, dass sie einen Kredit für einen Hauskauf aufnehmen konnten. Und sie zahlten Lore alles auf Heller und Pfennig zurück. Von da an schrumpfte der Kontakt zur Familie stetig. Sie erschienen immer seltener auf Hochzeiten oder Taufen. Dafür aber regelmäßig zu Beerdigungen. Sie waren es auch, die Jahre später wieder ihre Zuneigung für ihren leiblichen Vater entdeckten und den alten Trunkenbold kurz vor seinem Tod zweimal in der Heilanstalt besuchten. Allerdings gab es bei ihm nichts zu holen, und so war es die einzige Beerdigung, die sie jemals ausließen. Jedes Mal, wenn Sara die beiden sah, trugen sie ein Schmuckstück mehr um Hals und Handgelenk, an Ohren und Fingern. Lauter magische Dinge, dachte Sara. Sie hatten es wirklich geschafft und verkehrten in besseren Kreisen. Den Fischgeruch wurden sie jedoch nie wieder los.

Tante Astrid und Onkel Hans nahmen nun endlich Platz, nachdem sie jeden Einzelnen begrüßt hatten. Opa schlug wieder mit einem Löffel ans Glas und räusperte sich. »Liebe Familie, liebe

Freunde, heute ist ein besonderer Tag für Lena und mich. Wir haben uns wieder getroffen nach vielen Jahren, denn meine Schwester war Lenas Jugendfreundin. Doch wir sind überzeugt davon, dass wir uns schon länger kennen. Vielleicht aus dem letzten Leben oder sogar aus dem vorletzten.«

Sara hörte zum ersten Mal etwas über mehrere Leben. Ihr war der Gedanke gar nicht fremd. Denn sie hatte auch schon mehrere Leben gehabt. Eins vor der Quallenbrunnenzeit, eins in der Quallenbrunnenzeit und eins nach der Quallenbrunnenzeit. Doch die anderen Gäste stutzten.

»Deshalb«, so setzte Opa fort, »haben wir beschlossen, dieses Leben gemeinsam zu verbringen.«

Sara blickte zu Tina. Tina interessierte sich nicht für Wiedergeburten. Sie zupfte an der Schneckenzange in Großtante Gerdas Haar und riss sie schließlich heraus. Großtante Gerda gab ein leises, gequältes Geräusch von sich und ein Haarbüschel.

»Deshalb haben wir geheiratet. Und nun freuen wir uns, dass ihr alle gekommen seid und mit uns feiert.«

Sara hörte Kriemhilde wispern. »Wir sechs sind alle da, aber seine beiden Söhne fanden es nicht nötig zu kommen.«

»Wundert mich gar nicht«, erwiderte Sieglinde mit gedämpfter Stimme, »was dieser Willi nur für unchristliche Sachen glaubt.«

»Und noch etwas ist mir sehr wichtig«, fuhr Opa fort. »Von heute an seid ihr meine Töchter und ich will für euch da sein wie für meine eigenen Kinder. Ihr könnt mich Papa nennen. Ich bin auch mit Willi einverstanden.«

»Kann ich dich auch Pa nennen?«, rief Tante Astrid dazwischen. »Ich nenne Mutter ja auch Ma.«

Später wandte sich Opa an Sara und Tina: »Lena und ich hätten noch einen Vorschlag zu machen.« Sara horchte auf, Tina nicht. Sie war viel zu sehr damit beschäftigt, die ausgerissenen Haare von Großtante Gerda nach Größe zu sortieren.

»Wie ich hörte«, meinte Opa, »nennt ihr Lena ›Lena-Oma.‹ Wir fänden Großmutter passender. Und mich könntet ihr statt Opa Großvater nennen.« Stille trat ein. Alle blickten zu Sara und Tina. Sara war das sehr unangenehm. Sie fühlte sich zum ersten Mal in ihrem Leben aufgefordert, ihre Meinung zu sagen, für die sich gewöhnlich niemand interessierte. Sie war verwirrt. Lena-Oma sollte jetzt Großmutter heißen. Bis dahin kannte Sara nur die Großmutter aus Rotkäppchen. Sie hatte schon im Bauch eines Wolfes gesessen. Das konnte von Lena-Oma nicht behauptet werden.

»Wenn ich dich Großmutter nenne, bleibst du dann trotzdem meine Lena-Oma?«, fragte Sara.

»Aber ja, Sara«, antwortete Lena-Oma. Sara glaubte ihr nicht wirklich. Lena-Oma spürte offenbar den König in dem Mann an ihrer Seite und wollte nun auch würdevoller auftreten. Die plötzliche Umbenennung von Lena-Oma in Großmutter rückte sie für Sara aus der beruhigenden Wärme des Unmittelbaren und der Gewohnheit in die Ferne, deren Horizont zwar Saras Neugier weckte, aber auch Ängste. Zu Opa passte Großvater. Er hatte so wenig gemein mit den Opas, an die sich Sara erinnerte. Ein Opa konnte kein König sein. Ein Großvater dagegen ja. Sara ahnte zum ersten Mal, dass die Magie der Worte die Magie der Dinge überbot. Die Buchstabenschweine tanzten fröhlich einen Reigen. Sara hatte ihre Entscheidung getroffen. »Ich nenne euch Großvater und Großmutter«, sagte sie zu ihrem neuen Opa und Lena-Oma.

12

EIN DUFT VON ZIMT wehte Sara entgegen, als sie ins Treppenhaus trat. Heute war Heiligabend. Heute würde die Tür zur guten Stube geöffnet werden, die seit mehreren Tagen abgeschlossen war.

Sara kam in die Küche. Tante Elisabeth füllte bräunlichen Teig in ein flaches Waffeleisen. Sie schloss es wieder. Dampf kam aus seinen Ritzen. Seit vier Wochen schon buk sie immer wieder Plätzchen. Sara durfte dabei helfen, aber sie musste sich an die von Tante Elisabeth vorgegebenen Formen halten.

»Kann ich auch mal eigene Formen machen?«, fragte Sara. Tante Elisabeth gab ihr ein Stück Teig. »Aber wir backen sie nicht. Nach dem Spielen musst du den Teig wieder ganz normal ausstechen.«

Sara fand keinen Sinn darin, freute sich aber trotzdem, denn die Hälfte des Teiges würde sowieso in ihrem Mund verschwinden. Tante Elisabeth probierte ja auch ständig, um sich geschmacklich auf dem Laufenden zu halten. Sara knetete ihren Teig so ausgiebig, bis er glänzte. Sie rollte lange Würste und formte daraus eine Brezel. Aus der Brezel wurde eine Brille und aus den Brillengläsern zwei Kugeln, die dicht nebeneinander lagen. Irgendetwas fehlte noch. »Genau! Zwischen die beiden Kugeln gehört noch ein Stab«, dachte sie. Sara betrachtete mit Wohlgefallen ihr Werk.

»Was machst du denn da Schönes«, fragte Tante Elisabeth und äugte herüber. Sie war sehr guter Dinge, denn Weihnachten war ihr liebstes Kirchenfest. Das Jesuskind wurde geboren von Maria der Reinen. Das war ein Wunder, das alle anderen Wunder in den Schatten stellte. Und heute war der erste Schnee gefallen. Deshalb war Tante Elisabeth verzaubert. »Was für ein Heiligabend«, rief Tante Elisabeth voll Freude.

Der graue Winterhimmel hing tief über den Häusern. Es roch nach verbrannter Kohle und Holz. Schneeflocken rieselten still herab. Sara begrüßte den ersten Schnee. Die Eisenmännchen trugen nun zwei Hüte auf ihren Köpfen. Auf dem Eisenhut wölbte sich jetzt noch ein weißer Hut aus Schneeflocken.

»Heute ist Heiligabend«, sagte Sara zu ihnen.

»Als ob wir das nicht wüssten«, antworteten sie. Sie wollte ihnen auf den Kopf hauen, ließ es dann aber, weil sie den Schneehut nicht zerstören wollte.

»Setz dich«, forderte Lukas Sara auf, der schon einen Schlitten neben sich her zog. Sara setzte sich und Lukas zog mit aller Kraft, obwohl die Kufen auf dem Boden kratzten. Schneeflocken fielen ihnen ins Gesicht und schmolzen. Sara streckte die Zunge raus, um welche aufzufangen. Irgendwann hatte Lukas vom Ziehen genug. »Jetzt bin ich dran.« Sara spannte sich vor den Schlitten, aber Lukas war zu groß und zu schwer. Sie kam nicht vorwärts.

»Schwächling«, meinte Lukas. Sie gingen an den Häusern vorbei und schoben den Schnee von den Fensterbänken in ihre Hände, um ihn zu festen Kugeln zu pressen. Sie hatten schwarze Rußsprenkel. Lukas bewarf Sara mit einem Schneeball. Sara warf zurück, aber traf nicht. So ging es eine ganze Weile.

»Wollen wir uns nicht auch was schenken?«, fragte Lukas, »weil Heiligabend ist?« Sara überlegte, was sie Lukas schenken könnte.

»Ich mache dir deine Hausaufgaben. Einmal!« sagte sie. Lukas freute sich über das Geschenk, denn Hausaufgaben hasste er, und Sara machte immer alles richtig.

»Und was bekomm ich?«, fragte Sara. Lukas warf ihr einen spitzbübischen Blick zu.

»Komm mit!« Sara folgte Lukas. Sie bogen um die Ecke in den

Hof einer Getränkefirma, die schon geschlossen hatte. Es war niemand mehr da.

»Also«, startete Lukas feierlich, »dein Geschenk ist: du darfst mir beim Pinkeln zuschauen. Das darf sonst niemand.« Sara war so perplex, dass sie kein Wort herausbrachte. Lukas packte sein Dingsda aus und pinkelte in kunstvollem Bogen. Sara hielt sich die Hände vor die Augen. Unglücklicherweise rutschten ihr die Finger ein wenig auseinander, so dass sie durch die Lücke sehen musste. Sara suchte in Gedanken Worte für das, was sie sah, fand aber keine. Das machte sie ärgerlich, und sie empörte sich heimlich über Lukas Dreistigkeit.

»Von wegen Weihnachtsgeschenk«, dachte sie, »Lukas ist auch nicht anders als die Großen. Er hat ein magisches Ding und will damit größer erscheinen. Und das geht nur, wenn er es zeigt. Versteckt in der Hose ist es nichts wert.«

Tante Elisabeth betrachtete die beiden Teigkugeln mit dem Stab in der Mitte. Sehr hübsch, sagte sie generös, vielleicht machen wir eine Ausnahme und backen dein Plätzchen. Sara warf ihrer Tante einen prüfenden Blick zu. Doch Elisabeth war dem Alltag selig entrückt. Das Dingsda kam mit den anderen Plätzchen in den Herd und wurde gebacken.

Sara sollte baden, bevor gefeiert wurde. Onkel Fritz füllte auf Tante Elisabeths Geheiß warmes Wasser in die Zinkwanne, die in der Küche aufgestellt wurde. Sara setzte erst einen Fuß hinein, dann den anderen. Ein wohliger Schauer überlief sie. Sie spielte Hai und Wal mit ihren beiden Füßen. Normalerweise kämpften sie gegeneinander und regelmäßig gewann der größere Wal. Heute aber war Heiligabend, und die beiden reichten sich friedvoll die Flossen. Deshalb war das Baden langweiliger als sonst. Sara schaute an sich herunter und kam zu dem Schluss, dass das, was sie sah, kein magisches Ding sei. Die beiden kleinen weichen Hügel ohne hervorstechende Merkmale eigneten sich nicht dazu. »Sie haben ja noch nicht einmal einen Gipfel«, dachte Sara. »Aber Moment mal, im Tal gibt es ja einen. Nein, doch nicht, es ist eher ein Zipfel als ein Gipfel. Zipfel, Gipfel«, reimte Sara weiter. Sie stieß einen Seufzer aus. Es war einfach nicht spektakulär genug. Doch irgendwie war sie erleichtert. Denn hätte sie ein magisches Ding, dann wäre es keins, wenn sie es nicht zeigen würde. Und es zu zeigen wäre ihr peinlich gewesen.

»Welch ein Glanz in unsrer Hütte«, sagte Onkel Fritz wie jedes Mal, wenn Sara aus der Wanne stieg. Er verschwand mit Tante Elisabeth in der guten Stube und Sara warf sich rasch die Kleider über. Drinnen gab es einige Geräusche, die sie gespannt verfolgte. Schließlich ging die Tür auf. Onkel Fritz und Tante Elisabeth standen da wie stolze Engel, die Sara ins Paradies einließen. Sie waren hinterfangen von der leuchtenden Aura des Weihnachtsbaums. Sara staunte. Er glitzerte und blinkte von den vielen Kerzen und dem Lametta, die reichlich auf den dunkelgrünen Zweigen prangten. Darunter lagen drei Schalen mit Nüssen und selbstgebackenen Plätzchen. Etwas Großes stand verhüllt am Fenster und erregte Saras Neugier. Ihr Blick fiel auf die Krippe neben dem Weihnachtsbaum. Da lag das Kindlein auf Heu und auf Stroh, wie Tante Elisabeth und Onkel Fritz sangen. Seine Mutter, die Jungfrau Maria, stand daneben und sein Vater Josef auch. Eigentlich war er ja nur der Stiefvater, denn der Liebe Gott im Himmel war Jesus Vater. Aber Josef war ein lieber Kerl und half Maria und Jesus, wo er nur konnte. Das gefiel Sara. »Josef, lieber Josef mein … Es ist ein Ros entsprungen aus einer Wurzel zart … Tochter Zion, freue dich …« Sara sang mit, bis sie selbst sich so verzückt fühlte wie Tante Elisabeth und Onkel Fritz aussahen.

Jetzt waren sie fertig mit Singen und Sara durfte ihre Geschenke auspacken. Das Große, Verhüllte war für Sara. Sie zog aufgeregt das Tuch herunter und hervor kam ein Puppenwagen auf hohen eleganten Rädern. Er war bezogen mit feinem dunkelblauem Stoff. Darin lag eine Puppe mit geschlossenen Augen. Sie öffnete sie, als

Sara sie hochhob. Die Augen waren blau wie ihre und hatten dichte schwarze Wimpern. Das war vom Christkind alias Tante Elisabeth und Onkel Fritz. Sara bedankte sich mit einem Gedicht bei ihnen: »Von drauß vom Walde komm ich her, ich muss euch sagen, es weihnachtet sehr …«

Onkel Fritz aß derweil Plätzchen. Er mochte sie für sein Leben gern, und heute durfte er auch, weil Weihnachten war. Sara mochte ihr Spezialplätzchen nicht essen. Tante Elisabeth fand es schade und wollte das Plätzchen in den Mund stecken. Aber Sara nahm es ihr schnell aus der Hand. »Ich krümele es auf die Fensterbank für die Vögel. Die sollen auch Weihnachten feiern können.«

»Was für ein liebes Ding«, dachte Tante Elisabeth. »Sie denkt sogar an Gottes Geschöpfe draußen in der Kälte.«

Tante Elisabeths selige Stimmung hielt bis ins neue Jahr an. Sie füllte mit feierlichem Gesicht frisches geweihtes Wasser in die kleinen halbrunden Schalen, die in jedem Zimmer direkt neben der Tür hingen. Die flache Rückwand der Schalen war nach oben hin verlängert. Sie trug Bilder wie den Jesusknaben, der eng an seine Mutter Maria geschmiegt den Menschen seinen Segen erteilte. Oder ein pausbäckiges Puttenduo mit flauschigen Flügeln und den Ellenbogen auf einer schneeigen Wolke. Ihr Blick war halb verschmitzt, halb wissend. Sara dachte, was sie wohl denken mögen. Sie tauchte ihre Finger ins Weihwasser und spritzte ihnen ins Gesicht. Doch sie veränderten ihre Miene nicht. »Ihr seid doof«, sagte Sara, »die Eisenmännchen können sich wenigstens vor und zurück bewegen.«

»Sara, bitte komm!« Tante Elisabeth schloss hinter ihr die Tür. In der guten Stube richtete sie ein kleines Tischchen her mit einer hübschen lochgestickten Decke.

»Warum tust du das?«, fragte Sara. Ein geheimnisvolles Lächeln huschte über Tante Elisabeths Gesicht.

Es klingelte, und sie rannte behänder als ihre körperliche Fülle vermuten ließ zur Tür. Sara folgte ihr. Elisabeth öffnete mit einladender Geste die Haustür. Lukas stand davor, erstaunt, so freundlich empfangen zu werden. Tante Elisabeths Züge verdunkelten sich ein wenig. Ein klarer Beweis dafür, dass es nicht Lukas war, den sie erwartete.

»Spielen wir?«, fragte er Sara. Sara nickte.

»Hast du denn deine Hausaufgaben gemacht?«, fragte Tante Elisabeth ihn streng. Lukas lief rot an und schüttelte den Kopf.

»Zuerst die Pflichten, mein lieber Lukas, sagt dir das deine Mama denn nicht?«, tadelte Tante Elisabeth, die immer noch enttäuscht war, weil nur Lukas da stand.

»Sara«, fing er zögernd an, Sara hat mir ein Geschenk gemacht, zu Weihnachten mein ich …«

»Ach ja, was denn?«, fragte Tante Elisabeth inquisitorisch und zog ihre rechte Augenbraue hoch.

Lukas fing an zu stottern. »Sara hat mir einmal, hat sie mir … Hausaufgaben hat sie mir geschenkt, gemacht, will sie machen … vielleicht heute.«

»Stimmt das Sara?« Sara nickte und fügte rasch hinzu, »als Weihnachtsgeschenk!«

»Aber Weihnachten ist längst vorbei«, wandte Tante Elisabeth ein. Sie blickte Lukas an.

»Und was hast du Sara geschenkt?« Jetzt lief auch Saras Gesicht rot an.

»Eine Geschichte«, sagte Sara.

»So, was für eine Geschichte denn?«, bohrte Tante Elisabeth nach.

»Hab ich vergessen«, erklärte Sara hastig.

»Und du, Lukas, kennst du wenigstens noch deine Geschichte?« Tante Elisabeths Augenbraue verschwand in ihrem Haaransatz.

»Hab ich auch vergessen«, hauchte Lukas.

Ein kleiner Lieferwagen fuhr vor und Tante Elisabeths Augenbraue verband sich wieder auf harmonische Weise mit ihrem Gesicht. Ein erwartungsvolles, frohes Lächeln machte sich darin breit. »Wie an Weihnachten«, dachte Sara erleichtert. Zwei Männer stiegen aus dem Lieferwagen und verglichen die Adressen.

»Hierher«, rief Tante Elisabeth ihnen zu. Die beiden öffneten die Heckklappe des Wagens und mühten sich redlich ab, einen großen dunklen Kasten heraus zu holen. Sie schleppten ihn zur Treppe. »Ich passe auf!«, sagte Tante Elisabeth hilfsbereit und quetschte sich an ihnen vorbei, dass sie ins Straucheln gerieten.

»Hier geht s lang, meine Herren.« Sie folgten ihr in die Gute Stube und stellten den Kasten auf dem vorbereiteten Tischchen ab. »Achtung!«, sagte Tante Elisabeth und zog das Tischtuch zurecht. Die beiden Männer setzten einen goldenen Stab mit einer großen goldenen Schleife auf den Kasten. Der Stab war biegsam.

»So schön wie die Monstranz in der Kirche ist er nicht«, dachte Sara. Tante Elisabeth stellte rechts und links des Kastens noch ein paar Schneeglöckchen auf, ließ sich in ihren Sessel fallen und betrachtete das Ganze mit Andacht.

»Ist das ein Altar, Tante Elisabeth?«, fragte Sara.

»Das ist ein Fernsehapparat.« Weder Sara noch Lukas hatten zuvor einen gesehen, außer auf Abbildungen. Einer der beiden Männer drückte und drehte an einem Knopf und an dem goldenen Ding mit der Schleife, das sie Antenne nannten.

In dem Kasten erschien das bewegte Bild eines Mannes. Er blickte sehr ernst. Dann wechselte das Bild. Ein großer schwarzer Wagen fuhr mit offenem Verdeck über eine Straße, die gesäumt war von Menschen, die den Personen in der Limousine zujubelten. Dann gab es einen Knall und noch einen, und eine Person sank im Auto um. »Er konnte nicht mehr gerettet werden«, sagte die Stimme im Fernsehapparat, »die ganze Welt trauerte um John F. Kennedy.« Tante Elisabeth schrie »Fritz« und hielt sich ihre Hand ans Herz. Tränen kullerten ihr übers Gesicht. Einer der beiden Männer murmelte »Ist doch schon vor Weihnachten passiert, warum regt die sich denn so auf!« Er ging mit seinem Kollegen an Onkel Fritz vorbei, der ins Zimmer stürzte. Sara und Lukas blickten erstaunt von Elisabeth zu Fritz. Sie waren paralysiert.

»Wer ist der Herr Kennedy?«, fragte Sara leise.

»Der amerikanische Präsident«, flüsterte Onkel Fritz, »der wichtigste Mann der Welt.«

»So, wie der liebe Gott?«, fragte Sara ehrfurchtsvoll.

»Pst!«

Sara setzte sich auf Tante Elisabeths weichen Schoß und blickte gebannt auf den Bildschirm. Eine große Mauer wurde gezeigt, die mitten durch die Stadt ging. Auf einer der beiden Seiten stand eine Tribüne mit vielen Menschen. Eine Person löste sich aus einer Gruppe von Leuten und ging zum Mikrofon.

»Kennedy«, sagte Tante Elisabeth. Er hielt eine Rede. Sara verstand nur einen einzigen Satz: »Ich bin ein Berliner.« Sara kannte nur die essbaren Berliner, die mit der Himbeermarmeladen-Füllung. Deshalb glaubte sie, sich verhört zu haben. Herr Kennedy hatte bestimmt gesagt, »ich will einen Berliner« und Sara wunderte sich, dass niemand dem wichtigsten Mann der Welt einen Berliner gab. Tante Elisabeth weinte wieder. Und Sara legte ihren Arm tröstend um sie. »Du kannst ihm ja welche schicken.« Tante Elisabeth schaute Sara verständnislos an und Onkel Fritz sagte wieder »Pst!«

Tante Elisabeth deckte Sara zu. Sara faltete ihre Hände: »Vater unser, der du bist im Himmel, geheiligt werde dein Name …« Doch Sara war nicht bei der Sache. Sie dachte an die große Mauer, die mitten durch diese Stadt lief.

»Wie heißt die Stadt«, hatte sie Onkel Fritz gefragt, nachdem Tante Elisabeth mit dem Weinen fertig war und der Fernseher aus.

»Berlin«, seufzte er wehmütig. »Ja, Berlin. Sie haben die ehemalige Hauptstadt geteilt und das ganze Land.«

»Und wo kann man von der einen Seite zur anderen?«, fragte Sara. »Kann man nicht«, sagte Onkel Fritz traurig.

Sara stiegen Tränen in die Augen. »Man darf nicht auseinander reißen, was zusammengehört«, wisperte sie, »niemand, nicht einmal der Liebe Gott.«

»Doch, der darf das«, warf Tante Elisabeth ein und bekreuzigte sich, »er ist der Einzige.«

Sara war mit dem Vaterunser fertig. Tante Elisabeth strich über die Bettdecke. Sie hatte immer noch geschwollene Augen vom Weinen. »Schlaf gut«, sagte sie und ging aus dem Zimmer.

Sara konnte nicht einschlafen. Sie zerbrach sich den Kopf, warum Tante Elisabeth und Onkel Fritz dieses magische Ding gekauft hatten, das, sobald es lief, alle zum Weinen brachte. Sie fand keine Antwort darauf.

13

Sara war in Panik. Sie stürzte eine dunkle Holztreppe hoch. Aber sie kam nur ganz langsam voran. Sie lief schneller. Doch ihre Beine fühlten sich an, als würden sie sich durch eine zähe klebrige Masse bewegen. Sie spürte hinter sich den Verfolger näher kommen. Kein Geräusch war zu hören, kein Atmen, keine Schritte. Und doch war klar, da war jemand, der keine guten Absichten hatte und unglücklicherweise keine Mühe mit dem Laufen. Sara packte wildes Entsetzen. Sie erreichte fast den obersten Treppenabsatz, als sie etwas tat, das sie selbst überraschte: Sie drehte sich entschlossen um und fand sich der abscheulichen Fratze einer Hexe gegenüber. Sie attackierte Sara heftig. Wieder überraschte Sara sich selbst. Sie presste der Hexe ihre beiden Hände um den dürren Hals und würgte sie. Egal, wie die Hexe strampelte und mit ihren knochigen Gliedern um sich schlug, Sara ließ nicht locker. Sie hing an ihrem Hals wie eine Klette. Die Hexe zappelte und verdrehte ihre roten Augen bis keine Pupille mehr zu sehen war. Ein letztes hässliches Zucken, und sie baumelte wie ein schlaffer Sack in Saras Händen. Ekel überkam sie. Sie ließ abrupt los und betrachtete ängstlich ihre Hände. Doch sie sahen aus wie immer.

Sara schlug die Augen auf. Um sie herum war es stockfinster. Tante Elisabeth zog immer die dunklen schweren Vorhänge vor die Fenster, obwohl die Fensterläden die Räume nahezu vollständig verdunkelten. Durch zwei winzige Spalten fiel träges Mondlicht. Das genügte kaum, die Umrisse des Schrankes und des Bettendes zu erahnen. Vor Saras Augen pulsierte eine dichte schwarze Masse, die sie mit dem Licht ihrer Augen nicht zerteilen konnte. Sie schloss wieder die Lider und die Schwärze verschwand. Sie stellte sich die leuchtend gelbe Scheibe der Sonne vor über der von Margeriten übersäten Wiese im Paradies. Eva hielt ihr die Flasche mit Essigwasser hin und Sara trank in vollen Zügen. Ein Stein traf die Blechkanne. Sie fiel Sara aus der Hand. Leo saß im Baum und lachte. Sara lachte auch. Da erhob er seine Flügel und flog davon. Die Dunkelheit brach ein mitten in den hellsten Sommertag. Sara irrte im Traum durch das Haus von Tante Elisabeth, das so groß war wie ein Schloss. Sie war mutterseelenallein. Die grauen Gegenstände vor den grauen Wänden waren nur schwer auszumachen. Sie nahm ihre Hände zu Hilfe, um sie zu ertasten. Auch sie waren grau. Selbst die Luft die sie atmete, war grau. Tap-knack … tap-knack … tap-knack. Obwohl Sara ihre Füße nur sehr vorsichtig aufsetzte, knarrten die Dielen. Das einzige Geräusch im ganzen Haus. Ein Luftzug fuhr ihr ins Gesicht. Sara wusste nun, was sie erwartete. Die wenigen Minuten, bis es geschah, waren grausam. Sie wünschte sich weg, weit weg von hier. Sie wünschte sich unsichtbar zu sein, aber sie spürte, dass nichts sie davor bewahren konnte. Der große schwarze Schatten war auf dem Weg zu ihr und würde sie verschlucken. Außer sie hätte vielleicht die Kraft, sich selbst aus dem Schlaf zu katapultieren. Aber das gelang ihr nur selten. Sie musste sich dafür intensiv konzentrieren, und sie musste den richtigen Zeitpunkt genau erfassen. Sara glitt ins Bad. Sie legte sich still auf den Rücken und wartete. Sie sah nichts, sie hörte nichts und doch spürte sie, wie sich der schwarze Schatten unaufhörlich näherte. »Jetzt wird er an der Tür erscheinen«, sagte Sara und sie sang ein Lied, ohne einen Laut von sich zu geben. Die Töne, die ihr Geist formte, verhinderten, dass sie zersprang vor Spannung. Und obwohl sie die Unvermeidlichkeit des Kommenden nicht verhindern konnten, war es ihr, als richte sie mit der Melodie eine zweite Ebene ein, von der aus sie die gewaltsame Einverleibung ertragen konnte, ohne daran zugrunde zu gehen.

Er erschien. Viel größer als der Türrahmen, dunkler als das tiefste Schwarz, gesichtslos und übermächtig. Er zog alles in seinen Bann.

Alle Dinge schauten ihn an, und er schaute mit tausend unsichtbaren Augen zurück. Ihm entging nichts. Er wusste von ihrem Vorhaben. In diesem Moment musste sie sich auf das Wachwerden konzentrieren. Und Sara rang. Sie rang nach Kräften, um aus dem Schlaf aufzutauchen, während er sich näherte. Präzise und emotionslos. Sobald er ihre Füße erreichen würde, wäre es um sie geschehen. Sara spürte, wie ihre Kraft nachließ. »Ich habe es nicht geschafft.« Sara wurde von einem Schwindel erfasst. Sie begann sich zu drehen und verlor immer mehr an Substanz. Sie stürzte in einen schwarzen Tunnel, tiefer und tiefer, bis sie aufschlug. Der Aufprall riss sie unsanft aus dem Schlaf. Sara blickte verwirrt um sich. Durch die feinen Ritzen in den Fensterläden sickerte Morgenlicht.

»Spielen wir heute Nachmittag?«, fragte Lukas nach der Schule. »Ich komm aber bei dir vorbei«, antwortete Sara, die befürchtete, Tante Elisabeth könnte Lukas wieder unangenehme Fragen stellen. Lukas bog ab und Sara schlenderte weiter.

Von weitem erblickte sie das graue Haus mit den Fensterläden. Aber Tante Elisabeth lehnte nicht aus dem Fenster wie sonst, wenn sie aus der Schule kam. Sara erschrak. Sie blickte auf ihre Uhr. Ihre erste. Sie war viel zu groß für ihr schmales Handgelenk. Tante Elisabeth legte wert darauf. Damit sie nie wieder so spät käme wie damals, als ihre Mutter sie auf dem Nachhauseweg aufgabelte. Sara blickte noch einmal auf das Zifferblatt. Nein, heute war sie nicht zu spät. Sie beschleunigte ihren Schritt. Vor dem Haus streifte sie mit der Hand über die Hüte der Eisenmännchen. Wie immer blieben Rußstreifen an ihrer Hand. Sie roch daran und der bekannte Geruch beruhigte sie. Tante Elisabeth machte die Tür auf. Sara hielt die Frage, warum sie nicht am Fenster auf sie gewartet habe, zurück, denn Tante Elisabeth hatte rot verweinte Augen.

»Sicher hat sie wieder in den Fernsehapparat geschaut«, dachte Sara. Tante Elisabeth ging mit ihr die Treppe hoch zur Guten Stube. Sie hörte eine bekannte Stimme. Lore war da und neben ihr standen Saras kleiner roter Koffer und Onkel Fritz. Er machte ein trauriges Gesicht. Lore ging auf Sara zu. »Dann können wir ja gehen«, sagte Lore.

»Wohin?«, fragte Sara mit tonloser Stimme.

»Nach Hause«, antwortete Lore.

»Ich hab dir noch einen Ring Fleischwurst eingepackt«, sagte Tante Elisabeth und drückte ihr eine Tüte in die Hand. »Und ein Fläschchen Weihwasser und bitte geh jeden Sonntag in die Kirche«, fügte sie hinzu.

»Der Bus fährt um zwanzig nach«, sagte Lore, »noch mal danke für alles.«

Onkel Fritz Härchen zitterten. Tante Elisabeth weinte. Sie nahm Sara in den Arm und drückte sie. Sie hing darin wie eine Puppe. Bis Tante Elisabeth sie wieder auf den Boden zurück stellte. Onkel Fritz strich ihr mit seiner knochigen Hand über den Kopf.

»Deine Haare riechen nach Pfefferminze«, wollte Sara sagen, brachte aber keinen Ton hervor.

Onkel Fritz zwang sich zu einem Lächeln. »Komm uns bald besuchen«, rief er, als sie die Treppe hinunter gingen.

Lore zog Sara hinter sich her, die es nur mit Mühe schaffte, einen Fuß vor den anderen zu setzen.

»Ich muss Lukas Bescheid geben, dass ich heute Nachmittag nicht mit ihm spielen kann, ich muss Frau Nolte sagen, dass ich nicht mehr in ihrer Klasse sein kann, ich muss …«

Sara blieb stehen und blickte zurück. Sie erinnerte sich. Es war vor zwei Jahren.

»Sara, komm jetzt«, hatte Lore gerufen, die Saras kleinen roten Koffer packte. »Tante Elisabeth wartet.«

»Ich will aber nicht zu Tante Elisabeth!« Sara schaute mit ängstlichem Gesicht um die Ecke. Lore schloss Saras Koffer zu. »Tante Elisabeth ist sehr lieb. Sie wollte selbst immer Kinder haben und hat nie welche bekommen.«

»Wie lange muss ich denn dort bleiben?«, fragte Sara.

»Mal sehen«, antwortete Lore.

»Brauch ich dann auch nicht mehr in den Kindergarten?« Lore nickte. Sie ärgerte sich einen Moment lang über sich selbst. Denn darauf hätte sie selber kommen und sich damit einige Diskussionen ersparen können.

»Kommst du mich abends abholen?«

»Manchmal«, sagte Lore.

»Was ist manchmal?«

»Ab und zu«, sagte Lore.

»Wann ist das?«, fragte Sara.

»Schluss mit der Fragerei, du wirst es ja sehen!«

Eine dicke Frau kam auf Sara zu und nahm sie in den Arm. Sara baumelte darin wie eine Puppe. »Was will die dicke Frau von mir?«, fragte Sara Lore. Lore ärgerte sich über Sara.

»Das ist doch Tante Elisabeth!« Tante Elisabeth schaute sie freundlich an. Aber Sara blieb misstrauisch. Tante Elisabeth gegenüber, weil sie so dick war und Lore gegenüber, weil sie ihr nicht genau sagen konnte, wann sie wiederkommen würde.

»Du sollst nicht weggehen!«, sagte sie zu Lore.

»Aber ich muss jetzt arbeiten, Sara.« Lore gab Sara einen Kuss.

»Ich will wieder nach Hause zum Quallenbrunnen«, insistierte Sara. Tränen standen ihr in den Augen.

»Du bist jetzt hier zu Hause«, sagte Tante Elisabeth und nahm Sara bei der Hand. Aber Sara riss sich los und lief Lore hinterher, die ihr die Haustür vor der Nase zuschlug. Wieder ergriff Tante Elisabeth ihre Hand. »Ich hab Lyoner oben. Willst du ein Stück?«

Lore begann mit Sara an der Hand zu rennen, während Sara einen letzten Blick zum grauen Haus mit den Fensterläden und den Eisenmännchen warf. Sie sah Onkel Fritz Tante Elisabeth tröstend in den Arm nehmen. Dann bog Lore mit Sara um die Ecke und das Haus verschwand. »Beeil dich, wir kriegen sonst den Bus nicht mehr. Der

Nächste geht erst in einer Stunde.« Als der Bus kam, schob Lore ihre Tochter samt Koffer hinein.

»Jetzt kannst du mich fragen«, sagte Lore, nachdem sie sich niedergelassen hatten.

»Was denn?«, fragte Sara.

»Interessierst du dich denn nicht dafür, wo wir jetzt wohnen?« Aber Sara stellte keine Fragen. Dafür erzählte Lore alles, was ihr einfiel: »Wir wohnen jetzt in Saarbrücken. Das ist die größte Stadt im ganzen Saarland. Die Hauptstadt. Da stinkt es auch nicht mehr nach Ruß.«

»Ich mag aber Ruß«, sagte Sara und schaute aus dem Fenster. Die Hütte spuckte unablässig Qualm aus ihren Schloten. Bergarbeiter gingen am Bus vorüber. Ihre Gesichter hatten Rußflecken. »Das ist eine Tarnung«, dachte Sara, »damit sie nicht so schnell erkannt werden.« Sie nahm ihre Hand mit dem Ruß der Eisenmännchen und schmierte ihn sich ins Gesicht.

»Wir sind da«, sagte Lore. Sara begriff nicht, warum diese hässliche enge Straßenschlucht »Beethovenstraße« hieß. Das Treppenhaus war zitronengelb. Sie mussten vier Stockwerke hoch. Lore schloss die Wohnungstür auf.

Sara trat ein und blickte in die Tüte, um sich zu vergewissern, ob der Ring Fleischwurst und das Weihwasser noch da waren. Sie nahm beides heraus und schaute sich um.

»Willst du die Wurst und das Fläschchen nicht able… du bist ja ganz schwarz!« Erst jetzt bemerkte Lore den Ruß im Saras Gesicht. Sie nahm einen Waschlappen und wischte Sara den Ruß weg. »Dieses Zeug ist aber auch überall. Damit ist jetzt Gott sei Dank Schluss. Komm, gib mir die Lyoner!« Sara wollte nicht.

»Aber du kannst sie doch nicht die ganze Zeit in der Hand halten.« Lore zog an der einen Seite des Rings und Sara an der anderen. »Lass jetzt endlich los.« Lore wurde wütend. »Ich will sie doch nicht essen!« Sara rangelte wortlos mit ihrer Mutter. Die Wurst knackte und brach auseinander. »Das hast du jetzt davon«, sagte Lore und brachte die Wurst in den Kühlschrank. Sara biss hastig in den verbliebenen Teil. Doch dann besann sie sich und aß sie in Würde Stück für Stück auf. Bis auf den letzten Zipfel.

Das Weihwasser-Fläschchen ließ sie den Rest des Tages nicht mehr los. Abends öffnete sie es. Sie tropfte Weihwasser rund ums Bett. Mit jedem Tropfen sprang ein Buchstabenschwein aus der Flasche und langsam flüsterte sie dazu den Spruch, den Tante Elisabeth ihr ins Poesiealbum geschrieben hatte: »Dem kleinen Veilchen gleich, das im Verborgnen blüht, sei immer fromm und gut, auch wenn dich niemand sieht.« Sara legte sich hin. Die Buchstabenschweine glitten unter Saras Kopfkissen. »Auch wenn dich niemand sieht«, wiederholte Sara und schlief ein.

14

SARA GING MIT DEM SCHULRANZEN auf dem Rücken das gelbe Treppenhaus hinunter. Eine Frau kam ihr mit Einkaufstaschen entgegen und lief, ohne sie eines Blickes zu würdigen, an ihr vorüber.

Die Häuser in Saarbrücken waren fast alle vier – bis fünfstöckig. Nur wenige hatten Fensterläden und diese wiederum keine Eisenmännchen, die ihnen Halt gaben. Es roch nicht nach Ruß, wie Lore schon angekündigt hatte. Und es kamen ihr keine Bergarbeiter entgegen, die ihr mit geschwärzten Gesichtern freundlich zunickten. Dafür kreuzten viele Unbekannte ihren Weg. Sie hatte versucht, sie sich einzuprägen, aber niemandem begegnete sie ein zweites Mal. Es war laut. Alle redeten durcheinander ins Brummen der Autos, ins Schlagen von Türen und Klopfen der unzähligen Absätze. Sara hörte das Weinen eines Kindes und blieb stehen. Sie versuchte herauszufinden, woher es kam. Ein paar Tauben flogen auf und rauschten an ihr vorüber. Das Weinen verlor sich irgendwo und Sara setzte ihren Weg fort.

»Sara, was machst du da?«, fragte Lore, als sie gegen Abend nach Hause kam. Sara schwankte in den letzten Monaten zwischen Stummheit und Einsilbigkeit. Lore hatte eine neue Stelle als Frisöse und Sara einen Schlüssel, mit dem sie eigenständig in die Wohnung kam. »Ich will einen Bruder oder eine Schwester«, sagte Sara, die ein Zuckerstück in der Hand hielt und vor dem geöffneten Fenster stand.

»Glaubst du, das wirkt?« Sara zuckte mit den Achseln.

»Ich kann es ja auch mit Beten versuchen«, schlug Sara vor, die immer noch jeden Abend ihre Gebete sprach wie bei Tante Elisabeth. »Und wieder in die Kirche gehen sonntags.«

Seit sie bei ihrer Mutter wohnte, gab es keinen regelmäßigen Kirchgang mehr, obwohl Sara das für ihre Pflicht hielt. Dem Lieben Gott gegenüber. Schließlich lud er sie jeden Sonntag mit feierlichem Glockenklang ein. Und da sein Stellvertreter sehr machtvoll war, weil er nicht nur über magische Dinge, sondern auch über die Magie der Worte verfügte, war es vielleicht ratsam hinzugehen, um dort um ein Geschwister zu bitten.

»Der Zucker reicht«, fand Lore mit einem Lächeln, das Sara nicht an ihr kannte. Es klingelte und Jörg kam, Lores Freund, der bald ihr Mann werden sollte. Er war groß und schlank und seine Augen waren von den schweren Lidern halb verschlossen. »Du kannst ruhig jetzt schon Papa zu ihm sagen«, meinte Lore.

Jörg war nett zu Sara. Aber für einen Erwachsenen besaß er viel zu wenig Worte, und er sprach zu leise. Er fing kaum Sätze an, und die wenigen beendete er nie. Deshalb wusste Sara selten, was er meinte, und deshalb konnte sie ihm selten Antworten geben. »Warum starrst du denn Jörg so an?«, fragte Lore, die dafür umso mehr sprach.

Jörg tat Sara leid. Sicher hätte er gerne mehr gesagt, aber er konnte einfach nicht. Anders war es mit Sara. Sie konnte reden, aber wollte oft nicht. Jörg war von Natur aus sanftmütig. Das passte seinem Vater nicht. »Du Schlappschwanz«, hatte er ihn jedes Mal angeschrien, wenn Jörg sich weh tat und deshalb weinte. Der Alte besaß einen breiten Gürtel mit einer breiten Schnalle, den er um den Hosenbund trug. Den zog er mindestens einmal am Tag aus den Schlaufen, um damit Jörg zu verprügeln. Das war das Einzige, was er mit Schwung tat. Jörg weinte noch mehr und der Alte prügelte weiter, bis Jörg im Alter von drei Jahren für immer aufhörte zu weinen. Danach wurde es etwas besser, weil Jörg zwei Geschwister bekam. Die Prügel des Alten verteilten sich nun auf drei. Aber Jörg wagte sich kaum mehr ein Wort zu sagen, aus Angst, der Alte könnte wieder aufmerksam auf ihn werden. Deshalb kam er mit dem Reden aus der Übung.

»Was macht denn mein neuer Vater?«, hatte Sara Großvater gefragt, »ist er auch Frisör, wie Mama?«

»Er setzt Fenster ein«, sagte Großvater. Das war der Grund, warum Sara Jörg so anstarrte. Es überstieg ihre Vorstellungskraft, dass einer, der ihr so undurchsichtig vorkam, mit Glas arbeitete. »Da fällt wenigstens Licht durch«, sagte Sara unvermittelt.

»Was dir schon wieder durch den Kopf geht«, wunderte sich Lore und kicherte. Sie war verliebt und ein paar Monate später rundete sich ihr Bäuchlein. Das war, nachdem Sara das Zuckerstück zu Hause auf die Fensterbank gelegt hatte.

Offenbar hatte also ihre Mutter recht, es ging auch ohne den Kirchenbesuch. Das Zuckerstück hatte genügt und der Klapperstorch war damit zufrieden. An diesem Morgen leerte Sara glücklich die komplette Schachtel mit Zuckerstücken in ihre Jackentasche und lief über den Beethovenplatz, den Landwehrplatz bis zu den Bruchwiesen. Dort stand ihre nagelneue Volksschule, die die Stadt dem sumpfigen Gebiet abgerungen hatte. Sie kam an vielen Häusern vorüber und an noch mehr Fensterbänken. Dreißig Zuckerstücke verteilte sie und zwei bewahrte sie auf. Sie prägte sich die Namen aller Familien ein, die bald Nachwuchs bekommen würden. Und da sie von dreißig Namen einige wieder vergaß, musste sie hin und wieder zurücklaufen, um sie noch einmal zu lesen. Sie sagte die Namen laut vor sich her im Rhythmus ihrer Schritte. So trat sie deklamierend ins Schulgebäude. Sie kam zu spät.

Zaghaft legte sie ihre Hand auf die Türklinke, ließ sie aber gleich wieder los. »Vorher klopfen ist besser«, dachte sie, und sie klopfte leise. Aber niemand rührte sich. Sara nahm allen Mut zusammen und klopfte lauter.

»Ja, bitte!«

Sie öffnete die Tür.

»Beim nächsten Mal zeitig. Du bist eine Viertel Stunde zu spät.«

Sara schaute Fräulein Maurer schuldbewusst an. Sie hatte ein freundliches Gesicht. Es war länglich wie ein Schuh. Das Kinn war der Absatz, die gewölbte obere Hälfte des Gesichts die Sohle. Sara stellte sich ihre Kinder vor, die alle dieselbe Gesichtsform hatten. Lauter kleine Schuhgesichter, jedes in einer anderen Größe.

»Morgen bist du bitte pünktlich«, sagte Fräulein Maurer streng und fügte etwas sanfter hinzu, »willst du dich nicht mal setzen?« Sie war noch nicht verheiratet und hatte noch keine Kinder. Sara ging zu ihrer Bank und setzte sich. Sie war erleichtert, nicht bestraft zu werden. Deshalb sollte Fräulein Maurer ein Geschenk bekommen.

Fräulein Maurer hatte keinen Stock in der Ecke stehen, und über der Tür hing nicht der gekreuzigte Jesus. Dafür trug Fräulein Maurer eine Brille mit sehr dickem schwerem Rahmen, die auf ihrer kleinen Nase immer herunterrutschte und an der himmelwärts gerichteten Nasenspitze hängen blieb. Sara reihte ihre Brille unter die magischen Dinge ein, denn Fräulein Maurers Augen sahen damit aus wie die Scheinwerfer des VW Käfers von Tante Astrid. Groß und leuchtend.

»Wir schreiben ein Diktat«, sagte Fräulein Maurer. In der alten Schule schrieb Sara gern Diktate. Aber jetzt gar nicht mehr, denn sie musste von heute auf morgen von Druck- auf Schreibschrift umsteigen. Sie nahm ihren Füller und schlug das Diktatheft auf. Sara hatte Angst vor dem Schreiben. Ihre Hand zitterte dabei jetzt immer so heftig, dass sie mit ihrer linken die rechte festhalten musste. Sie kam nur sehr langsam vorwärts, und die Buchstaben fielen nach links, nach rechts und hatten Spitzen und Krakel dort, wo keine hingehörten. Sara wurde es übel. Sie würde es nicht schaffen, das Diktat zu Ende zu schreiben, wenn sie sich nicht beeilte. Ihre rechte Hand bewegte sich in krampfartigen eckigen Windungen über das Papier, das sie mit der Feder aufschlitzte. Die Buchstabenschweine hielten sich die Augen zu. Saras Hand schmerzte, weil sie den Füller mit aller Kraft festhielt. Sie wollte so gern schön schreiben. Sara war verzweifelt. Sie verstand nicht, warum sich alle Formen der

Schreibschrift gegen sie verbündeten. Die einzige Ordnung, die sie unter Aufbietung aller Kräfte aufrechterhalten konnte, war die Rechtschreibung.

Fräulein Maurer nahm ihr Diktatheft entgegen. Sara war erschöpft. Ihre Banknachbarin lachte sie an. Sie hieß Janine und hatte grüne Augen. »Du schreibst aber komisch«, sagte sie. Sara fand das selbst. Trotzdem war es ihr peinlich. Nicht genug, dass sie sich schwach fühlte. Die anderen konnten es auch noch erkennen. Die Formlosigkeit der Buchstaben und Worte, die ihr so viel bedeuteten, wühlten sie zutiefst auf. Sie war abrupt herausgefallen aus der Schönheit und Ordnung und hinein katapultiert in die Gegenwelt der Deformation und des Chaos, deren Urheber sie selbst war. Und wenn sie Hässliches produzierte, war sie dann selbst hässlich? Und wenn es so wäre, würde sie dann überhaupt noch jemand mögen? Bartmann, Müller, Christ, Puzenat, Fuchs, Tabel, Ley ... Sie zählte in Gedanken die Namen der Familien auf, die in nächster Zeit Zuwachs erhalten würden. Die Litanei beruhigte sie, und das Zittern der Hände ließ langsam nach.

Der Gong schallte durch die Flure. Die Schule war aus, und Sara packte ihre Sachen. Sie ging an Fräulein Maurers Pult vorüber. Ihre Tasche stand geöffnet da. Fräulein Maurer war damit beschäftigt, die Kreide zu sortieren. Sara fielen die schuhgesichtigen kleinen Kinder ein, die Fräulein Maurer haben könnte. Sie nahm eins der beiden Zuckerstücke und warf es in die geöffnete Tasche. Sie fragte sich, ob das ein passendes Geschenk für ihre Lehrerin sei, und ob es auch wirken würde. Denn normalerweise war die Fensterbank der angestammte Platz dafür. Immerhin hatte der Klapperstorch außergewöhnliche Fähigkeiten und würde vielleicht auch spitz kriegen, dass ein Zuckerstück in der Tasche von Fräulein Maurer auf ihn wartete. Als Sara nach Hause ging, schaute sie auf die Fensterbänke. Alle Zuckerstücke waren fort. Der Klapperstorch hatte ganze Arbeit geleistet.

15

»Ein kultiviertes Elternhaus«, hatte Sara noch im Ohr. Sie wusste nicht mehr, wo sie es aufgeschnappt hatte. Gemeint war Janines Zuhause, das Sara jetzt durch eine hohe zweiflügelige Tür betrat. Sie blickte sich neugierig um. Die Wände reichten fast so hoch wie in einer Kapelle. Die Decke darüber war üppig dekoriert mit zartgrünen Girlanden aus Efeu und großblättrigen Blumen, die bis zu den tiefroten Tapeten reichten. Sara strich mit den Fingern vorsichtig darüber. Sie waren aus Stoff. Der Fußboden knarrte unter ihren Füßen.

»Komm, Sara, wir spielen in meinem Zimmer«, sagte Janine. Ein älterer zierlicher Herr mit silbernem Haar erschien in einem Türbogen, der von zwei Säulen getragen wurde. »Willst du mir nicht deine Freundin vorstellen, Janine?«, fragte er.

»Das ist Sara, sie ist noch nicht lange in meiner Klasse, Papa.« Sara reichte ihm die Hand und machte einen Knicks.

»Es freut mich, dich kennen zu lernen, Sara«, sagte er freundlich. Sara blickte neugierig durch den Türbogen.

»Willst du dich mal umschauen?«, fragte Janines Vater. Sara nickte. »Bitte«, sagte er höflich und machte eine einladende Geste.

Sara ließ ihren Blick über die Wände schweifen zu den hohen Fenstern, die von bodenlangen Vorhängen eingefasst waren, im selben Tiefrot wie die Tapete. Sie war kaum sichtbar, denn sie war auf ganzer Breite und Höhe von Bildern bedeckt. Einige davon hingen in schweren goldenen Rahmen, andere wiederum in schlichten. Sara trat näher heran. Es waren keine Fotos, sondern Ölbilder. Auf einem war nichts anderes zu sehen als ein knorriger laubloser Baum im Schnee. Ein anderes zeigte eine Wiese mit blühenden Obstbäumen, die sich aus unzähligen kleinen Farbtupfern zusammensetzte. Sara verspürte einen Druck im Brustkorb. »Das Paradies«, sagte sie.

»Für manche mag es genauso aussehen«, sagte Janines Vater. Sara drehte sich um und ihr Blick fiel ins angrenzende Zimmer. »Das ist Papas Bibliothek«, meinte Janine, die nun die Führung durch die Wohnung übernahm, weil sie Sara nicht zum Spielen bewegen konnte.

»So viele Bücher hab ich noch nie gesehen«, sagte Sara, »außer im Bücherladen.«

»Mein Papa hat sie alle gelesen, nicht wahr, Papa?«, rief Janine ihrem Vater zu, der zu ihnen rüberschaute, »und ein paar davon hat er selbst geschrieben.«

»Ich hab nur dreizehn Bücher«, sagte Sara, »aber die hab ich auch alle gelesen.«

»Aber sicher gehst Du ab und zu in die Bücherei?«

Sara lief rot an.

»Ja …«, antwortete sie zögerlich und nahm sich im selben Moment vor, ab jetzt in die Bücherei zu gehen, um sich Bücher auszuleihen.

»Sara kann sehr gut lesen, Papa, so wie ich«, warf Janine ein.

»Tante Elisabeth hat nur ein Buch«, sagte Sara.

»Dann wahrscheinlich die Bibel«, meinte Janines Vater.

»Woher wissen Sie das?«, fragte Sara überrascht. Er lachte, gab aber keine Antwort. Am Fenster der Bibliothek stand ein sehr großer Schreibtisch und ein Gerät mit vielen Tasten. Sara starrte darauf. »Hast wohl noch nie eine Schreibmaschine gesehen?« Janine blickte sie erstaunt an.

»Doch«, sagte Sara und wurde wieder rot. Janine legte Papier ein und tippte wild drauflos.

»Darf ich auch?«, fragte Sara. Jeder Buchstabe hatte eine Taste. Sara tippte ›Grimms Märchen.‹ Das dauerte lange, aber sie musste dabei nicht zittern.

Grimms Märchen hatte Großvater Sara zu Weihnachten geschenkt. »Das ist von Großmutter und mir«, sagte er und drückte es ihr in die Hand. Es war ihr erstes Buch, und es hatte vierhundertsiebenundzwanzig Seiten. Vierhundertsiebenundzwanzig Seiten voller Märchen. Eingeschlagen waren sie in hellen Stoff. Ein brauner Frosch mit einer goldenen Krone auf dem Haupt und einer goldenen Kugel in seinen Händen war auf der Titelseite. Sara mochte die Königstochter nicht leiden, die nicht hielt, was sie versprach. Andererseits hätte der Frosch sich niemals in einen Königssohn verwandeln können, wenn sie nicht so garstig gewesen wäre und ihn an die Wand geworfen hätte. In Grimms Märchen gab es viele Könige, Königinnen, Prinzessinnen und Königssöhne. Die Könige sahen immer aus wie Großvater und die Prinzessinnen wie Sara. Sie hütete das Buch wie einen Schatz und las die Märchen wieder und wieder.

Sara tippte: ›Froschkönig‹. »Wollen wir jetzt spielen?«, fragte Janine. Sara ging mit in ihr Zimmer, obwohl sie lieber noch auf der Schreibmaschine getippt hätte. Sie hatte kein eigenes Zimmer und beneidete Janine dafür. Es war ebenso hoch wie die anderen Räume. Teppiche lagen auf dem Boden. Selbst hier hingen ein paar Bilder. Auf einem erkannte Sara Janines Vater. An seiner Seite saß eine hübsche junge Frau.

»Meine Mama«, sagte Janine, »sie ist gerade mit meiner kleinen Schwester einkaufen.«

»Wie alt ist denn deine Schwester?«, fragte Sara.

»Erst zwei Jahre«, sagte Janine. »Aber sie ist eine Nervensäge.«

»Ich hätte auch gern eine Schwester oder einen Bruder. Dafür habe ich extra Zucker ausgelegt, und es hat geklappt.«

»Zucker?«, fragte Janine, »etwa für den Klapperstorch?« Sara nickte verunsichert.

»Das ist doch Babykram. Ich habe nie an den Klapperstorch geglaubt. Kinder entstehen ganz anders.«

»Wie denn?«, fragte Sara.

»Ein Mann und eine Frau kommen zusammen, weil sie sich lieben. Dann entsteht ein Kind im Bauch der Frau. Nach neun Monaten kommt es zur Welt.«

Sara glaubte Janine wegen ihres Vaters, der so viele Bücher hatte. Ihr tat der Gedanke weh, den Storch aus ihrer Vorstellung verbannen zu müssen. Sie erzählte Janine nichts von den dreißig Familien mit den Zuckerstücken auf den Fensterbänken und dem Zuckerstück in Fräulein Maurers Tasche. Sie fürchtete das herablassende besserwisserische Getue Janines. Sie fühlte sich plötzlich schwach und wollte nach Hause.

Sara ging die weit geschwungene Holztreppe hinunter, ohne sich an der von gedrechselten Holzsäulen unterfangenen Handlauf des Geländers festzuhalten. Ihr Schlüssel, den sie um ein Band am Hals trug, hüpfte in kleinen Sprüngen auf ihrer Brust auf und ab. Dann flog er durch die Luft. Mit Sara. Sie drehte sich und ihre Hände fassten ins Leere. Sie würde lesen, bis Lore von der Arbeit käme. Sara hielt auf einmal die goldene Kugel in der Hand. Die Königstochter warf den Frosch samt Kugel an die Wand. Sara kam unten auf. Ihr rechter Knöchel schmerzte. »Armer Frosch«, dachte sie.

Sara legte ihren verstauchten Fuß auf einen Stuhl.

Sie las *Fury*. Sie liebte den wilden schwarzen Mustang Fury, der nur einen Freund hatte, den zwölfjährigen Jungen Joey. Joey war nicht der leibliche Sohn seines Vaters, sondern adoptiert. Er lebte vorher in einem Waisenhaus. Dort ging es ihm schlecht, bis er auf die Pferderanch seines Adoptivvaters kam und sich sein Leben vollkommen veränderte. Nun hatte er einen richtigen Vater und eine ganz spezielle Art von Mutter, der knorzige Vormann der Ranch, Pete, der sich auch um das leibliche Wohl aller kümmerte.

Fury war unzähmbar und würde niemals geritten werden können. Das mussten sich Joeys Vater und Pete eingestehen, nachdem sie mehrmals vergeblich versucht hatten, ihn zuzureiten. Sie wollten ihn verkaufen. Seiner außergewöhnlichen Schönheit wegen dachten sie, einen guten Preis aushandeln zu können. Aber Joey hatte ihn

ins Herz geschlossen und brachte eine unermüdliche Geduld auf.
Und das Wunder geschah. Fury fasste Zutrauen. Eines Tages wagte
sich Joey ohne Sattel auf den Rücken des Hengstes. Durch seinen
Körper lief ein Beben, aber er warf Joey nicht ab. Pete fluchte vor
Staunen und Joeys Vater war stolz auf seinen Sohn. Wo immer der
Junge mit seinem prächtigen schwarzen Pferd auftauchte, wurde
den beiden Bewunderung zuteil. Doch niemand sonst durfte Fury
reiten, und nur wenige durften an ihn herantreten. Fury blieb wild
und unnahbar. Er gehörte niemandem. Keiner konnte ihn unterjo-
chen. Die Freundschaft mit Joey kam aus der Mitte seines Herzens
und beruhte rein auf freiem Willen.

»Wenn ich groß bin, will ich ein Pferd haben, so eins wie Fury«,
hatte Sara zu ihrem Großvater gesagt.

»Das ist nicht so einfach wie du denkst«, dämpfte er ihre Begeisterung. »Du brauchst einen Stall, das Pferd muss zu fressen haben und
muss geputzt, vor allem aber jeden Tag ausgeritten werden.«

»Nein, ein Stall ist nicht gut, Großvater. Es soll draußen sein,
immer, und hingehen können, wo es will.«

»Dann wird es dir weglaufen.«

»Nein, wird es nicht, weil es mich mag und in meiner Nähe sein
will.«

»Dann muss es natürlich nicht mehr eingesperrt sein«, erwiderte
er mit einem Lächeln.

Großvater bückte sich auf Saras Höhe herunter und tippte sie
an. »Wenn du dir das wirklich von ganzem Herzen wünschst, dann
wird es in Erfüllung gehen.«

»Wirklich?«, strahlte Sara ihn an.

»Aber was du zuerst brauchst, ist Geduld.«

»Wofür denn?«

»Das Wünschen wirkt nur über längere Zeiträume.«

»Klappt das mit dem Wünschen immer?«

»Nein, manchmal kommen die Dinge ganz anders, als man will.
Dann stellt man im Nachhinein fest, dass entweder der Wunsch

nicht stark genug war oder irgendwo in einem selbst ein anderer Wunsch war, von dem man nichts wusste.«

Manchmal sprach Großvater in Rätseln und manchmal in größter Klarheit, wie kein anderer, den sie kannte.

»Könige sind halt so«, fand Sara und dachte nicht weiter über eigene Wünsche nach, die sie nicht kannte. Sie wandte sich wieder ihrem Buch zu.

»Verdammt noch mal«, fluchte Pete schon am frühen Morgen, »seit Tagen seid ihr nur am Nörgeln, nichts passt euch, ich habe ein für alle Mal genug von euch. Ich nehme mein Pferd und bin weg.« Joey hatte Pete noch nie so wütend gesehen. Er stapfte in sein Zimmer und kam wieder mit seinem Koffer heraus. »Ich gehe«, schrie er sie an. »Dann könnt ihr sehen, wie ihr ohne mich klar kommt.«

»Das geht auf keinen Fall«, sagte Joey.

»Joey hat recht, es ist unmöglich«, bekräftigte ihn sein Vater. Jetzt klebte Pete vor Wut an der Decke.

»Was, ihr wollt mir auch noch verbieten zu gehen?«

»Nein, nicht direkt«, meinte Joey.

»Dann lasst mich durch, verdammt noch mal!« Pete ging mit seinem Koffer zur Tür.

»Halt!«, rief Joey.

»Was ist denn jetzt noch«, blökte Pete. Joey zeigte wortlos auf Pete, und Pete blickte an sich herunter. Er war noch im Nachthemd und trug seine karierten Pantoffeln, die so alt waren, dass sie den Blick auf seine großen Zehen freigaben.

Sara lachte von ganzem Herzen über diese Passage. Sie lachte so sehr, dass ihr die Tränen die Wangen herunter liefen. Lore kam mit zwei Einkaufstaschen nach Hause und sah Saras Tränen. »Warum weinst du denn?«, fragte sie besorgt.

»Weil es so lustig ist«, sagte Sara, zeigte auf ihr Buch und erzählte ihr alles.

»Das ist wirklich komisch«, meinte Lore, die nicht zugehört hatte. Sie war erschöpft von der Arbeit und dem wachsenden Bauch mit Saras Geschwister. Jörg war auf Montage und setzte Fenster in Häuser ein. Er hatte sich inzwischen selbstständig gemacht. Zusammen mit einem Mann, von dem Sara nicht wusste, ob sie ihn mochte oder nicht, weil er eine sehr flache Nase hatte. Sara hatte sie sich ganz genau angeschaut, um vielleicht doch noch etwas Schönes daran finden zu können. Aber genau das Gegenteil war der Fall. Die Nasenlöcher waren viel zu groß für die flache Nase. »Schweine haben so ähnliche Nasen«, dachte Sara. Sie ging zum Spiegel, kräuselte ihre Nase und tippte mit ihrem Finger auf die Nasenspitze. Jetzt sah sie auch aus wie ein Schwein. Sie grunzte. Alle schauten zu ihr rüber, Jörg, Lore und der Mann mit der flachen Nase. Ihm wuchsen plötzlich Schweineohren und seine Haut färbte sich rosa. So sah er viel hübscher aus, jetzt passte auch die Nase zu ihm.

»Willst du mit mir spielen, wir wären Schweine?« fragte Sara. Lore fiel aus allen Wolken, wagte aber nichts zu sagen, um ihn nicht bloß zu stellen. Der Mann mit der flachen Nase wischte sich irritiert über dieselbe und meinte, er müsse gleich nach Hause. Sara wollte »schade« sagen, aber da seine Ohren wieder schrumpften und seine Haut wieder ihren blassgelben Ton annahm, behielt sie es für sich.

Sara schlug ihr Buch zu und humpelte in die Küche, wo Lore mit flinken Bewegungen Essen zubereitete. »Ich würde so gerne reiten lernen, Mama.«

»Dafür haben wir kein Geld, Sara, und mitten in der Stadt gibt es keine Reitställe.«

»Aber später! Später bekomme ich ein Pferd, so eins wie Fury?«

»Die sind doch viel zu teuer«, meinte Lore. Sara war enttäuscht. Sie klappte wieder ihr Buch auf und las weiter. Nach einer Weile hörte Lore ein Schniefen. »Was ist denn jetzt wieder los?«, fragte Lore.

»Fury hat sich am Bein verletzt«, antwortete Sara unter Tränen.

16

Sara betrachtete ihre Mutter. Sie stand am Herd und kochte Königsberger Klopse. Sie sah seit Tagen sehr blass aus. Ihr Bäuchlein war nun ein Bauch. Sie wurde zunehmend kurzatmiger und hielt sich häufig den Rücken.

Lore hatte Jörg geheiratet. Eine Hochzeit, die Sara nur deswegen in Erinnerung blieb, weil sich fortwährend alle schubsten. Lore heiratete evangelisch, denn Jörg kam aus einem protestantischen Elternhaus. Für Tante Elisabeth waren ›die Evangelischen‹ die Ungläubigen, verbannten sie doch die unbefleckte Empfängnis Marias. Auch wenn Sara nicht wusste, was damit gemeint war, war sie stolz darauf, katholisch zu sein. Außerdem gefiel ihr die evangelische Kirche nicht, in der Lore und Jörg getraut wurden. Nackt und nüchtern war sie, ganz ohne magische Dinge. Nein, das war kein himmlisches Jerusalem, in dem Heiliges zelebriert wurde, sondern ein großer Raum mit Kerzen und einem langweiligen Pfarrer in einem schwarzen Anzug und einer ebenso langweiligen Rede. Nur Lore sah schön aus mit ihren frisch toupierten blonden Haaren und dem kurzen Glitzerkleid zu dessen Stoff ihre Schwestern Rosalie, Astrid, und Helga ehrfürchtig Brokat sagten, während sie ihn fachmännisch zwischen Zeigefinger und Daumen prüften. Saras kleine Cousine Tina nahm auch den Stoff und rieb ihn zwischen den Handflächen. »Der piekst aber, der Polat«, sagte sie.

Lores Schwestern Kriemhilde und Sieglinde hatten abgesagt, weil sie meinten, an diesem Tag auf die Einnahmen ihres Fischgeschäftes nicht verzichten zu können. »Unmöglich, dass sie nicht zur Hochzeit ihrer Schwester kommen. Ich werde sie zu meiner gar nicht erst einladen«, sagte Tante Rosalie mit Bestimmtheit.

»Du weißt doch wie sie sind«, nahm Großmutter die beiden in Schutz.

»Eben«, antwortete Rosalie gereizt.

»Aber Tante Rosalie, du bist doch schon verheiratet«, wunderte sich Sara, die zwischen beiden stand.

»Stimmt, aber man weiß ja nie, ob man es nicht noch ein zweites Mal tut.«

Ihr Mann Christoph hielt von diesem Gespräch nicht viel. Deshalb schubste er sie während der Trauung mit dem Ellenbogen in die Seite. Rosalie schubste zurück und Christoph schubste wieder. »Mensch, bist du doof«, wisperte sie ihm zu.

»Und du errrst«, rollte es durch seine Kehle. Kurze Zeit später schubste Lore Jörg, weil er sein »Ja« so leise dahingestammelt hatte, dass selbst der Pfarrer, der vor ihnen stand, nichts vernommen hatte.

»Ja«, sagte er nun deutlicher. Sara nahm Großmutters Hand und blickte auf ihre feuerroten Fingernägel. Großvater mochte das Fingernägellackieren nicht, aber Sara war froh, dass sie es trotzdem tat. Es erinnerte sie an ihre Lena-Oma. Sie legte ihr Gesicht an die schöne schlanke Hand und Großmutter nickte ihr liebevoll zu. Dann sangen alle ›Großer Gott wir loben dich.‹ Tante Astrid, die Großmutter immer nachmachte, versuchte sich eine Oktave tiefer und bekam einen Hustenanfall. Ihr Mann Hans schubste ihr in die Seite und Großtante Gerda reichte ihr ein Taschentuch.

»Reiß dich doch zusammen«, zischte er Astrid zu. Aber statt ihm eine passende Antwort zu geben, hustete ihn Astrid an. Onkel Walter nutzte den Lärm und schnäuzte sich kräftig. Er hatte Schnupfen, wie immer. Sara schaute auf Tante Helgas Ellenbogen, aber sie schubste ihn nicht.

»Liebt Tante Helga Onkel Walter?«, fragte sie Großvater leise.

»Ich glaube schon«, flüsterte er zurück.

»Was träumst du denn schon wieder?«, fragte Lore, die Sara mit ihrem Finger in die Seite piekste. »Komm, wir packen!« Lore holte Saras kleinen roten Koffer.

»Wieso packen?« Sara schaute sie misstrauisch an.

»Lass dich überraschen«, war die Antwort.

»Ich will aber nicht überrascht werden, ich will wissen, wo ich hin muss.« Lore schaute ihre Tochter an.

»Du kannst ab morgen drei Wochen zu deinen Großeltern.«

»Toll. Aber es sind doch noch keine Ferien«, wandte Sara ein.

»Du gehst ja auch dort zur Schule.«

»Wieder eine neue Schule!«, sagte Sara.

»Das macht doch nichts. Du bist doch so gut in der Schule und bist so gern bei Großmutter und Großvater.«

Sara lief an Jörg vorbei ins Schlafzimmer und ließ sich auf den Boden fallen. Ein Buch nach dem anderen zog sie unterm Bett hervor. Inzwischen waren sie auf achtzehn angewachsen.

»Die kannst du auf keinen Fall alle mitnehmen«, sagte Lore, »hier passen nur drei rein.« Sara setzte sich auf, nahm jedes einzelne Buch in die Hände und dachte darüber nach, welches sie mitnehmen sollte. Sie fing an zu lesen, um sich die Entscheidung zu erleichtern. Es dauerte nicht lange und Sara vergaß vollkommen, warum sie dort am Boden saß.

»Na, hast du dich entschieden?«, fragte Lore. Sara blickte ihre Mutter geistesabwesend an.

»Komm jetzt essen«, sagte Lore ungeduldig. Sie hielt sich wieder den Rücken und verzog das Gesicht. »Du kannst, bevor du ins Bett gehst, die Bücher aussuchen.« Sara setzte sich an den Tisch neben Jörg.

»Wie ist es heute gelaufen?«, fragte ihn Lore. Jörg zuckte nur mit den Achseln und brummte etwas Unverständliches vor sich her. Lore klatschte ihm Essen auf den Teller. Er nahm die Gabel und begann sofort zu essen. Lore warf ihm einen giftigen Blick zu. Sara starrte ihren Stiefvater an, dessen Augen unter den dicken Lidern noch weniger als sonst zu sehen waren.

»Ich bin nicht hungrig«, sagte sie.

»Etwas wird gegessen!«, befahl Lore. Sie legte ihr einen Königsberger Klops mit Soße auf den Teller und schickte sich an, noch einen weiteren Löffel Soße darüber zu gießen.

»Ich will aber nichts mehr«, sagte Sara und hielt ihre Hand über das dampfende Essen.

»Es wird gegessen, was auf dem Teller ist«, schrie Lore sie an und kippte ihr die heiße Soße über die Hand. Sara zog mit einem Aufschrei die Hand vom Teller weg.

»Das hast du jetzt davon«, sagte Lore, setzte sich hin und fing hastig an zu essen. Keiner sprach mehr ein Wort.

Sara ging nach dem Essen ins Schlafzimmer. Sie setzte sich auf den Boden neben ihre Bücher und fing an zu lesen. Die Buchstabenschweine sprangen unter ihrem Kopfkissen hervor. Sie setzten sich auf den Bücherrand und winkten ihr zu. Sara sah sie nur noch verschwommen. Ihr Kopf sank auf einen Stapel Bücher, und sie schlief ein, Grimms Märchen aufgeschlagen neben sich. Ihre gerötete Hand ruhte auf dem Froschkönig mit der goldenen Kugel.

»Meine Sara«, sagte Großmutter und küsste ihr auf die Wange. Sara hatte die vertrauten Worte lange nicht mehr gehört, seitdem ihre Großeltern weggezogen waren. Großvater nahm ihre beiden Hände in seine, beugte sich herunter, gab ihr rechts und links einen Kuss und wiederholte dasselbe noch einmal. »Herzlich willkommen, Sara.«

Großvater schien allen zu förmlich, aber Sara nahm keinen Anstoß daran. Sie sog zufrieden die Luft ein, die sie umfing. Sie liebte diesen Duft von Kaffee, Zigarettenrauch und Lavendelblüten-Seife, mit der Großvater sich immer die Hände wusch. Niemand wusch sich wie er die Hände, und niemand verbrauchte so viel Seife dabei wie er. Er drehte und wendete das Seifenstück in seinen nassen

Händen mit derselben Konzentration und Gründlichkeit, die er bei all seinen Verrichtungen an den Tag legte. Niemals entglitt ihm die Seife, obwohl sich mit jeder Wendung eine immer dickere weißlich-glatte Creme auf seinen Händen bildete.

»Sara, du gehst in eine kleine Dorfschule mit einem sehr netten Lehrer«, sagte er. Das klang gut in Saras Ohren.

»Das ist eure neue Mitschülerin, Sara. Sie bleibt drei Wochen bei uns. Sara, setz dich bitte in die mittlere Reihe zur zweiten Klasse. Wer will sich zu Sara setzen?« Eine Reihe Kinder meldete sich. Roberto hieß der Junge mit dem dunkelblonden Bürstenhaarschnitt, der sich neben Sara setzen durfte. Sara staunte. Sie saß in einem Klassenraum mit zwei Klassen, die zusammen weniger Schüler hatten als eine einzige Klasse an den Schulen, die sie kannte. »Früher«, hatte Großvater erzählt, »waren die Schülerzahlen auf den Dörfern so klein, dass ein Lehrer Kinder im Alter von sechs bis zwölf Jahren in einer Klasse unterrichten musste.«

»Aber wie geht denn das, die Kleinen verstehen doch nicht alles, was die Großen lernen?«, fragte Sara. »Der Lehrer hat da so seine Methoden«, meinte Großvater.

Sara blickte aufmerksam zum Lehrer, der Aufgaben für die dritte Klasse auf die linke Seite der Tafel schrieb und für die zweite auf die rechte. Jeder musste für sich arbeiten. Der Lehrer schaute nach, ob die Lösungen richtig waren. Hatten sie viele verkehrt, erklärte er die Aufgaben noch einmal an der Tafel. Sara war schnell fertig und schaute sich im Klassenraum um. Ein kleiner bunter Blumenstrauß stand auf dem Pult. Über der Tür hing Christus am Kreuz. Seine Füße standen nebeneinander auf einem kleinen Podest. Der Körper hing vollkommen symmetrisch. Er trug eine goldene Krone und sein Gesicht sah heiter und gelassen aus. Nur noch die Nägel an Händen und an beiden Füßen erinnerten an sein Leid. »Ich bin klein, mein Herz ist rein, darf niemand drin wohnen als Jesus allein.« Sara hatte den Vers schon lange aus ihren abendlichen Gebeten gestrichen und überlegte, ob sie ihn wieder einführen sollte.

Aber diesmal störte Sara, dass nur Jesus ganz alleine in ihrem Herzen wohnen sollte. Es gab doch noch andere, denen sie erlaubte, in ihrem Herzen zu wohnen. Großvater oder Großmutter, Leo, ganz bestimmt auch Fury und Lore, Tante Rosalie mit dem halben Finger und sicher auch Tante Elisabeth, Onkel Fritz und der Froschkönig. »Und wer weiß, vielleicht kommen ja noch Neue hinzu«, dachte sie.

»Sara, bist du fertig?«, fragte der Lehrer. Sara schreckte auf. Sie reichte dem Lehrer ihr Heft, das er mit strengem Blick prüfte.

»Alles richtig, aber deine Schrift ist chaotisch«, meinte er und wandte sich dem nächsten Schüler zu. Saras Augen wanderten durch den Raum. Kein Stock war zu sehen. Ihr Blick fiel auf Roberto, der neben ihr saß und sie neugierig betrachtete. Er senkte schnell seine Lider und tat so, als ob er arbeitete.

»Sara, willst du einen Abschnitt aus dem Buch vorlesen?«, fragte sie der Lehrer. Sara las.

»Du liest besser als die meisten Schüler in der dritten Klasse«, sagte er.

»Gehst du mit mir in den Wald spielen«, fragte sie Roberto nach der Schule.

»Ein bisschen, aber ich darf nicht zu spät zu meinen Großeltern kommen.« Es war ein schöner Wald. Die Lärchen schlugen aus. Helles lichtes Grün und der Duft blühender Sträucher umgaben sie. Sie balancierten auf umgestürzten Baumstämmen und sprangen an den höchsten Stellen wieder herunter. »Mein Vater war in Afrika«, sagte Roberto, »im Dschungel, da gibt es Spinnen, die sind so groß wie Elefanten. Aber noch viel gefährlicher.«

Sara schaute Roberto an. Sie hatte noch nie von solchen Riesenspinnen gehört. »Wirklich?«, fragte sie ungläubig. Roberto rollte seine Augen, pustete seine Backen auf und breitete seine Arme aus.

»So riesig, wirklich!« Jetzt waren die Spinnen schon ein deutliches Stück kleiner als ein Elefant.

»Hab ich noch nie auf einem Bild gesehen, so Große«, sagte Sara erstaunt.

»Also so groß sind sie mindestens«, sagte Roberto und malte mit den Fingern einen Kreis in die Luft, der etwa dreifachen Vogelspinnen-Durchmesser hatte.

»Das ist wirklich riesig«, sagte Sara, die sich nun mit der Größe abfinden konnte, » wie heißen sie denn?«

»Keine Ahnung«, sagte Roberto, »aber mein Vater ist von einer angegriffen worden.«

»Oje, sind die giftig?«, fragte Sara.

»Kein Gift der Welt ist so giftig.«

»Dann ist dein Vater tot?«

»Nein, der hat sich gewehrt!«

»Ja, wie denn, wenn die so gefährlich sind?« Roberto musste nachdenken.

»Er, er … er hat eine Decke über sie geworfen.«

»Und das hat geholfen?«, fragte sie.

»Ja, weil die Angst haben unter der Decke, dann rennen sie weg. Mit der Decke.«

»Ach so«, sagte Sara enttäuscht, »dass ein so gefährliches Tier so einfach zu überlisten ist! Wo ist denn dein Vater jetzt?« Roberto zuckte die Achseln.

»Ich glaub in Italien. Und deiner?«

»Irgendwo«, sagte Sara. »Ich hab aber einen neuen gekriegt.«

Sara blickte auf die Uhr. Sie war schon zwei Stunden zu spät. Sie sprang auf und rannte los. Ihr schlechtes Gewissen plagte sie. Sie hatte sich doch ausdrücklich vorgenommen rechtzeitig zu kommen.

Großmutter und Großvater schauten sie bitterernst an, als sie hereinkam. »Sara, wo bist du denn gewesen? Wir haben uns solche Sorgen gemacht!« Sara senkte ihren Blick. Sie fühlte sich schrecklich.

»Haut mich lieber, aber seid mir bitte nicht böse«,

17

Sara ging hinter Tante Rosalie die Treppe hoch. Sie hatte Rosalie schon vom Fenster aus gesehen und war ihr auf der Straße entgegen gelaufen. Sie blickte auf die eingepackte langstielige Rose, die Tante Rosalie in ihrer Hand hielt. In der mit dem halben Finger. Die Rose war für Großmutter bestimmt, die oben an der Treppe wartete. Rosalie packte die Blume hinter ihrem Rücken aus, damit Großmutter die kleine Überraschung nicht sehen konnte. In einer Hand hielt sie den Stängel, in der anderen das Papier. Die Blüte fiel auf die Treppe. »Tante Rosalie«, flüsterte sie, aber Rosalie übertönte mit ihrer lauten Stimme Saras Flüstern.

»Man, wohnt ihr kompliziert!«, sagte sie zu Großmutter und Großvater. Tante Rosalie war nicht das erste Mal hier. Sie hatte den Führerschein nun seit einem Jahr und fuhr ihre Mutter und ihren Stiefvater ab und zu besuchen. Jedes Mal kam sie auf einem anderen Weg hierher. Großvater lachte. »Hat dich dein Orientierungssinn wieder im Stich gelassen?«

»Welcher Orientierungssinn?«, fragte Rosalie zurück.

»Schenkt euch Blumen während des Lebens…«, fing Rosalie an und Großmutter beendete den Spruch, den sie immer aufsagte, wenn sie Blumen geschenkt bekam: »denn auf den Gräbern sind sie vergebens.«

Rosalie hielt Großmutter den nackten Stängel unter die Nase.

»Ist das eine neue Züchtung?«, meinte Großvater amüsiert.

»Nein«, sagte Sara ernst, »die ist abgebrochen.« Der flammend rote Rosenkopf lag in ihrer Hand und bedeckte sie vollständig. Seine Blätter waren samtweich, leicht und kühl. Ein würzig frischer Duft entströmte ihm und breitete sich in ihrem ganzen Körper aus.

Großmutter nahm eine Glasschale und füllte sie mit Wasser. Sara legte mit großer Vorsicht die Blüte hinein. »Rosen sind meine Lieblingsblumen«, beschloss sie.

»Heute gibt es Spargel, Sara.«

»Was ist das?«, fragte sie und blickte skeptisch auf die langen, weißlichen Stiele.

»Gemüse«, meinte Großmutter und legte sie in den Topf.

»Nein, die sind komisch.«

»Probieren geht über Studieren«, sagte Großmutter.

»Aber nur ein kleines Stück.«

»Gut, aber dann bekommst Du auch keine, wenn sie dir schmecken«, sagte Großvater. Der Spargel schmeckte Sara. Aber Großvater blieb dabei, Sara solle erst beim nächsten Spargelessen mehr erhalten. Konsequenz sei das A und O einer jeden Erziehung. Großmutter nickte, aber Tante Rosalie fand das unnötig hart und steckte Sara heimlich ein Stück Spargel in den Mund.

Am Tisch herrschte Schweigen. Das wollte Großvater so. »Damit sich alle auf das Essen konzentrieren können«, sagte er. Sara konzentrierte sich auf ihre Kartoffel. Schließlich war sie eine Prinzessin und Prinzessinnen mussten sich nach den Anordnungen des Königs richten. Sie zerteilte die Kartoffel in kleine Stücke, aber ihre Gedanken schweiften ständig vom Essen ab. Sie bewegten sich zu Lores Hochzeit, an der es sehr laut zuging. Es gab wieder Schnecken als Vorspeise. Nur dieses Mal verschonte Tina Großtante Gerda und hängte sich selbst Schneckenzangen in ihr dickes, rotes Haar. Gleich vier davon und mit Kräuterbutter daran.

»Hey, du musst dich auf uns konzentrieren, hat der König gesagt.« Sara blickte erstaunt auf die Kartoffelstücke, die im Chor zu ihr sprachen. Schnell steckte sie alle in den Mund. Für das letzte Kartoffelstück war jedoch kein Platz mehr. Und Kauen war fast unmöglich.

»Aber Sara, warum steckst du dir denn so viel in den Mund?«, fragte Großmutter vorwurfsvoll. Großvater schaute sie streng an.

»Wir haben doch beschlossen, beim Essen wird nicht gesprochen.«

»Ja, aber etwas muss man ja mal sagen dürfen«, sagte Großmutter.

»Das Wichtigste muss man sagen können«, bestätigte Tante Rosalie, »Mutter hat recht!«

»Früher, als die Kinder noch bei mir waren …«, fing Großmutter an. Aber Großvater unterbrach sie:

»Aber sie sind nicht mehr bei Dir. Ihr wisst doch …«

Sara blickte mit immer noch gefülltem Mund von Großvater zu Großmutter und von ihr zu Tante Rosalie.

»Das, womit und wie wir uns ernähren, müssen wir bewusst tun und nicht automatisch in uns reinstopfen beim Quatschen«, sagte Großvater mit ungewohnter Heftigkeit. Hastig nahm er ein Stück Spargel in den Mund und kaute mit Nachdruck darauf herum. Rosalie nutzte die Gelegenheit, um zu widersprechen. »Aber Papa, wir quatschen doch nicht, sondern reden, wir stopfen auch nicht rein, sondern essen.«

»Bei allem, was man tut«, sagte der König, richtete sich am Tisch in voller Größe auf und erhob seinen Zeigefinger. »Bei allem, ich sage bei allem, muss man mit den Gedanken bei der Sache sein, die man verrichtet.«

»Stimmt doch gar nicht«, sagte Großmutter. »Vieles, was wir tun, machen wir automatisch. Wir denken nicht dabei, und das erleichtert uns die Arbeit.«

»Und dann geht etwas schief, oder wie meinst du, hat Rosalie ihren Finger verloren?«, fragte Großvater.

»Ich habe nur einen halben Finger verloren«, regte sich Rosalie auf, »und das wegen der Scheißmaschinen am Fließband.« Sie verschluckte sich an einer Spargelfaser. »Ich muss jetzt gehen«, hustete sie, »Christoph wartet bestimmt schon auf mich.«

Großmutter, die froh war, dass die Diskussion ein Ende nahm, zündete sich eine Zigarette an. Das Telefon läutete und Großvater hob ab. Rosalie zupfte an Großvaters Ärmel und flüsterte: »Sag ihm, ich bin schon unterwegs!«

»Hallo Christoph«, sagte Großvater, »ich soll dir mitteilen, sie sei schon unterwegs.« Rosalie rollte mit den Augen.

»Du weißt doch, dass er aus Prinzip nicht lügt«, sagte Großmutter zu ihr und blies Rauch in die Luft. Sie hielt die Zigarette elegant zwischen Zeige- und Mittelfinger.

»Nicht einmal eine Notlüge,« seufzte sie.

»Ich wusste es doch«, dachte Sara und roch zufrieden an der Rose, »Großvater ist ein König.«

»Der Mensch ist nicht zum Sitzen gemacht, sondern zum Laufen. Vom vielen Sitzen werden die Leute fett und krank«, sagte er immer.

Heute war Montag. Der übliche Spaziergang stand auf dem Plan, sobald Großvater von der Arbeit heimkommen würde.

Großmutter bügelte die Hemden von Großvater, der jeden Tag ein frisches anzog. Sie war inzwischen nicht mehr berufstätig und widmete sich dem kleinen Haushalt. Großvater nahm es sehr genau mit den Hemden. Sie sollten absolut knickfrei sein, und wenn sie zusammen gefaltet waren, mussten sie übereinander gestapelt eine völlig gerade Linie ergeben. Sara staunte, denn in Großvaters Schrank bildeten neben allen anderen Wäschestücken selbst die Socken einen rechten Winkel zu den Einlegeböden. Einmal hatte Großvater sogar die Wasserwaage eingesetzt, um nachzumessen. Aber er hatte Großmutter keinen Fehler nachweisen können. »Mulle«, hatte er gesagt, »du erstaunst mich immer wieder.« Großmutter triumphierte.

Seit sie nicht mehr arbeitete, nannte er sie Mulle. Eine Art Koseform für Mutter. Sara verstand das nicht, denn »Lena« war ein schöner Name. »Sara«, sagte sie, »Großvater hat einen verantwortungsvollen Posten in der Firma. Er ist leitender Ingenieur dort und hat sehr viel mit Werkzeugen zu tun. Er ist der Chef vieler Arbeiter und muss immer alles kontrollieren.«

»Nimmt er dafür auch die Wasserwaage?«, fragte Sara.

»Auch«, meinte Großmutter, »aber auch andere Werkzeuge.«

»Das obere Hemd ist schief«, sagte Sara, die Großmutter beim Falten und Stapeln aufmerksam zuschaute. Großmutter korrigierte um einen halben Zentimeter.

»Also, singst du mir ›Ich steh im Regen‹ vor?«, fragte Sara.

»Großvater mag es nicht, wenn ich solche Lieder singe«, antwortete sie.

»Aber er ist ja gar nicht da«, wandte Sara ein. Großmutter sang nicht und Sara, die ihrer sonoren Stimme so gerne zuhörte, gab es auf, sie überzeugen zu wollen.

»Wer keine Ordnung hält, hat auch keine Ordnung im Kopf«, sagte Großmutter, während sie einen tiefen Zug aus ihrer Zigarette nahm. Sie blickte zufrieden auf die wohlgeordneten Stapel in Großvaters Schrank. Großvater war mächtig, deshalb sagte Großmutter inzwischen auch Sachen, die von Großvater stammten.

»Was ist Ordnung im Kopf?«, fragte Sara Großvater, als er nach Hause kam.

»Das ist, wenn du deine Gedanken in eine schlüssige Reihenfolge bringst.«

»Und das geht von alleine, wenn ich immer Ordnung halte?«, fragte Sara.

»Nicht ganz, aber es ist eine Hilfe«, sagte Großvater und hielt ihr eine Blechdose hin. »Magst du mein Hasenbrot?« Sara liebte Hasenbrote. Morgens schmierte Großmutter Brote zum Mitnehmen, damit Großvater während der Arbeit auch genug zu essen hatte. Manchmal nahm er wieder eins mit nach Hause. Hasenbrote waren mindestens einen Tag alt und durchgezogen. Dann schmeckten sie besonders gut. Großvater hielt ihr immer noch die Blechdose hin.

»Jetzt nicht«, sagte Sara, »erst räume ich meine Sachen auf.«

Sara wollte auf ganz besondere Weise aufräumen. Sie zerbrach sich den Kopf, was wohin gehören sollte. So konnte die Rose in den Schulranzen, da Sara ihren Duft auch in der Schule riechen wollte. Ihr Füller war zwar gewöhnlich in ihrem Mäppchen, aber in der Glasschale machte er sich auch ganz gut. Die Tinte entwickelte kleine blaue Wölkchen im Wasser, und die Feder sah größer aus als sie war. Sara legte ihr Radiergummi zum Füller, und es sah ebenfalls größer aus als außerhalb des Wassers. Das begeisterte Sara. Eine magische Ordnung. So machte Aufräumen Spaß.

»Ordnung ist, wenn die Dinge einen bestimmten Platz einnehmen, zu dem sie gehören, so eine Art zu Hause«, sagte Großvater, als er sich die Finger abwischte, die ganz blau von der ausgelaufenen Tinte waren.

»Der Füller gehört in die Mappe, auch der Radiergummi, und die Rose fühlt sich im Wasser ohne Tinte am wohlsten«, führte Großvater aus. »Dann weißt du immer, wo sie sind. Hast du sie jedes Mal an einem anderen Ort, vergisst du schließlich, wo du sie finden kannst, wenn du sie brauchst und bist hilflos.«

»Aber Tante Rosalie findet euch auch nie, obwohl ihr schon so lange hier wohnt. Ihr könntet genauso gut jedes Mal woanders wohnen«, sagte Sara.

»Tante Rosalie ist eben eine Ausnahme«, lächelte Großvater. Das sah Sara ein. Tante Rosalie war ganz speziell. Obwohl sie keine Ordnung im Kopf hatte, wusste sie, dass Dinge existierten, die man nicht sehen konnte. Ihr Finger war der Beweis dafür.

»Wollen wir jetzt laufen?«, fragte Großvater. Großmutter und Großvater nahmen Sara in ihre Mitte. Saras Hand verschwand in Großvaters großer Hand, die ihre warm und trocken umschloss. Großmutters Hand war weicher und kleiner. Sara konnte noch ihre eigenen Fingerspitzen mit den kleinen runden Nägeln sehen. Doch Großmutters rote Fingernägel waren viel schöner.

Die beiden unterhielten sich über Dinge, die Sara noch nie gehört hatte. Großmutter wurde mit der Zeit immer einsilbiger und der Wald immer schöner. Großvater monologisierte. »Weißt du, Otto Hahn, der die Kernspaltung entdeckt hatte, wurde gefragt, ob das nicht ein reines Wunder sei. Nein, hatte er geantwortet, viel wunderbarer ist, dass das Gänseblümchen blüht.«

Und Großvater setzte hinzu »Darin besteht die menschliche Größe, in Demut zu erkennen, dass er klein ist gegenüber der Macht und Schönheit der Natur, nicht wahr?« Großmutter blieb abrupt stehen.

»Was ist denn, Großmutter?«, fragte Sara.

»Ich will nach Hause!« Weder Sara noch Großvater konnten sich einen Reim auf Großmutters plötzlichen Entschluss machen. »Ich will zurück!«, sagte sie noch einmal.

»Aber es ist doch gerade erst sechs Uhr«, meinte Großvater. »Lass uns doch noch ein Viertelstündchen –.«

»Ich gehe keinen Schritt weiter.«

»Ist es dir schlecht, Mulle?«

»Nein, mir ist nicht schlecht, ich will heim, sofort.« So hatte Sara Großmutter noch nie erlebt. Wie angewurzelt stand sie da und starrte in den Wald. Großvater musste sich fügen. Je näher sie ihrer Wohnung kamen, umso gesprächiger wurde Großmutter wieder.

Am nächsten Tag kam Großvater aufgeregt von der Arbeit nach Hause. Schon auf der Treppe rief er: »Lena, Lena!«, und Großmutter kam ihm entgegen. Großvater umarmte sie und wollte sie gar nicht mehr loslassen. Sara sah Tränen in seinen Augenwinkeln.

»Was ist denn los?«, fragte Großmutter überrascht.

»Gestern, so um die sechs Uhr, ist eine junge Frau im Wald misshandelt und erdrosselt worden. Nur hundertfünfzig Meter von der Stelle im Wald entfernt, wo du unbedingt umkehren wolltest. Zwei Männer waren es.«

18

»Ich stäh im Rrrägen und warrrte auf dich, auf dich.« Andächtig lauschte Sara Großmutters rauer Stimme. Sie fühlte sich zurückversetzt in Lena-Oma-Zeiten. Sara hielt Grimms Märchen auf den Knien und wollte ›Der Eisenhans‹ lesen. Sie hatte sich zuvor mit Roberto getroffen.

»Pass auf, ich zeig dir was«, sagte er. Sara erinnerte sich an Lukas Weihnachtsgeschenk und hielt sich ihre Hand vor die Augen. Aber Roberto zeigte ihr nur einen Handstand. Kerzengerade ragten seine Beine in die Luft. Dann zappelte er mit den Beinen, verlor das Gleichgewicht und landete verdreht auf dem Rücken. Sara lachte. Und weil Roberto das gefiel, machte er denselben Spaß noch einmal. Er lief sogar ein paar Schritte auf den Händen und erntete Applaus von Sara. Er war biegsam wie Gummi. Das imponierte Sara, und das wiederum spornte Roberto an. »Mein Vater kann sogar auf einem Finger laufen…«, begann er. Sara blickte ihn strafend an und Roberto setzte schnell hinzu, »im Wasser kann er auf einem Finger laufen.«

»Also mein neuer Vater«, begann Sara entschieden, »der kann kucken ohne die Augen richtig auf zu machen, und Tante Rosalie hat einen unsichtbaren halben Finger, und meine Großmutter sieht Sachen, die man nicht sehen kann, aber wahr sind und mein Großvater hat soviel Ordnung im Kopf, dass er alles, was er denkt, wiederfindet, und Otto Hahn ist sein Freund, der einen Kern gespalten hat, aber das Gänseblümchen viel schöner findet, und mein Freund Leo kann unter Wasser fünf Minuten lang die Luft anhalten.«

Sara war außer Atem. Soviel auf einmal hatte sie noch nie gesprochen. Roberto hatte ihrer Aufzählung nichts entgegen zu halten und sagte kein Wort mehr. Er beschränkte sich darauf, immer neue lustige Handstand- und Fall-Kreationen zu erfinden, um Sara zu erheitern.

»Ich muss jetzt gehen, Roberto«, sagte Sara. »Morgen fahre ich wieder nach Hause.« Roberto schaute sie mit großem Bedauern an.

»Wiedersehen«, sagte Sara. Sie ging ein Stück und drehte sich noch einmal um. »Ich kenne niemanden, der so gut auf den Händen laufen kann wie du«, rief Sara.

»Wirklich?«, fragte Roberto. Sara nickte und Roberto strahlte übers ganze Gesicht.

»Großmutter, kannst du auf den Händen laufen?«, fragte Sara, noch während sie die Eingangstür hinter sich schloss.

»Nein, ich kann noch nicht einmal einen Handstand. Und du?« Sara schüttelte den Kopf.

»Und Großvater?«

»Ich hab ihn noch nie einen machen sehen«, sagte Großmutter und kicherte bei dieser Vorstellung, während sie Speckstücke klein schnitt.

Großmutter war eine sehr gute Köchin. Sara schmeckte alles und Großvater war ein Bewunderer ihrer Kochkunst. »Veronika, der Lenz ist da«, sang Großmutter.

»Das ist auch ein altes Lied wie ›Ich steh im Regen‹«, stellte Sara fest.

»Die hab ich in meiner Jugend gesungen.«

»Und warum singst du keine modernen Lieder?«, fragte Sara.

»Damit kann ich nichts anfangen. Alle singen immer am liebsten die Lieder aus ihrer Jugend. Die vergisst man nicht so schnell. Das weißt du sicher von Lore.«

»Nein«, schüttelte Sara den Kopf, »Mama hat schon lang nicht mehr gesungen.«

Großmutter blickte auf. »Aber jetzt doch sicher, nachdem du ein Brüderchen bekommen hast?«

»Vielleicht«, sagte Sara.

»Freust du dich denn auf deinen kleinen Bruder?«,

»Sehr, aber über eine Schreibmaschine hätte ich mich auch gefreut.«

»Eine Schreibmaschine?«, wunderte sich Großmutter.

»Ja«, nickte Sara eifrig.

»Janines Papa hat auch eine. Er schreibt damit ganze Bücher, und das geht viel schneller als mit dem Füller.« Sara machte eine Pause. »Duuu, Großmutter …«, begann sie von Neuem, da Großmutter nur einen kleinen Seufzer von sich gab. Sie dachte an ihre Schreibmaschine, die sie jeden Tag im Büro benutzt hatte, um Geschäftskorrespondenz zu erledigen. Sara tippte Großmutter an.

»Es wäre doch viel schöner, wenn wir alle, Mama, Papa, das Baby und ich hier sein könnten. Bei dir und Großvater.«

Großmutter sagte nichts. Sie zündete sich eine Zigarette an, nahm einen Zug und legte sie in die Einbuchtung des Aschenbechers. Da Großmutter ganz in Gedanken war, wendete sich Sara Grimms Märchen zu. Sie schlug den ›Eisenhans‹ auf. Nach einer Weile begann Großmutter wieder zu singen »Was machst du mit dem Knie, lieber Hans, mit dem Knie, lieber Hans, beim Tanz …«

»Du kennst auch alle Kirchenlieder«, sagte Großvater, der auf einmal mitten in der Küche stand.

»Du offenbar auch«, gab Großmutter ihm zurück und warf trotzig ihr schweres Haar in den Nacken. »Wo man singt, da lass dich nieder, böse Menschen kennen keine Lieder«, sagte Großmutter.

Großvater strich Sara über den Kopf. Er freute sich, sie in Grimms Märchen lesen zu sehen. »Hast du den Eisenhans schon einmal gelesen?«, fragte er.

»Schon ganz oft«, antwortete Sara.

»Was gefällt dir an der Geschichte?«

»Erst gefällt mir gar nichts, weil der Königssohn so allein ist. Keiner darf wissen, wer er wirklich ist. Das ist traurig.«

»Aber später bekommt er wunderbare Schätze und alle erkennen, dass er ein echter Prinz ist«, erwiderte Großvater.

»Das dauert aber viel zu lange«, entgegnete Sara.

»Ja«, meinte Großvater, »er muss eine Menge Geduld aufbringen und Heldentaten verrichten, bevor er belohnt wird.

Es klingelte. Sara warf einen Blick auf ihren roten Koffer, der schon fertig gepackt da stand. Großvater trug Sara den Koffer runter, und Großmutter begleitete sie zum Auto. Jörg nickte nur zur Begrüßung, warf den Koffer in den Wagen und nickte wieder zum Abschied. Er hatte es eilig. Deshalb konnte sich Sara nicht von ihren Großeltern verabschieden. Sie öffnete das Fenster und winkte, bis ihre Großeltern in der Ferne verschwanden.

Jörg sprach auf der ganzen Fahrt kein Wort. In der Beethovenstraße angekommen, öffnete er Sara von innen die Autotür. Mit dem Kopf deutete er eine Bewegung an, die besagen sollte: »Steig aus!« Seine Augen waren dabei fast geschlossen. Sara tat, was er nicht gesagt hatte und zerrte den roten Koffer vom Rücksitz. Jörg hatte den Motor laufen lassen, um keine Zeit zu verlieren. Er gab Gas und war schon weg, bevor Sara die Autotür richtig schließen konnte. Sie nahm den Koffer und schleppte ihn zur Tür. Dabei versuchte sie Jörg nachzumachen. Sie schloss ihre Lider, bis nur noch ein Spalt frei blieb und vollzog mit ihrem Kopf eine nahezu unsichtbare Bewegung. Sara wurde klar, dass Menschen nicht immer reden müssen, um sich deutlich auszudrücken.

Lore war blass und dünn. Sie ging Sara entgegen, die mit ihrem roten Koffer und dem Schulranzen auf dem Rücken das zitronengelbe Treppenhaus hinauf stieg.

»Der hätte dich doch wirklich hochbringen können«, beschwerte sich Lore.

»Ich schaff das schon«, sagte Sara. Ihr Gesicht war hochrot vor Anstrengung. Der Koffer war zu schwer für sie, aber sie wollte es vor sich selbst und Lore nicht eingestehen. Lore war fast auf ihrer

Höhe, als sie wieder abrupt umkehrte. Von oben kam helles Wimmern. »Warte, ich bin gleich wieder da«, sagte sie.

»Mein kleiner Bruder«, dachte Sara, verschnaufte und setzte sich auf eine Treppenstufe. Es roch nach Bratkartoffeln. Wie immer. Sie schaute durch ein schmales Fenster hinaus in den grauen Hinterhof, der fünf Stockwerke unter ihr lag. Eng umschlossen von glatten Häuserwänden war er nur ein paar Quadratmeter groß. Selten traf ihn ein Sonnenstrahl. Sara öffnete das Fenster und lehnte sich über den Sims. Mülltonnen standen aufgereiht nebeneinander. »Vielleicht treff ich die«, dachte Sara und spuckte hinunter. Die Spucke drehte sich in der Luft. Sie glänzte weißlich, wurde dunkler und dunkler, bis sie nicht mehr zu sehen war. Sie hätte aufklatschen müssen. Aber Sara hatte nichts hören können. Sie schloss wieder das Fenster und übte Jörgs Geste. Lore kam und kam nicht. Sara nahm den Koffer und hievte ihn Stufe um Stufe nach oben.

Endlich kam Lore, aber nun wollte Sara auch keine Hilfe mehr. Lore fasste nach dem Griff, aber Sara ließ ihn nicht los. »Jetzt gib ihn doch!«, sagte Lore und zog am Koffer.

»Kann ich selbst, es ist mein Koffer«, sagte Sara. Sie zog mit einem kräftigen Ruck daran. Dabei entglitt er ihren Händen. Laut polterte er die Stufen hinab, öffnete sich unterwegs und verstreute überall Saras Sachen.

»Das kannst du jetzt alles alleine aufheben«, sagte Lore. Grimms Märchen lag aufgeschlagen auf dem Treppenabsatz, so, als hätte sie eben noch darin gelesen. »Von einem, der auszog, das Fürchten zu lernen« stand fett gedruckt über der Geschichte. Sara mochte diese Geschichte nicht wegen der wilden Teufel. Sie quälten die Menschen, ohne dass sie es verdient hätten. Sie schüttelte sich bei der Vorstellung.

»Willst du nicht mal deinen kleinen Bruder sehen?« Sara begann, ihre Sachen wieder im Koffer zu verstauen.

Paulchen sah lustig aus. Er hatte einen kugelrunden Kopf und die Augen mit den schweren Lidern von Jörg. Sara fand ihn sehr klein und dick, aber Lore behauptete, er sei ein sehr großes und schwer gebautes Baby. »Paulchen ist ein Speckpaket«, sagte Sara belustigt. Sie zog ihn an beiden Armen aus dem Bettchen. Lore riss den Kleinen entrüstet an sich und gab Sara eine Ohrfeige. »Wie kannst du nur, tu das nie wieder!«, schrie sie Sara an. »Was den Kindern so einfällt, reißt ihm glatt die Arme ab!« Die junge Frau unter der Haube nickte bestätigend.

Lore arbeitete seit ihrer Entbindung schwarz, da sie wegen Paul noch keine Stelle annehmen konnte. An manchen Tagen reichte eine Kundin der anderen die Hand. Schneiden, waschen, färben, einlegen, frisieren. Keine verließ die kleine Wohnung, die nicht zufrieden war.

»Paulchen, das kleine Speckpaket«, flüsterte Sara, die ihn am Abend in seinem Bettchen beobachtete. Er schlummerte friedlich. Sara tippte ihm behutsam auf die Stupsnase. Im Nebenzimmer hörte sie die gedämpfte, eindringliche Stimme ihrer Mutter. »Wir brauchen was zu essen«, sagte Lore zu Jörg, der nach Bier und Zigaretten roch. Jörg holte sein Portemonnaie heraus und reichte Lore einen Schein. Sie nahm ihm den Geldbeutel aus der Hand und schaute hinein. »Ist das alles?« Jörg zuckte mit den Schultern. »Dein Kompagnon ist ein fauler Sack«, sagte sie zu Jörg. »Ihr müsst Kunden finden, wovon sollen wir denn leben? Ich weiß nicht einmal, wovon ich die nächste Miete bezahlen soll.«

Sara hatte ihre Sachen ausgeräumt und den roten Koffer mit ihren Büchern unter das Bett geschoben. Sie legte ihren Kopf aufs Kissen und spürte etwas Hartes darunter. Es war das Fläschchen mit Weihwasser von Tante Elisabeth. Sara öffnete es. Offenbar war ein Teil des Weihwassers verdunstet. Sie nahm es und tropfte um ihr Bett einen Kreis mit Buchstabenschweinen. Sie gaben sich alle die Hand und sangen »Ich stäh im Rägen und warte auf dich …«

»Ihr kennt auch alle Kirchenlieder«, murmelte Sara und schlief ein.

19

Fräulein Maurer hiess jetzt Frau Bertold.
Sara hatte große Mühe, sich an den neuen Namen zu gewöhnen.
Aber sie tröstete sich mit dem Gedanken, dass Frau Bertold nun
verheiratet war. Ihre Augen glänzten hinter den hohen Brillengläsern, und sie war immer guter Dinge. »Herr Bertold hat ihr zwar
den verkehrten Namen gegeben, aber er muss nett sein«, dachte
Sara. Mit Lore verhielt es sich genau umgekehrt. Seit sie mit Jörg
verheiratet war, wurde sie immer unglücklicher. Nur Paulchen, das
kleine Speckpaket, brachte sie ab und zu zum Lachen.

Vielleicht würde ja nun auch der Klapperstorch bei Frau Bertold
vorbei schauen, obwohl er sich in ihrem Falle offenbar viel Zeit
ließ. Sara dachte an die schuhgesichtigen kleinen Kinder: »Wenn
sie bis zum nächsten Schuljahr kein Baby hat, muss ich halt wieder
ein Zuckerstück in ihre Tasche werfen.«

Sara war sehr optimistisch, denn an diesem Morgen erhielt sie
den schlagenden Beweis für die Richtigkeit ihrer Annahme, Kinder
kündigten sich dort an, wo Zuckerstücke ausgelegt wurden. Sara
nahm wie immer denselben Schulweg zur Bruchwiese. Sie traute
ihren Augen kaum. Aus jedem Hauseingang kam eine Mutter mit
Kinderwagen und in jedem lag ein Baby. Es waren genau dreißig,
und dreißig Zuckerstücke waren es damals. Zwar war das immer
noch kein Beweis, der unwiderruflich die Existenz des Klapperstorchs belegte, aber die Methode musste stimmen. Egal, ob nun
der Klapperstorch, ein Adler, eine Katze oder ein anderes Wesen
den Zucker holte. Als sie Janine in der Schule traf, wollte sie ihr diese Neuigkeit gleich mitteilen, zumal ihr wieder alle Familiennamen
eingefallen waren. Sie hätte also sehr überzeugend wirken können.

Aber die Vorstellung, Janine würde sich nur wieder lustig über sie machen, hielt sie davon ab.

»Wir schreiben einen Aufsatz«, brach Frau Bertold in Saras Gedanken ein, »ihr habt eine Stunde Zeit dafür. Das Thema schreibe ich an die Tafel.« Die ganze Klasse stöhnte auf. »Da gibt es kein Lamentieren, besonders nicht von denen, die ins Gymnasium wollen. Also los.« Frau Bertold klatschte energisch in die Hände. Dabei rutschte ihre Brille bis zur Nasenspitze.

Sara nahm den Füllfederhalter. Sie wusste genau, was passieren würde, und davor hatte sie Angst. Ihr Heft lag geöffnet vor ihr. »Mein größter Wunsch« stand an der Tafel. Sara hielt mit der linken ihre rechte Hand fest. Sie zitterten beide. Sie krakelte die Überschrift kaum lesbar ins Heft. Janine blickte auf Saras Hände. In ihrem Gesicht ließ sich ein Anflug von Spott erkennen. Janine fühlte sich stark, weil Sara sich schwach fühlte. Janine aus dem kultivierten Elternhaus. Sie schaute Sara an, und Sara senkte vor Scham ihren Kopf. Sie beneidete Janine ihres Vaters wegen. Er war klug. Er besaß eine Schreibmaschine und viele Worte, magische Worte, sonst hätte er keine Bücher schreiben können. Ihr Stiefvater hatte keine Worte, und wenn er zufällig welche fand, dann waren es immer die verkehrten. Und ihr richtiger Vater konnte nur Schnaps brennen. Sara starrte auf die leeren Zeilen ihres Heftes. »Welcher Wunsch ist denn mein größter«, fragte sie sich. Mit ihrer Familie zu Großvater und Großmutter zu ziehen? Oder mit Leo schwimmen zu gehen? Das Waldbeerensommerlied wieder zu finden? Oder ein Pferd wie Fury, den Mustang, zu haben? Vielleicht aber auch bei Tante Helga ein Marmeladebrot mit einer Schicht Sahne obendrauf zu essen? Mit Onkel Fritz und Tante Elisabeth nach einem ausgiebigen Bad Fernsehen zu schauen? Eine wirklich beste Freundin zu haben? Oder eine Schreibmaschine … Sara fielen noch viele Wünsche ein. Aber welcher war nun ihr größter? Sara begann zu schreiben, aber ihre Sätze formten sich schneller, als sie Worte zu Papier bringen konnte: »Großvater hatte mal gesagt, dass man Wünsche haben kann, die man nicht kennt. Vielleicht ist das der Grund, warum ich mich für keinen meiner Wünsche entscheiden kann. Keiner ist mein größter. Denn ich könnte auf einmal entdecken, dass er der Falsche war ...« Sara kratzte mit der Feder wieder ein Loch ins Papier. Ihr traten Tränen in die Augen. Ihre Gedanken überholten ständig die Sätze, die sie verkrampft ins Papier drückte. Niemals würde sie fertig werden, niemals. Frau Bertold klatschte in die Hände.

»Schluss, ihr hattet genug Zeit!«, sagte sie und sammelte die Hefte ein. Sara klappte ihr Heft zu. Während Janine drei Seiten geschrieben hatte, konnte sie nur die Hälfte vorweisen. Sie packte hastig ihre Schulsachen ein und ging, damit sie Janines Geplapper nicht anhören musste.

»So werde ich die Aufnahmeprüfung nie schaffen«, dachte Sara auf dem Nachhauseweg. Ihre Mutter hatte sie am Deutsch-Französischen Gymnasium angemeldet, auf Anraten von Großvater, der viele Jahre in Frankreich gelebt und gearbeitet hatte.

»Wer von dieser Schule kommt, ist geadelt und bekommt jeden Studien- und Ausbildungsplatz, den er sich wünscht«, sagte Großvater mit Pathos und hob seinen großen Zeigefinger. »Im In-und Ausland. Sara wird den Weg in unsere Zukunft beschreiten. Und unsere Zukunft ist Europa. Hier, zwischen Deutschland und Frankreich, hier an der Saar beginnt Europa.« Eine Weile blieb sein Zeigefinger in der Luft stehen. Lore fuhr sich mit der vom Haare färben rotbraunen Hand durch die dicken Locken.

»Meinst du wirklich?«, fragte sie beeindruckt. Sie stellte sich ihre Tochter vor, die als erste der ganzen Familie das Abitur machte – außer Großvater natürlich. Aber der war ja nur angeheiratet. Großvater, der sah, dass seine Worte ihre Wirkung nicht verfehlt hatten, ließ seinen Zeigefinger sinken. »Jetzt muss sie nur noch die Prüfung schaffen!«

Sara saß seit einer halben Stunde auf dem kleinen Sessel, ohne sich zu rühren. Sie trug bereits Mütze, Mantel und Schuhe. Frau

Bertold hatte den Plan von Großvater und Lore unterstützt. Saras Aufsatz über ihren größten Wunsch war zwar nicht zu Ende geführt, aber Frau Bertold gab ihr trotzdem eine gute Note.

Lore rannte auf und ab. »Unmöglich, wie kann er nur, kommt zu spät, weiß genau, ist viel zu wichtig …« Sie reihte ein Satzfragment an das andere. Sie war wütend und nervös. Jörg sollte Sara zur Prüfung bringen, aber er kam nicht. Lore blieb einen Moment lang stehen, weil sie glaubte, Jörgs Schlüssel im Türschloss zu hören. Paulchen nutzte die Gelegenheit und grapschte nach Lores Kleid. Er lachte übers ganze Gesicht, aber Lore bemerkte ihn nicht. »So ein verdammter Idiot«, rief sie, während sie weiter lief. Paulchen, der noch an ihrem Kleid hing, stürzte und fiel aufs Gesicht. Er weinte. Lore hob ihn hoch. Sie schaukelte ihn zur Beruhigung, aber viel zu hastig. Paulchen weinte noch heftiger.

Sara hatte Angst, große Angst. Wenn sie zu spät käme, müsste sie in kürzerer Zeit dasselbe Pensum schaffen. Und sie war ohnehin viel zu langsam.

»Jetzt hör doch endlich auf zu brüllen«, schrie Lore Paulchen an.

»Wie eine Sirene unter Wasser«, dachte Sara. Sie saß immer noch steif auf dem kleinen Sessel. Endlich ging die Tür auf.

»Wo bist du denn nur gewesen, es ist viel zu spät, puhh, du stinkst nach Zigaretten, hast du etwas getrunken, mitten am Tag, verdammt, Sara kommt zu spät.« Jörg schwieg, wie immer, und ging mit Sara aus der Tür. Sie rannten die Treppen herunter, vorbei an den zitronengelben Wänden, vorbei an der Frau, die jeden Mittag Kartoffeln briet und stürzten aus dem Haus direkt in den Wagen. Sara rang nach Luft. Jörg raste durch die Stadt und hielt erst wieder an, als sie vor der Schule standen. Sie hasteten durch weite Flure über spiegelblanke Böden bis zum Prüfungsraum. Kein Geräusch drang durch die verschlossene Tür. »Klopf mal!«, flüsterte Jörg, der ein rotes Gesicht hatte. Sara konnte ihre Hand kaum heben.

»Klopf du!«, sagte sie. Jörg schüttelte den Kopf.

»Du bist aber der Vater«, sagte Sara, »Väter müssen das tun.« Jörg blickte verwundert durch seine Augenschlitze. Er nahm tief Luft und klopfte schließlich.

»Herein«, ertönte eine strenge Stimme und die Tür öffnete sich. Eine Frau mittleren Alters, mit messingfarbener, aufgebauschter Kurzhaarfrisur drückte Sara Prüfungsunterlagen in die Hand und schloss gleich wieder die Tür vor Jörgs Nase. Sie wies Sara einen Platz zu inmitten der anderen Prüflinge, die sie nur kurz eines Blickes würdigten, so sehr waren sie mit ihren Prüfungsaufgaben beschäftigt. Sara schaute auf die Uhr von Tante Elisabeth. Die anderen hatten schon eine Viertelstunde Vorsprung. Saras Hände zitterten wie Espenlaub und fanden nur mit Mühe aneinander Halt. Der Füller, eingewunden in zehn Finger, kratzte über das Papier und ließ alle paar Zeilen ein kleines Loch. Plötzlich hieß es: »Abgeben!«

Sara fand sich in den darauffolgenden Tagen damit ab, die Prüfung nicht bestanden zu haben, obwohl sie noch keine offizielle Bestätigung dafür bekommen hatte. Janine, die auch an der Prüfung teilgenommen hatte, war im Gegensatz zu Sara sehr guter Dinge. »Wie schade, dass du zu spät gekommen bist!«, sagte sie mehrmals in bedauerlichem Ton.

Zu Hause spielte Sara Schule. Sie setzte ihren Teddybär, den sie von Lore zu Paulchens Geburt erhalten hatte, neben die Puppe von Tante Elisabeth und Onkel Fritz. Und zwischen Puppe und Teddy setzte sie Paulchen, der mit der Bärenpranke spielte. Sie verteilte Noten und Janine, wie sie ihre Puppe kurzfristig nannte, bekam eine sechs. »Wie schade, dass du zu dumm bist fürs Gymnasium! Deinen Vater wird das sehr betrüben«, sagte sie in gewähltem Hochdeutsch.

Am Abend drückte Lore ihr einen Brief in die Hand. »Vom Deutsch-Französischen Gymnasium«, sagte sie. Sara nahm den Brief und warf ihn in den Mülleimer.

»Spinnst du, hol ihn wieder raus!«, fuhr Lore sie an. Lore schubste Sara zur Seite und nahm selbst den Brief wieder aus dem Eimer. Hastig riss sie ihn auf, entfaltete das Blatt und las. Dann hielt sie einen Augenblick inne. Sara nahm ihr den Brief aus der Hand. »Wir freuen uns, ihnen mitteilen zu können …« Sara stieg das Blut in die Wangen. Lore nahm sie unter den Armen und drehte sich mit ihr um die eigene Achse. »Du hast es geschafft, du hast es geschafft! Ich bin so stolz auf dich!«

20

IM WOHNZIMMER STANDEN VIELE KARTONS nebeneinander, verschieden hoch gestapelt. Irgendwo darunter verlor sich Saras kleiner roter Koffer. Sie hatte ihn dieses Mal alleine packen müssen. »Es ist ein sehr guter Zeitpunkt umzuziehen«, sagte Lore, die sich selbst Mut machte. »Du kommst sowieso jetzt aufs Gymnasium.«

»Aber das Gymnasium ist doch hier, warum müssen wir dann ausgerechnet woanders hinziehen«, tönte Saras Stimme gedämpft aus einer der Kisten, in die sie sich verkrochen hatte. Paulchen saß obendrauf und krähte vergnügt.

»Dafür gibt es einen Bus«, antwortete Lore ohne Saras Frage zu beantworten, »damit kannst du jeden Tag hin- und zurückfahren.« Sie entfernte den letzten Lockenwickler aus den kurzen Haaren ihrer Kundin, die inmitten der Umzugskisten auf einem Stuhl saß und die Augen geschlossen hielt. Lore nahm einen Stielkamm und toupierte Haarbüschel. Dann legte sie Strähne für Strähne übereinander, bis ein kunstvoll aufgetürmtes Gebilde entstand. »Schön!«, sagte sie und hielt der Kundin den Spiegel hin. Sie berührte mit der Handfläche behutsam tupfend ihren füllligen Hinterkopf. »Schön«, echote die Kundin zufrieden. Sara sah durch den schmalen Spalt der Umzugskiste die Kundin den Spiegel halten. Sie drückte Lore zufrieden einen Geldschein in die rot verfärbten Finger. »Stimmt so«, sagte sie mit großzügiger Geste. »Wie schade, dass sie wegziehen!« Lore steckte schnell das Geld weg, bevor sich die Kundin wieder besinnen konnte, denn die Summe war doppelt so hoch wie sonst. Eine Art Abschiedsgeschenk. Die Kundin verschwand und Tante Rosalie kam herein.

»Hallihallo«, rief sie mit ihrer kehligen Stimme, noch bevor die Tür hinter ihr ins Schloss fiel. Sara sah Rosalies Beine auf hohen Stöckelschuhen mit Pfennigabsätzen. Damit war sie genauso groß wie Lore. Rosalie trug eine purpurfarbene Hose und eine enge giftgrüne Hemdbluse. Darüber einen Gürtel aus großen ineinander gesteckten Metallringen, die bei jeder Bewegung leise schepperten. Rosalie war eine willkommene Kundin vieler Boutiquen, denn sie fand fraglos alles gut, wenn man es ihr nur begeistert genug anpries. So verließ sie beschwingt und glücklich im neuen Look und regelmäßig mit mehreren Einkaufstüten die Geschäfte. Dass so mancher Passant sich irritiert nach ihr umschaute, weil Farbwahl und Schnitt sein Auge maßlos überforderten, schrieb sie ihrer modischen Attraktivität zu. Klar, dass sich alle umdrehten.

»Aber Rosalie, in diesen Schuhen kannst du keine Kisten runterbringen!«, sagte Lore, denn Rosalie war gekommen, um beim Umzug zu helfen.

»Aber logisch kann ich das«, sagte Rosalie. Sie war schon sehr früh in Frankfurt losgefahren. »Weil es so kompliziert ist hierher zu finden«, sagte sie, die erst viermal in der Beethovenstraße war und sicher noch ein fünftes und sechstes Mal hätte kommen müssen, um sich den Weg einzuprägen. »Dein ständiges Umziehen nervt. Immer wenn ich mir endlich den Weg gemerkt habe, wohnst du schon wieder woanders.«

Sara stimmte ihr zu. Seit sie sich erinnern konnte, waren sie ständig an anderen Orten. Deshalb saß sie auch in der Kiste und wollte dort bleiben. Fürs erste jedenfalls.

Paulchen rutschte von ihrer Kiste herunter und tapste Rosalie entgegen. Sie begrüßte ihn mit »kleiner Moppel« und nahm ihn auf den Arm. Doch als sie ihn wieder absetzen wollte, blieb Paulchens Fuß im neuen Gürtel hängen. Er riss und schepperte zu Boden. »So was Dummes«, sagte Rosalie und bückte sich. Jetzt war Rosalies Gesicht genau in Saras Augenhöhe. Sie sah ihre großen gutmütigen blauen Augen, die ganz enttäuscht den zerbrochenen

Gürtel in der Hand betrachteten. Lore bückte sich in Saras Sichtbereich und versuchte den zerbrochenen Ring in den anderen zu stecken und ihn dann so zu biegen, dass er schloss. Es funktionierte nicht. Rosalie blickte resigniert auf die beiden Gürtelteile. »Ach, was soll's! Hier!« Sie reichte sie Paulchen, der damit wild herumrasselte.

»Ist Sara noch in der Schule?«, fragte Rosalie. »Nein, antwortete Lore, »sie sitzt in einer Umzugskiste und rührt sich nicht.«

»Sara, willst du mich nicht begrüßen?«, fragte Rosalie unbestimmt in den Raum hinein. Sara biss sich auf die Lippen. Nein, sie wollte auf keinen Fall antworten, auch Tante Rosalie nicht.

»Ach lass nur«, meinte Lore, »sie wird sich sowieso bald langweilen und dann herauskommen.«

»Denkste!«, dachte Sara. Ihr war es keineswegs langweilig, im Gegenteil. Aber das konnte Lore nicht verstehen. Sara hatte Gefallen an dem Sehschlitz gefunden, durch den sie beobachten, selbst aber nicht gesehen werden konnte. »Vielleicht stecken ja die anderen auch alle in einer großen Kiste. Sie sehen auch immer nur Ausschnitte, wie ich jetzt, aber jeder sieht einen anderen.« Sara sah durch den Spalt Tante Rosalie, die eine Kiste hochhob, um sie zur Treppe zu bringen. Dabei konnte sie ganz genau ihren halben Finger erkennen, der sich wie die anderen auch um den Griff bog. Sara hatte vollständig ihre Scheu vor ihm abgelegt, seitdem sie wusste, dass der andere Teil des Fingers noch existierte, nur eben unsichtbar. »Eigentlich müsste alles, was es auf der Welt gibt und nicht ganz ist irgendwo seine unsichtbare Ergänzung haben so wie Tante Rosalies Finger. Dann gäbe es nichts Halbes mehr, nur noch Ganzes.« Sara freute sich über ihre Gedanken. Sie sah Rosalies purpurfarbene Hose, die um ihre wackelnden Füße schlackerte. Das kam von den Stöckelschuhen, die Rosalie partout nicht ablegen wollte. Doch ging sie viele Male die fünf Etagen hinunter und hinauf und jedes Mal mit einer Kiste im Arm. Paulchen stand Lore und Rosalie immer im Weg. Wo er auch war, war er verkehrt und musste ständig beiseite geschoben werden. »Ein Glück«, dachte Sara, »dass ich hier in der Kiste bin.«

»Sara ist bestimmt eingeschlafen«, sagte Lore nach einer Weile. Sie schaute sich zufrieden um, weil die Wohnung fast leer geräumt war. Doch sie irrte sich. Sara saß mucksmäuschenstill im Umzugskarton und hörte aufmerksam dem Gespräch der Schwestern zu, während sie die letzten Sachen zusammenstellten.

»Unser Vater hat Mama einen Brief geschrieben«, sagte Rosalie zu Lore. Sara erinnerte sich nicht mehr an ihn. Es war ihr erster Opa, der Vater von Lore und Rosalie und ihren Schwestern. Der mit den Bierflaschen.

»Was stand denn drin?«

»Er wäre jetzt trocken. Er würde seit drei Jahren nicht mehr trinken.«

Sara war überrascht, dass ihr einstmaliger Opa drei Jahre ohne Trinken auskommen konnte und seitdem still vor sich her getrocknet war. »Und?«, fragte Lore. Rosalie zögerte einen Moment. »Ob er nicht wieder nach Hause kommen könnte, hat er gefragt.« Lore schüttelte den Kopf.

»Der spinnt doch. Sicher will er sich mit Mama treffen. Stimmt's?« Rosalie nickte. Lore ließ sich auf dem Boden nieder. Jetzt hatte Sara ihr Gesicht genau im Visier. »Auch das noch. Warum drängt er sich wieder in unser Leben, nachdem was alles passiert ist?« Lore blickte hart. Damals hatte jede der Frauen einen Grund, ihn los werden zu wollen und Astrids Geschichte war diejenige, die am meisten einleuchtete. Ein Vater, der in der Nacht nackt bei seiner Tochter auftaucht, ist ein Monster.

Lore hatte eine andere Geschichte. Sie war sein Lieblingskind. Sie war etwa in Saras Alter, als sie von ihrem Vater den Auftrag bekam, ihm schnellstens die letzten Karten zu einem Fußballspiel zu besorgen. Lore war stolz und glücklich, ihrem Vater diesen Gefallen tun zu dürfen. Während er sich umzog, sauste Lore mit seinem Fahrrad los, das sie sich ohne sein Wissen ausgeliehen hatte.

Damit sie noch rechtzeitig kam. Lore war damals noch zu klein für das Fahrrad. Da es sich um ein Herrenrad mit einer Mittelstange handelte, konnte sie auch nicht stehend fahren. Deshalb hing sie beim Treten mit dem Unterkörper unter der Mittelstange und mit dem Oberkörper bog sie sich an ihr vorbei, so dass sie mit Mühe und Not das Lenkrad des schweren Rades halten konnte. Trotzdem war sie viel schneller damit als zu Fuß. Eine Schlange von Leuten stand im Laden an. Lore sah das unglückliche Gesicht ihres Vaters vor sich, wenn er nicht zu diesem Spiel kommen konnte. Deshalb ging sie zum ersten in der Warteschlange. Es war ein älterer Herr. Sie sagte ihm, ihr Vater hätte den Arm gebrochen, und sie wollte ihm mit einer Karte eine Freude machen. Wenn sie allerdings warten müsste, bis sie an der Reihe wäre, würde er den Zug zu dem Spiel verpassen. Gerührt von der Geste des kleinen Mädchens ließ sie der ältere Herr vor. Lore nahm die Karte zwischen die Zähne, weil sie sie nicht in der Hand zerdrücken wollte und stieg auf den Drahtesel. Sie trat so schnell sie konnte in die Pedale. Plötzlich rannte ihr ein Hund vor das Fahrrad. Lore musste schlagartig ausweichen. Das Rad geriet auf dem steinigen Boden außer Kontrolle. Durch den Schwung überschlug sie sich auf dem Weg und rutschte noch ein paar Meter weiter. Es war Sommer und Lore war leicht bekleidet. Sie schabte sich die Haut an den Beinen und Armen auf und ihre Knie bluteten. Aber die Karte zwischen ihren Zähnen hatte sie nicht losgelassen. Weinend vor Schmerz und Angst, dass sie zu spät sein könnte, humpelte sie mit dem schweren Rad neben sich nach Hause. Auf halbem Weg kam jemand auf sie zugerannt. Es war ihr Vater. Er schnaubte vor Wut. Er drehte sie, die durch die Entbehrungen des Krieges leicht wie eine Feder war, herum und schlug ihr so heftig auf Po und Rücken, dass sie wie eine Schaukel vor ihm hin und her sprang. Die Karte flog Lore aus dem Mund. Als er sie endlich losließ, fiel sie zu Boden. Sie raffte sich mühselig auf und humpelte nach Hause. Sie weinte keine einzige Träne.

Sara schaute zu Rosalie, die mit Paulchen auf dem Schoß Hoppe Reiter spielte und gleichzeitig weitersprach: »Hoppe, hoppe Reiter, wenn er fällt, dann schreit er … Im Brief stand, er würde beim Grab seiner Mutter schwören, dass er Astrid niemals sexuelle Avancen gemacht und sie schon gar nicht angefasst hätte. Fällt er in den Graben, fressen ihn die Raben … Er habe sich einfach nur in der Zimmertür geirrt. Macht der Reiter plumps!« Paulchen fiel rückwärts Rosalies Knie herunter.

»Das hat er bei Gericht auch gesagt«, meinte Lore.

»Ja, aber er ist seit Jahren wieder bei Verstand.« Lore schaute ihre Schwester an.

»Rosalie, willst du mir damit sagen, dass Astrid vielleicht gelogen haben könnte?« Rosalie zuckte die Schultern.

»Der soll bleiben, wo er ist, Mama hat jetzt Willi, fertig aus!« Lore schlug zur Bestätigung mit der flachen Hand auf den Boden. Sara wusste zwar nicht, was mit ›Sexuelle Avancen‹ gemeint war, aber der Gedanke, dass sich der alte Opa mit den Bierflaschen jetzt an Großvaters Stelle drängen könnte, behagte ihr überhaupt nicht.

»Du hast recht, Lore«, sagte Rosalie nicht ganz überzeugt, »der soll sein eigenes Leben leben und Mama und uns in Ruhe lassen.« Lore und Rosalie rappelten sich auf und nahmen ein paar restliche Sachen mit nach unten. »Wo ist eigentlich Jörg?«, fragte Rosalie.

»Auf Montage«, war die knappe Antwort.

»Ach, hat der wieder Arbeit?«

»Ja«, sagte Lore überdeutlich, »er hat wieder Arbeit.« Rosalie blickte in ihr blasses Gesicht, sah die dünnen weißen Arme mit den rotbraunen Händen und fragte nicht weiter nach.

Sara hörte die Eingangstür zuschlagen. In dem Moment wurde ihr klar, dass die beiden sie in der alten Wohnung vergessen hatten. Die Dunkelheit brach an. Sara rührte sich nicht aus dem Karton. Die Buchstabenschweine schwirrten um sie her. Ihre Ringelschwänze leuchteten wie Glühwürmchen.

21

DA STANDEN SIE, IN REIH UND GLIED, immer zu zweit nebeneinander, adrett, unscheinbar und alle gleich. Die Siedlungshäuser, die vor dreißig Jahren auf dem einstigen Waldboden errichtet worden waren. Ein Ort ohne Vergangenheit. Ein Ort ohne Mythen. Sitterswald.

Die Siedlung war rasch aus dem Erdboden gestampft worden, um für wenig Geld kinderreichen Familien eine Behausung zu bieten. Und um zusätzlich dem französischen Nachbarn jenseits der Blies mit deutschnationaler Tüchtigkeit zu imponieren. Jede Familie erhielt Hühner, Kaninchen, eine Ziege und ein Schwein. Ein großer Garten war an die kleinen, ein und ein halb Geschoss hohen Häuser angeschlossen. Er sollte dem Anbau von Kartoffeln und Gemüse dienen, um die Familien zu ernähren. Als sich der Krieg dem Ende zuneigte, lagen weniger als zehn Jahre zwischen Aufbau und Zerstörung des Ortes. Er hätte leicht von der Landkarte gestrichen werden können. Im Umkreis jahrhundertealter Dörfer hätte niemand die Siedlung vermisst. Doch einige Einwohner fühlten sich hier zu Hause und bauten nach der Evakuierung das wenige, das ihnen verblieben war, hoffnungsvoll wieder auf.

Schon bevor der Krieg endgültig verloren war, gab es hier wie überall einen Bruch in der Namensgebung. Diejenigen, denen die Gnade der späten Geburt zuteil wurde, erhielten Namen, die sich deutlich unterschieden von den Namen ihrer älteren Geschwister. Am Ende der Reihe aus Heidemaries, Ottfrieds, Friedberts und Sieglindes tauchte plötzlich ein Markus auf oder eine Gabi. Und diejenigen, die dem Führer zu Ehren seinen Namen trugen, schämten sich jetzt. Oder sie trugen ihn trotzig vor sich her oder eben: sie waren immer noch stolz. Das waren die Unverbesserlichen, die auch jetzt noch Krieg führten, nachdem er längst vorüber war.

Einer von ihnen war Jörgs Vater, der seinen Sohn in die Sprachlosigkeit geprügelt hatte. Ursprünglich hieß er Waldemar. Da ihn aber alle Waldi nannten wie den Dackel seiner Tante, nahm er den Namen Adolf an. Von nun an nahm man ihn ernst. Und was noch viel wichtiger war: er gewann Respekt vor sich selbst. Kein anderer Soldat konnte den Hitlergruß so stramm und zackig ausführen. Er übte ihn vor dem Spiegel ein und trug ihn wie den Namen Adolf als hehres Schild vor sich her, hinter dem er seine Unzulänglichkeiten sicher verbergen konnte.

Sara war mit Paulchen auf dem Weg zu ihm und seiner Frau Margot. Sie lief an den Siedlungshäusern vorbei, die symmetrisch rechts und links die Straße säumten und sich zum Verwechseln ähnlich sahen. Jedes Haus hatte die gleichen Hecken und einige beherbergten immer noch kinderreiche Familien, die dort auf den wenigen Quadratmetern hausten. Am Ende der Reihe stand das Häuschen von Adolf und Margot, Paulchens Großeltern.

»Oma«, sagte Paulchen. Auf Margots traurigem Gesicht fing es an zu leuchten. Sara freute sich darüber, denn wenn sie sich umsah, konnte sie nichts Helles entdecken. Der Raum war düster, selbst wenn die Sonne schien. Die dunklen Wände und die alten verbrauchten Möbel schluckten jegliches Licht. Selbst im Sommer brannte die Küchenlampe.

»Sagt Opa Guten Tag«, forderte Margot sie auf. Das hatte Sara gar nicht gern. Aber wenn sie Paulchen nicht hüten wollte, blieb ihr nichts anderes übrig. Sie hasste es, »Opa« zu Adolf sagen zu müssen. Er war nicht ihr, sondern Paulchens Opa, und das war schon schlimm genug. Sara ging zur Tür und klopfte an. Es kam keine Reaktion, aber Margot sagte: »Geh nur!« Sara öffnete die Tür, blieb aber im Türrahmen stehen.

»Hallo!« Dicke Rauchschwaden schwebten ihr entgegen. Adolf thronte dahinter in einem großen Stuhl und rauchte. Anders als bei Großmutter, die in lässiger Eleganz die Zigarette beiläufig mit sich trug, hielt Adolf sie fest zwischen Daumen und Zeigefinger eingespannt. Wenn er an ihr zog, beugte er sich nach vorne und saugte an ihr wie ein halb verhungertes Kind an den leeren Brüsten seiner Mutter. Mit drei Zügen war die Zigarette vernichtet. Sara stand da und wusste nicht, was sie sagen sollte. Margot stellte sich mit Paulchen auf dem Arm neben sie. »Dein Enkel«, sagte sie zu ihm und tatsächlich, Adolf stand auf. Sara wunderte sich zum wiederholten Mal. Denn so mächtig wie er saß, so klein war er, wenn er stand. »Vielleicht sitzt er deswegen die ganze Zeit«, dachte Sara.

Dieser Raum war noch dunkler als die Küche. Er war sein eigentliches Refugium, das er nur noch selten verließ. Neben seinem Aschenbecher, in dem sich die Asche türmte, stand eine Flasche mit einer Flüssigkeit, von der Sara wusste, dass sie Schnaps hieß. Adolf ernährte sich davon. Sara erinnerte sich an ihren Opa väterlicherseits, der davon nicht genug bekommen konnte und ihr heimlich einen Schluck zum Probieren gegeben hatte. Ihr Opa mütterlicherseits hatte nur Bier getrunken. Mit ähnlicher Wirkung. Fast war Sara geneigt, den Alkohol als magische Flüssigkeit einzuordnen, aber genau besehen machte er die Menschen die ihm huldigten, kleiner und nicht größer als sie wirklich waren.

Adolf trat nahe an Paulchen heran und pustete ihm Rauch ins Gesicht. Er musste husten. Sara begann auch zu husten. Allerdings nicht wegen des Rauchs. Und auch nicht, weil sie nicht reden wollte, wenn sie Adolf gegenüber stand. Sara betrachtete erstaunt die schweren Lider am kugelrunden Kopf des Mannes. Und aus genau den gleichen Augen mit den gleichen schweren Lidern sah ihn sein Enkel an. Augenblicklich wurde Sara klar, was Familie bedeutete. Es war Weitergeben. Mehr nicht.

Sara brach ihren Husten ab. Und während Adolf noch wortlos seinen Enkel musterte, konnte Sara ihn weiter in Ruhe betrachten. Und was sie sah, erregte ihren Ekel. Seine Haut war dick bedeckt mit einer schorfähnlichen Schicht, die nur von Rissen und Sprüngen unterbrochen war, aus deren Tiefen rohes Fleisch hervorquoll. Sie war froh, dass er sich schnell wieder in seinen großen Stuhl zurückzog. Die unterschwellige Hast des Mannes irritierte Sara. Ob er, vor dem sie sich fürchtete, selber Angst hatte? Aber wovor? Doch nicht vor ihr oder Paulchen? Sara verwarf ihren Gedanken wieder. Sie wollte spielen gehen.

Sie verließ das Haus und begann zu hüpfen, erleichtert, Paulchen samt seiner Oma und seinem Opa los zu sein. Die blonden Zöpfe flogen ihr bei jedem Sprung um die Ohren. Sie hörte erst auf, als sie auf dem Marktplatz stand, in den die Siedlungsstraßen mündeten. Auf der linken Seite stand eine Kirche, die Sara langweilig fand, obwohl sie katholisch war. Sie war in großer Eile nach dem Krieg hochgezogen worden und sah aus wie ein größeres Haus, bedeckt mit orange-roten Ziegeln. Der Turm als einziger wies sie als Gotteshaus aus.

Sara wohnte schräg gegenüber auf der anderen Seite des Dorfplatzes, den sonst nur zweistöckige Häuser umstanden. Unter ihrer kleinen Wohnung mit drei Zimmern war der Frisörladen, in dem Lore arbeitete und der Herrn Harrer gehörte. Wohnung und Arbeitsstelle in einem Haus erleichterten Lore die Kontrolle über Sara und Paulchen. Der Nachteil lag auch auf der Hand. Lore konnte nicht mehr so ohne weiteres durch Schwarzarbeit dazu verdienen. Denn Herr Harrer wachte eifersüchtig über seine Kundinnen. Und da er selbst keine Haare mehr hatte, sorgte er sich rührend um die der anderen. Insgeheim schämte er sich für seine Glatze. Deshalb gab er seinem eigenen Wunsch nach Haaresfülle auf den Köpfen seiner Kundinnen Ausdruck. Die Mode kam seinem Bestreben entgegen, denn sie verlangte Frisuren, die viel mehr Haare vortäuschten, als die Kundinnen im Regelfall vorzuweisen hatten. Sara wunderte sich immer wieder. Die Frauen gingen mit wenig Haaren und bescheidener Geste herein und kamen in stolze Diven verwandelt, mit üppiger Haarpracht, wieder heraus. Herr Harrer machte mehr aus ihnen. Volumina war sein Zauberwort, das Sara bereits in ihr Kompendium magischer Worte und Dinge aufgenommen hatte.

In Saras Augen war Herr Harrer eine Art Priester, der eine auf ein einziges Wort reduzierte Religion verkündete, die von jedem verstanden werden konnte und die garantiert immer auf eine gläubige weibliche Gemeinde stieß. Wenn sonntags die Frauen des Ortes sich vor dem gegenüber liegenden Gotteshaus versammelten, glitt ein glückliches Lächeln über sein Antlitz, und er segnete sie alle. »Vo-lu-mi-na« flüsterte er innig und strich sich über seinen kahlen Schädel. »Abtrünnige« nannte er diejenigen, welche neuerdings zurück zur Natur wollten, indem sie ihre Haare wachsen ließen. Gerade herunter. Mann wie Frau. Gott sei Dank kamen derartige Auswüchse nur in den Großstädten vor. Noch hatte er seine kleine Gemeinde fest im Griff und Lore unterstützte ihn dabei. An Sara und Paulchen störte er sich wenig. Sie durften sich nur nicht im Geschäft aufhalten.

Sara lief einem Kleinlastwagen hinterher, der um die Ecke bog und hinter den Häusern anhielt. Dort stand ein schmales Gebäude mit hohen engen Fenstern. Sie waren von bleichen Fensterrippen in kleine, zum Teil blinde Quadrate geteilt, die eine Durchsicht erschwerten. Sara stellte sich auf die Zehenspitzen. Aber die Fenster lagen zu hoch zum Einsehen. An vielen Stellen war die Farbe abgeblättert, alte kam darunter zum Vorschein, und wo die alte Farbe vollständig wich, lag das Holz nackt und bloß. Die große zweiflüglige Tür aus rostigem Eisen war immer geschlossen. Sara fragte sich seit ihrer Ankunft vor vier Wochen, was das für ein Haus wäre, durch dessen Tür niemand ging und durch dessen Fenster man nicht schauen konnte. Sara blickte dem Mann neugierig entgegen, der ausstieg und ihr freundlich zunickte. Er ging in die Wirtschaft an der Ecke, wo Jörg oft anzutreffen war, um sein Bier zu trinken, zu rauchen und anderen zuzuhören, wenn sie ihr Herz ausschütteten. Nur er selbst hatte ihnen nichts zu sagen.

Sara hörte ein Geräusch, das sie nicht einordnen konnte. Es kam aus dem Lastwagen. Sie ging näher heran und legte ihr Ohr an die Wand des Wagens. Ein leises Trappeln war zu hören, dann ein plötzliches Innehalten. Das wiederholte sich ein paar Mal und jedes Mal schneller. Was auch immer in diesem Wagen eingesperrt war, es musste aufgeregt sein. Sara ging zur hinteren Tür des Lastwagens. Der Griff war zu weit oben für sie. Sie sprang hoch und fasste ihn mit beiden Händen. Mit angezogenen Beinen hing sie am Griff, der sich schließlich nach unten bewegte. Sie zappelte mit den Beinen und die Tür öffnete sich langsam. Sara ließ nicht los, bis die Tür offen stehen blieb. Neugierig schaute sie auf die Ladefläche, die ihr bis zum Kinn reichte. Zwei kleine blaue Augen blickten ihr entgegen. Sara war überrascht, aber das Schwein nicht minder. Eine Weile starrten sie sich gegenseitig an. Sara sah den Ringelschwanz hin und her wippen und musste lachen.

Die Sau warf den Kopf zur Seite. Sie trug ein Seil um den Hals, mit dem sie ursprünglich an der Wand des Wagens festgebunden war. Zerrissen hing es an ihrem Hals herunter. Das Schwein hielt seinen Rüssel in die Luft und sog die Luft hörbar ein. Sara tippte mit dem Finger gegen ihre Nase, deren Spitze jetzt nach oben schaute und tat es ihm gleich. »Hast du die Tür aufgemacht?«, fragte der Fahrer unwirsch. Sara erschrak und ließ augenblicklich ihre Nase los.

»Nein«, antwortete sie ängstlich.

»Wer denn sonst?«

»Das Schwein, vielleicht?«, sagte Sara.

»Du willst mich wohl verarschen?« Sara schüttelte heftig ihren Kopf.

Der Mann blickte auf das zerrissene Seil und schüttelte den Kopf. Dann schwang er sich auf die Ladefläche. Er ging auf das Schwein zu, das zurückwich und schließlich zitternd in der Ecke stehen blieb. Er schnappte nach dem Seil, aber sein Griff ging ins Leere. Die Sau sprang mit einem Satz an ihm vorbei, runter von der

Ladefläche und im Galopp über den Marktplatz. »Bleib stehen, du dumme Sau!« rief er, aber sie scherte sich nicht darum.

In diesem Moment verabschiedete Herr Harrer eine Kundin mit extravagant toupiertem Haar, die auf ihren Pfennigabsätzen gravitätisch die Stufen hinab schritt. Sara hielt den Atem an. Das Schwein rannte direkt auf Harrers Frisörladen zu, gefolgt von dem Mann aus dem Lastwagen. Aber Herr Harrer hatte nur Augen für das Haupt seiner Kundin. Sie war gerade dabei, ihren Fuß von der letzten Stufe auf das Trottoir zu setzen, als eben dieser ihr fortgerissen wurde. Einen Moment lang konnte Sara nicht mehr auseinanderhalten, wer sich in dem Knäuel auf dem Boden befand. Feststand, dass das Schwein sich als erstes befreite, danach der Fahrer und als letzte rappelte sich Harrers Kundin auf. Ihre Strümpfe waren zerrissen, ihr Kostüm ruiniert und in der Hand hielt sie den Schuh, dessen Absatz abgebrochen war. Harrer, dem nichts passiert war, glotzte schockiert auf den Kopf seiner Kundin, deren Strähnen willkürlich in alle Himmelsrichtungen spitzten. Er nahm einen Kamm aus der Tasche seines Friseurkittels und näherte sich ihr behutsam: »Meine Teuerste, das kriegen wir wieder hin.« Doch die Dame, die sich vordem noch wie eine benahm, hob ihren Schuh und knallte ihn Herrn Harrer wutentbrannt auf die Glatze.

»Sie haben gesagt, die Frisur hält bis übermorgen!« Ihre Stimme überschlug sich.

»Aber meine Teuerste!«, jammerte Herr Harrer, der sich mit einer Hand über den Schädel fuhr.

Das Schwein war die Stufen hoch in Harrers Laden geflüchtet, in seiner Gefolgschaft der Fahrer und Sara. Herr Harrer lief ihnen hinterher. Lore, die von dem Tumult draußen nichts mitbekam, stand vor dem Spiegel und sah das Abbild eines Schweins samt Verfolger quer durch den Laden stürmen. Das Schwein blieb völlig außer Atem und am ganzen Körper bebend in der Ecke stehen, die Füße in einem Haufen flammend roter Haare, die Lore eben einem jungen Mädchen abgeschnitten hatte. Sie mochte etwa in Saras

Alter sein und starrte überrascht auf den Anblick, der sich ihr bot. Das Schwein rollte seine Augen in größter Erregung, während der Fahrer, Harrer und Lore den Kreis um es herum immer dichter zogen. Herr Harrer drohte mit dem Kamm und Lore hielt ihre Schere in der Hand. Sara hielt den Atem an. »Das ist ungerecht«, sagte sie, »zu dritt auf einen.« Das rothaarige Mädchen nickte stumm.

Der Fahrer schnappte sich das Seil und zog das widerstrebende Schwein wütend aus dem Laden. Es stürzte die Treppe herunter und verletzte sich am Bein, so dass es humpelte. Blut sickerte aus seiner Wunde und hinterließ eine Spur auf dem Bürgersteig. Sara und das rothaarige Mädchen folgten ihr. Der Fahrer zog das Schwein in das Haus mit der Eisentür, die er hinter sich schloss. Kurze Zeit später hörten sie ein lautes, verzweifeltes Quietschen. Und plötzlich verstummte es. Sara fühlte eine Welle der Übelkeit in sich aufsteigen. Die Buchstabenschweine flimmerten ihr vor den Augen. Sie hielten kleine schwarze Kreuze in der Hand und ihre Ringelschwänzchen zuckten hin und her. Sie musste sich übergeben. Das rothaarige Mädchen reichte ihr ein Taschentuch. Darauf stand in feinen Buchstaben gestickt »Anita.« Sara nahm es nicht an, weil es zu schön war, um es zu verschmutzen.

22

Sara sass auf ihrem Platz im Französisch-Unterricht. Direkt am Fenster. Ihre Blicke streiften über den Himmel. Sein einheitliches Grau hing bis tief in den Schulhof herab. Es sollte Regen geben. Unten spielten ein paar Kinder mit Klickern. Sara liebte das Wort Klicker, da die bunten Glaskugeln ein feines Klick hören ließen, wenn sie zusammen stießen.

Anita war nicht dabei. »Wie schade«, dachte Sara.

Eins der Mädchen kannte Sara bereits. Es lachte sie an und entblößte dabei seine schlechten Zähne. »Spielst du mit uns? Ich hab mir Klicker gekauft.« Sie hielt die Hand auf. Natürlich hatte sie die hübschen bunten Kugeln nicht gekauft, sondern irgendwo geklaut. Das wusste jedes der Kinder, auch Sara. Sara nickte ihr trotzdem zu. Sie war dünn, mit dürrem hellem Haar, das offenbar nur alle paar Wochen einen Kamm sah. Ihre Nase lief immer, sommers wie winters. Und sommers wie winters wischte sie sich ihre Nase an ihrem Ärmel ab, ob er nun kurz war oder lang. Die anderen nannten sie »Rotze«, was Sara sehr passend fand. In Ermangelung eines Spielgefährten ließ sich Sara auf sie ein. Sie wohnte zwei Häuser neben Paulchens Oma und Opa in der Marktstraße.

Als eins von vier Kindern wuchs Rotze ebenso wie ihre Geschwister nahezu unbemerkt von ihren eigenen Eltern bei ihnen auf. Einmal am Tag gab es zu essen. Die restlichen Mahlzeiten mussten sie sich selbst organisieren.

Rotze ging durch das offenstehende niedrige Tor und Sara folgte ihr. Sara glaubte nicht, was sie sah. Kaputte Gegenstände und Abfall über den ganzen Garten verteilt. Sie machten es ihr unmöglich geradeaus zu laufen. Entweder musste Sara die Füße heben oder im

Zickzack um sie herum gehen. Rotze hatte ihre eigene Methode. Sie lief geradeaus, trat auf alles, was da lag, ganz egal, worum es sich handelte. Die zwei kleinen Geschwister von Rotze saßen auf ihren nackten Pos zwischen all dem Unrat. Eins davon, der kleine Bruder, hatte einen hochroten Kopf. Er drückte, bis er einen dicken Haufen im Garten ablegte. »Hier«, sagte Sara und machte Rotze darauf aufmerksam.

»Ja und, muss du nicht auch ab und zu scheißen?«, fragte Rotze.

Sara wurde rot. »Aber doch nicht in den Garten!«, antwortete sie empört.

»Der geht doch kaputt mit der Zeit«, sagte Rotze und zeigte auf den Haufen.

Sara achtete ab jetzt noch genauer darauf, wo sie hintrat und schlug einige Bogen mehr. Nur Rotze stapfte geradeaus weiter. Einem der beiden Kinder trat sie auf die Hand. Aber zu Saras Erstaunen schrie es gar nicht. Sara sehnte sich einen Moment lang nach Großvater, der mit der Wasserwaage seine Hemdenstapel korrigierte.

Rotze war bei der Haustür angekommen und Sara hatte gerade mal etwa die Hälfte des Weges hinter sich gebracht. »Komm rein«, verkündete sie laut und stolz und machte eine einladende Geste. Sara, die am liebsten wieder umgekehrt wäre, wollte sie nicht beleidigen und bahnte sich vorsichtig den Weg zur Treppe, die ins Haus führte. Ein beißender Geruch schlug ihr entgegen. Sara rümpfte die Nase. Überall auf dem Boden lagen gebrauchte Windeln herum. Geschirrähnliche Teile standen auf alten wurmzerfressenen Schränken und einem wackligen Küchentisch.

Auf einer zerschlissenen Couch lag ein dünner langgliedriger Junge. Er war etwa dreizehn Jahre alt. Rotze schaute auf die Decke, unter der sich seine Hand bewegte. »Das ist meine Decke! Wie oft habe ich gesagt, du sollst nicht meine Decke dafür benutzen.« Der Junge ließ sich davon nicht beeindrucken und griente seine Schwester nur blöde an. Rotze war wütend! »Du geile Sau«, schrie sie und riss ihm die Decke weg. Sara verschlug es die Sprache. Rotzes Bruder hielt seinen Penis in der Hand, die er immer schneller hoch und runter bewegte. Er war sicher viermal so groß und dick wie der von Lukas.

Rotze schnaubte vor Wut. Sie nahm einen Nachttopf und füllte ihn mit Wasser. »Dir zeig ich's!«, schrie sie ihn an. Sara stand immer noch wie angewurzelt da. Rotzes Bruder blickte mit eigentümlich glänzenden Augen nach innen. »Ahhh!«, stöhnte er und gleichzeitig flog eine weißliche Flüssigkeit durch die Luft, die auf den Boden klatschte. Im selben Moment schüttete Rotze den Nachttopf mit Wasser über ihrem Bruder aus, der lachend davonsprang. Rotze heulte.

»Immer nimmt er dazu meine Decke und versaut sie!«, jammerte sie.

»Wo sind denn deine Eltern?«, fragte Sara, die sich von dem Anblick nur langsam erholte.

»Was weiß denn ich!«, sagte Rotze, »arbeiten.« Sie besann sich wieder auf ihre Gastgeberrolle und riss die Schränke auf, um nach etwas Essbarem zu suchen. Sie fand das trockene Endstück eines Brotes. Sie teilte es und gab Sara die Hälfte. »Hab keinen Hunger«, sagte Sara.

»Was zu trinken?«, fragte Rotze. Sara war durchaus durstig. Sie nickte, ließ aber das verklebte Glas stehen, das ihr Rotze mit einer Hand großzügig anbot. Mit der anderen wischte sie die Nase am Ärmel ab. Rotze verschlang ihr Brotstück mit einem Bissen. Das andere, das ursprünglich für Sara gedacht war, warf sie draußen den zwei kleineren Geschwistern hin, die sich heftig darum stritten. »Wollen wir was spielen?« Sara nickte. Sie fühlte sich gar nicht wohl und wäre am liebsten gegangen, aber Rotze tat ihr leid. »Los, guck mal weg«, forderte sie Sara auf, die ihren Kopf brav zur Seite drehte.

Rotze verschwand unter dem Tisch, soviel konnte Sara aus den Augenwinkeln erkennen. Sie spürte unter ihren Füßen eine kleine

Vibration. Rotze machte sich offenbar am Holzboden zu schaffen. »Jetzt kannst du dich wieder umdrehen«, sagte sie. Sara blickte in ihr strahlendes Gesicht. Vor ihr auf dem Tisch lag ein Mensch-ärgere-dich-nicht Spiel und Rotze hatte beide Hände flach darauf gelegt. »Das ist mein Geheimnis«, flüsterte sie. »Es gehört mir, mir ganz alleine, niemandem sonst. Niemandem.« Rotzes Strahlen versank schlagartig hinter einer finsteren Miene. »Wehe, du verrätst es jemandem, dann bist du geliefert.« Sara schüttelte schnell den Kopf. Sara hatte schon einen ganzen Satz auf der Zunge: »Ich habe doch selber ein Mensch-ärgere-dich-nicht Spiel.« Aber irgendwie wollte ihr der Satz nicht über die Lippen. Er hätte in Rotzes Ohren wie eine Entwertung geklungen. Sie war doch so stolz darauf, dass wenigstens etwas in diesem Haus ihr ganz alleine gehörte, etwas, von dem niemand hier wusste. Sara vermutete, dass Rotze das Spiel gestohlen hatte. Aber als Sara in ihre kleinen glücklichen Augen sah, die mageren Hände betrachtete, die immer noch schützend über dem Spiel ausgebreitet waren, verdrängte sie diesen Gedanken kurzerhand.

Rotze hob den Deckel der Schachtel an und blickte begeistert auf die Männchen in Gelb, Rot, Blau und Grün. »Ich nehme Gelb und du?«, fragte sie Sara. Sara stellte sich die blauen Männchen auf.

»Hast du einen Würfel?« Rotze schaute sie überrascht an.

»Wieso, braucht man dazu einen?« Sara nickte und erklärte ihr, wie das Spiel mit dem Würfel funktioniert. Enttäuscht starrte Rotze auf das Spiel. Sie tat Sara leid, und sie war bestrebt, so schnell wie möglich eine Lösung zu finden.

»Ach, wir brauchen gar keinen Würfel«, sagte sie ihr, »hier oben wird gewürfelt.« Sara tippte sich dabei an den Kopf. Die Buchstabenschweine stellten sich auf, alle Sechsundzwanzig. Sie stemmten einen Würfel hoch und warfen ihn, der ebenso groß war wie sie selbst, in die Luft. Der Würfel drehte sich und schlug auf den Tisch auf, wo die Buchstabenschweine auseinanderstieben, um nicht getroffen zu werden. »Eine Sechs!« Rotze strahlte wieder, denn sie

konnte losmarschieren. Sie gewann schließlich und war überglücklich.

»Warum hast denn du nicht gewonnen, wo du dir doch die Zahlen ausgedacht hast«, fragte sie Sara.

»Ich habe sie mir nicht ausgedacht, der Würfel ist eben einfach
immer so gefallen.« Für Rotze war das schwer nachzuvollziehen.
Sara konnte ihr ja kaum von den Buchstabenschweinen erzählen,
die sie seit der ersten Klasse treu begleiteten und sie in den unter-
schiedlichsten Situationen auf eigenwillige Weise unterstützten. Sie
konnte ihr aber ebenso wenig erzählen, dass sie Rotze absichtlich
gewinnen ließ. Denn Sara ließ ihr manches durchgehen und nahm
es mit den Regeln nicht so genau. Schließlich war Rotze eine An-
fängerin.

»Ich muss jetzt gehen«, sagte Sara.

»Schade«, bedauerte Rotze, wischte sich ihre Nase am Ärmel ab
und begrub wieder ihr Spiel unter dem Tisch im Dielenboden.
Dieses Mal machte Rotze kein Aufhebens davon. Sie vertraute Sara,
die aus der Tür ging. »Sara?« Sara drehte sich um. Augenblicklich
flog ihr eine kräftig nach Urin stinkende Windel ins Gesicht. »Be-
suchst du mich mal wieder«, fragte sie. Sara schüttelte vor Ekel die
nasse Windel ab, drehte sich um und stolperte durch das Chaos zur
Straße. Rotze hatte eine seltsame Art, ihre Sympathie zu bekunden.

»Alors, continuez s'il vous plaît!« Die metallene Stimme ihrer Französisch-Lehrerin scheppte durch die Klasse und biss sich an Sara
fest. Sie hatte keine Ahnung, was die Lehrerin meinte. Sara mochte
ihren Unterricht nicht und eigentlich konnte sie auch die Schule
nicht leiden. Sara dachte wehmütig an Fräulein Maurer, ihre Lehrerin an der Volksschule, die später Bertold hieß. Sie sah ihre große
Brille mit den großen Augen dahinter. Immer rutschte sie ihr bis
auf die Nasenspitze. »Ob sie inzwischen ein Baby bekommen hat?«,
fragte sich Sara und lächelte vor sich hin. »So ein schuhgesichtiges
kleines Speckpaket!«

Hier an dieser Schule würde sie keiner Lehrerin ein Stück Zucker in die Tasche tun. Hier gab es keinen Christus am Kreuz, keinen Stock, keinen Rosenkranz, keine überdimensionale Brille, keine Schere, kein einziges magisches Ding und keine magischen Worte. Und das, obschon die Lehrer die ganze Zeit über nichts anderes taten als reden. Sie konnten dem Priester in der Kirche nicht das Wasser reichen, nicht einmal Herrn Harrer, dessen Augen glänzten, wenn er »Volumina« sagte. Sara zuckte zusammen. Ihr fiel ein, dass sie schon seit Monaten nicht mehr in der Kirche war. Sie hatte ein schlechtes Gewissen. Aber sie betete jeden Abend. Freiwillig. Nicht wie früher bei Tante Elisabeth, die streng über Saras abendliche An-dacht wachte. Zwar hatte sie ihre Gebetsfolgen gelockert und das Vaterunser rückte immer mehr aus dem Mittelpunkt ihrer inneren Aufmerksamkeit. Aber dafür sprach sie mit dem Lieben Gott regel-mäßig. Es störte sie nicht weiter, keine Antwort von ihm zu bekom-men. Denn er war der beste Zuhörer, den sie kannte. Sie konnte ihm alles sagen, selbst das, was sie nicht auszusprechen vermochte, weil es nur als dumpfes Gefühl in ihr existierte. Es war eine geheime schmerzende Stelle, ein Schatten, ein Dämon, der sie ununterbro-chen begleitete. Der Liebe Gott nahm ihn zwar nicht weg, aber er wusste von ihm und das war eine zeitweise Linderung wie das Küh-len einer Verbrennung. Dieser Dämon war verantwortlich dafür, dass sie sich niemals sicher fühlte, außer in den seltenen Momenten, wenn sie mit Großvater spazieren ging. Wenn er mit seiner großen trockenen Hand Saras Hand umschloss und sie in gleichmäßigem Rhythmus nebeneinander her gingen. Dann lauschte Sara andäch-tig seiner königlichen Stimme mit dem belehrenden Unterton.

»*Notre Goethe* stand unter dem Denkmal«, sagte Großvater. »Ja, Sara, er war ein großes Genie und obwohl er Deutscher war, gibt es dieses Denkmal. In Frankreich. Die Franzosen haben begriffen, dass Geist allen gehört, einfach allen und nicht nur einem Volk. Geist, Ideen, Kunst, großartige Dichtung, gehören einfach jedem.«

»Sag was von Notre Goethe auf, Großvater«, bat Sara. Großvater ließ sich nicht lange bitten:

»Und mich ergreift ein längst entwöhntes Sehnen
Nach jenem stillen, ernsten Geisterreich
Es schwebet nun in unbestimmten Tönen
Mein lispelnd Lied, der Aeolsharfe gleich
Ein Schauer fasst mich, Träne folgt den Tränen
Das strenge Herz, es fühlt sich mild und weich
Was ich besitze, seh ich wie im Weiten
Und was verschwand, wird mir zu Wirklichkeiten.«

Großvater war begeistert und Sara freute sich darüber, obwohl sie nichts von all dem wirklich verstand. »Könige sind halt so«, dachte sie und prägte sich die Zeilen ein.

»Sara, qu'est-ce-que c'est sur ta table?« Die Stimme der Lehrerin drang bedrohlich. »Notre Goethe«, sagte Sara wie aus der Pistole geschossen. Die Lehrerin war einen Moment lang sprachlos, fasste sich aber gleich wieder.

»Ich wollte aber etwas anderes von dir hören«, wies sie Sara in klirrendem Deutsch zurecht und sah sie streng an.

»Was ich besitze, seh ich wie im Weiten
Und was verschwand, wird mir zu Wirklichkeiten«,

sagte Sara auf. Ihrer Lehrerin, deren Namen sich Sara nicht merken wollte, blieb der Mund offen stehen. Von verschiedenen Lehrern hatte sie schon gehört, dass Sara die meiste Zeit im Unterricht damit verbrachte vor sich her zu träumen. Während andere Schüler in solchen Situationen versuchten sich mit einfachsten Mitteln heraus zu stottern, blätterte Sara wirre Fragmente ihres Gedankenlebens auf den Tisch, denen ein gewisses Niveau anhaftete. Deshalb war man sich unter den Lehrern über Saras Beurteilung völlig uneinig. Ihre Lehrerin fasste sich wieder.

»Du schreibst für morgen fünfzig Mal: Ich muss im Unterricht aufpassen.« Die hämischen Blicke ihrer Mitschüler trafen Sara, aber auch befremdliche Neugier, die eher Raritäten zukommt als Menschen.

Sara senkte beschämt ihren Blick, während sich ihre Fingernägel in die Handflächen bohrten. Unsichtbar wollte sie sein wie die Buchstabenschweine oder der Finger von Tante Rosalie. Nach dem Unterricht entschlüpfte Sara rasch den Blicken ihrer Mitschüler. Sie rannte zur Bushaltestelle. Immer wieder drehte sie sich um, doch sie wurde nicht verfolgt. Es war nur der Schulranzen, der auf ihrem Rücken rumpelte.

Endlich war sie an der Haltestelle angekommen. Es regnete. Zwei kräftige Männer luden Bierfässer von einem Wagen und rollten sie ins Wirtshaus neben der Haltestelle. Sara hörte ein tiefes Schnauben und Scharren. Sie lief um den Wagen herum und stand plötzlich vor einem mächtigen Ross, dessen Atem in der feucht-kalten Luft zu weißem Nebel kondensierte. Sein Fell glänzte schwarz und seine lange Mähne hing ihm in losen Strähnen in die Stirn. Über den Hufen der muskelbepackten Beine wuchsen lange Haare, die in unregelmäßigen Kränzen bis zu den Hufeisen hinab reichten. Sein Schweif war dicht und berührte fast den Boden. Der Rücken war so breit, dass Sara bequem hätte darauf liegen können ohne herunter zu kullern. Sie hob ihre Hand und legte sie behutsam auf die weiche Nase des Pferdes, dessen Kopf träge herunterhing. Sara wagte sich weiter vor. Sie streichelte und tätschelte ihn, während sie ihm in die großen dunklen Augen mit langen geraden Wimpern blickte. Ein sonores gutmütiges Grollen stieg aus seiner breiten Brust empor und pulsierte warm gegen ihre Handfläche. Sie kramte in ihren Taschen und fand noch einen Rest Brot, den sie ihm hinhielt. »Fury«, flüsterte sie dazu. Die Buchstabenschweine wieherten vor Lachen und hielten sich ihre Bäuche. Sara sah ein, dass der Name nicht passte. Denn Fury war nur halb so groß und nur halb so breit wie dieser schwarze Wallach. Und schöner auch, daran gab es keinen Zweifel. »Aber du bist viel stärker und … und«, Sara rang nach dem richtigen Wort, »gemütlicher.«

Dankbar und sanft nahm das Pferd den Brotrest aus Saras Hand. Das kitzelte und Sara musste lachen. Einer der beiden Männer sprach sie freundlich an: »Verwöhn ihn nicht so sehr. Er wird sonst zu fett.«

»Wie heißt er denn?«, fragte Sara. Der Mann zuckte mit den Schultern.

»Pferd«, meinte er.

»Aber Pferde gibt es doch so viele«, erwiderte Sara enttäuscht.

Sie wandte sich Pferd zu. »Du wirst jetzt getauft«, beschloss sie, »Christus ist schließlich auch schon erwachsen gewesen, als er getauft wurde.«

Die Männer rollten leere Fässer aus dem Wirtshaus und verluden sie, bevor sie noch einmal darin verschwanden. Sara rannte um den Wagen herum und nahm sich eins der kleineren leeren Fässer herunter. Sie stellte es neben Pferd auf und kletterte darauf. Nun war sie mit dem Kopf fast so hoch wie seine Ohren. Sara blickte nach oben. Sie formte mit ihren Händen eine Schale und fing einige Regentropfen auf. Sie musste sich eine Weile gedulden, bis sich eine kleine Menge Wasser in ihren Händen gesammelt hatte. Sie goss es Pferd zwischen die Ohren. »Du heißt jetzt ›Notre Goethe‹, Notre ist dein Vorname, Goethe dein Nachname.« Notre Goethe schien unbeeindruckt von Saras Aktivitäten und ließ weiterhin seinen schweren Kopf hängen. Sara aber beschloss, ihm zur Feier des Tages noch ein Lied zu singen: »Fest soll dein Taaaufbund eeewig stehen.«

Ein paar Passanten hielten verwundert inne und schauten zu dem singenden Mädchen auf dem Bierfass. Deshalb ließ Sara es bei einer Strophe bewenden. Sie kletterte wieder herunter und versteckte sich verlegen hinter Notre Goethe, der sich nicht daran störte. »Ich bringe dir beim nächsten Mal was mit«, sagte sie und eilte zum Bus, der gerade seine Türen öffnete.

23

»Ich weiss nicht, womit ich das Essen der Kinder bezahlen soll. Harrer zieht mir die Miete doch schon vom Gehalt ab.« Sara hörte die aufgeregte Stimme ihrer Mutter, als sie in den Flur trat. Sara rümpfte die Nase. Eine abstoßende Mischung aus Zigaretten, Alkohol und billigem Rasierwasser lag in der Luft. Lore richtete ihre Worte gegen Jörg, der ratlos am Fenster stand und nicht wusste, was er ihr antworten sollte. »Keine Aufträge«, sagte er leise.

»Die Wirtschaft floriert aber du hast keine Aufträge. Was macht eigentlich dein Kompagnon, ich dachte, der hätte so gute Verbindungen?« Sara dachte an den Mann mit der Schweinsnase. Sie spürte die Angst hinter den Vorwürfen ihrer Mutter. Jörg zuckte mit den Schultern. Sara wurde wütend. Seit Wochen arbeitete ihre Mutter ohne Unterlass. Paulchens Vater war ein Schlappschwanz, jawohl! So hatte sie Lore einmal zu Rosalie sagen hören, als sie annahm, Sara könnte sie nicht hören. Er konnte Lore nicht einmal anschauen. Aus den gleichen Augen, die sein Vater Adolf an ihn weitergegeben hatte. Die gleichen Augen, die Paulchen nun gebannt und ängstlich auf Lore richtete, die nervös auf und ab ging, während Jörg stoisch ihre wütende Litanei ertrug. »Du hast getrunken, du hast geraucht, aber Geld für die Miete hast du keins! Du bist doch, du bist doch …« Sara sprang ein: »Ein Schlappschwanz.«

Jetzt erst bemerkten sie Sara. Sie starrten sie an und Paulchen folgte ihren Blicken. Endlich war es heraus, das vertraute Wort, das Jörg schon als Kind hören musste, wenn er weinte und deshalb Prügel bezog. Aber Sara hatte kein Mitleid mit ihm, nur Wut.

»Geh mit Paulchen zur Oma«, befahl Lore. Sie sagte nie »Opa.«

Und Sara kam das sehr natürlich vor. Sie fasste Paulchen an der Hand, der sich bereitwillig führen ließ. Sie überquerten den Platz und bogen in die Marktstraße ein. Am Haus, wo Rotze mit ihrer Familie wohnte, beschleunigte sie ihre Schritte, so dass Paulchen mit seinen kurzen Beinen kaum nachkam.

»Das kleine Paulchen«, sagte seine Oma und nahm ihn an der Hand.

Sara sah durch den Eingang ins Dunkel des Raumes, der weiter hinten den Blick auf die Tür zu Adolfs Zimmer freigab. Sie stand einen Spalt breit auf. Bläulicher Dunst quoll heraus. Dahinter musste er sitzen, auf seinem Stuhl, der ihn größer machte als er war und vor seiner Flasche, dessen Inhalt ihn kleiner machte als er war. Paulchens Oma machte die Tür vor Saras Nase zu. Ein klares Zeichen, dass sie unerwünscht war. Sara ging nach Hause zurück. Sie musste noch fünfzig mal »Ich muss in der Schule aufpassen« schreiben.

Als Sara das enge, dunkle Treppenhaus hochstieg, beschlich sie ein seltsames Gefühl. Sie drückte vorsichtig die Türklinke herunter. Nichts. Kein Laut war zu hören. Niemand schien da zu sein. Sie blickte um die Ecke. Ihr Herz klopfte. Kein roter Koffer. »Gott sei Dank«, murmelte sie und trat beherzt in die Küche. »Warum schläft sie hier, da ist es doch so unbequem«, fragte sich Sara. Sie bückte sich zu Lore, die mit geschlossenen Augen ausgestreckt auf dem Boden lag. »Mama, hallo, ich bin's, Sara.« Sie kniete sich neben sie und klopfte ihrer Mutter zaghaft auf die Schulter, doch Lore rührte sich nicht. »Mama? Mama!« Sara vernahm ihre eigene Stimme kaum, wie konnte sie dann ihre Mutter hören. Sie versuchte, lauter zu rufen, aber ihre Stimme versagte ihr vollends. Sara bewegte nur noch ihre Lippen. »Mama!« Sie schüttelte Lore an den Schultern, aber nichts geschah.

Sara setzte sich neben Lore auf den Boden. Sie blickte in ihr weißes regloses Gesicht. Sie sah die feinen hellen Härchen, die ihre Haut mit einem zarten Flaum bedeckten, sah die schönen Gesichtszüge mit dem ausdrucksvollen Mund, die sie niemals so entspannt gesehen hatte wie jetzt.

Die Buchstabenschweine wirbelten durch die Küche und putzten hektisch. Alle sechsundzwanzig waren mit Eimern und Lappen ausgestattet. Sara war übel, aber sie stand auf und half beim Putzen. »Wirklich sehr schmutzig«, murmelte sie vor sich her, »wirklich sehr schmutzig. Halt, nicht weggehen«, forderte sie die Buchstabenschweine auf, die sich gerade verdrücken wollten, »wir sind noch nicht fertig.« Sie murrten auf, fügten sich aber. Sie füllten die Eimer mit Wasser und warfen sie an die Türen des Küchenschrankes, so dass das Wasser an ihnen herunterlief. Sara hielt es für eine gute Methode, beschloss aber, sie selbst nicht anzuwenden, weil sie fürchtete, eine Überschwemmung anzurichten.

Sara geriet ins Schwitzen. Sie wischte sich mit dem Handrücken über die Stirn und betrachtete ihr Werk. Die Küche glänzte wieder. Blieb nur noch der Boden, aber Sara wollte nicht hinschauen wegen Lore. Deshalb schloss sie die Augen und verließ sich beim Bodenputzen auf ihr Raumgefühl, das ihr genau sagte, wo Lore lag. »Bald fertig«, sagte sie laut zu den Buchstabenschweinen.

»Sara, warum hast Du die Augen zu?« Lore schaute ihre Tochter an, die über ihr mit geschlossenen Augen den Schrubber mit Putzlappen hin- und her bewegte. Sara öffnete ihre Augen und sah Lore, die sich langsam aufrichtete.

»Wir putzen, Mama, dann brauchst du es nicht mehr zu tun«, sagte Sara erleichtert.

»War ich ohnmächtig?«, fragte Lore. Sara zuckte mit den Schultern.

»Kann sein!« Sie dachte daran, dass die Küche der passende Ort für das Hinüberführen in einen anderen Zustand war. Sie hatte es bei Tante Elisabeth erlebt, als sie geschlagen wurde, weil sie zu spät kam.

Lore stand auf. Sie hielt sich an einem Stuhl fest und blickte auf die Uhr. »Gibst du mir meinen Kittel, Sara?« Sara half ihr in den weißen Frisörkittel, in dessen Tasche ihre Scheren und Kämme klapperten. »Danke«, sagte Lore, und ging unsicher aus der Küche. »Gehst du nachher wieder Paulchen abholen?« Sara nickte. Sie hielt Lore die Tür auf und schaute zu, wie sie sich vorsichtig von Stufe zu Stufe bewegte, die Tür zum Frisörladen unerbittlich im Visier.

Sara hatte noch viel Zeit und ging deshalb einen Umweg, um Paulchen abzuholen. In einer Auffahrt sah sie einen alten Mann, der über seinen Hund gebeugt war.

Er winkte Sara zu, die sich neugierig, aber misstrauisch über den dunklen, knirschenden Kies auf ihn zu bewegte.

»Oh!« Sara beugte sich überrascht. Die Hündin knurrte leise, doch Sara war nicht ängstlich und streckte eine Hand nach einem der drei Welpen aus, die sich dicht an ihre Mutter schmiegten. Sie streichelte über den weichen biegsamen Rücken des kleinen Schwarzen mit den gelben Flecken. Er hatte die Augen halb geschlossen und sein rundlicher Kopf ruhte auf dem hinteren Lauf seiner Mutter, die aufmerksam das Geschehen beobachtete. »Du kannst ihn haben«, nuschelte der Alte durch die Zähne und legte ihn Sara in den Arm. Sie war begeistert, aber den Alten mochte sie trotzdem nicht. Sie rannte zurück zum Frisörladen.

Lore bewegte rasch die Schere über den Kopf ihres Kunden. Haare rieselten leise und regelmäßig auf seinen Umhang. Niemand konnte so geschickt und schnell mit der Schere umgehen wie Lore. Das wusste Herr Harrer und war grundsätzlich bereit Lore zu verzeihen, dass sie zwei Kinder hatte, die hin und wieder im Laden standen.

»Mama, guck mal, den bekomm ich geschenkt. Ein kleiner Schäferhund.« Lore schaute auf den Hund in Saras Arm.

»Kommt gar nicht in Frage. Ich hab genug zu tun!« Sara verzog das Gesicht.

»Aber ich kümmere mich doch um ihn. Guck mal, wie klein der ist.« Der Hund gähnte herzhaft.

»Aber der bleibt nicht so klein«, sagte Lore. Harrer blickte tadelnd zu Sara und Lore.

»Geh jetzt, Herr Harrer würde das nie erlauben und füttern könnten wir ihn auch nicht. Wir hätten gar kein Geld dafür.«

Sara dachte angestrengt nach. »Ich könnte doch Großvater und Großmutter fragen, ob sie mir statt Geburtstags – oder Weihnachtsgeschenke das Futter für ihn bezahlen«, sagte Sara.

»Schluss jetzt damit.« Lore schob Sara ungeduldig aus dem Laden und schloss die Tür hinter ihr.

Sara brachte den kleinen Hund zurück zu dem Alten. »Na, nimmst du ihn?«, fragte er.

»Nein, meine Mutter erlaubt es nicht.«

»Dann frag deinen Vater, vielleicht erlaubt er es dir.«

»Ich hab nur einen Großvater.«

»Dann frag ihn«, nuschelte der Mann.

»Der ist nicht da«, antwortete Sara. »Was machen sie denn, wenn niemand den Hund will?«

»Dann wird er ersäuft, wie die anderen.«

Sara war sprachlos. Sie schaute auf den kleinen Hund, der vertrauensvoll seine Augen geschlossen hatte.

»W…warum?«, stotterte Sara verständnislos.

»Die fressen mir sonst die Haare vom Kopf«, sagte der Mann, dessen halbnackter Schädel von einem schmalen Kranz fedriger Härchen eingefasst war. Einen Moment lang war Sara gewillt zu verstehen, was er meinte. Aber was hatten seine Haare mit den Hunden zu tun? »Was für ein dummer Spruch«, dachte Sara. Großmutters Sprüche waren viel besser. Der Alte wollte Sara den Hund aus den Händen nehmen, doch Sara wich zurück. »Ich … ich könnte noch meine Freundin fragen.« Der Alte musterte Sara.

»Sei aber spätestens in zwei Stunden wieder hier, ich warte nicht.« Sara legte den Hund behutsam zu seiner Mutter zurück, die ihn dankbar ableckte.

Anita wohnte mit ihrer Familie in einem Haus unmittelbar an

der Blies. Ein Haus, alt wie die Bäume, die es umstanden, und das, ebenso wie sie, seine Lebenskraft aus dem Wasser des Flusses zog. Es war ursprünglich eine Mühle. Nur ein Mahlstein erinnerte noch daran und an längst vergangene Zeiten. Damals, als der Fluss das große Mühlrad unermüdlich antrieb, und der Müller den vorbeigleitenden Flößern einen Gruß über das Wasser zurief. Hunderte von Jahren, bevor Sitterswald ins Leben gerufen wurde.

Vor Anitas Eltern wohnten schon viele Generationen ihrer Familie in diesem Haus. Niemand wunderte sich also, dass sie Müller hießen. An den Ufern der Blies lagen einst viele Mühlen. Doch die Großmühlen mit ihren modernen elektrischen Mahlwerken nahmen ihnen die Kunden weg. So verdingte sich der eine oder andere Müller in den Hütten der Region, und die Söhne folgten ihren Vätern in die Stahlgießereien und Kokereien, die bereits vor zweihundert Jahren begannen, der Landschaft ihren unverwechselbaren Stempel auf zu drücken. Anitas Vater war einer von ihnen. Zu seinem Leidwesen hatte er nur Töchter. Drei waren schon fast erwachsen, als noch ein Nachzügler kam. Er freute sich schon auf einen kleinen Jungen, der seinen Namen weitertrug. Und der mit seinem Namen die Wurzeln der Familie bezeugte. Doch es kam anders, und die enttäuschten Eltern hielten zum vierten Mal ein kleines Mädchen im Arm. Sie tauften es ›Anita‹.

Anita war in vielerlei Hinsichten anders als ihre Schwestern. Schon äußerlich fiel sie aus dem Rahmen. Während ihre Schwestern dunkles Haar trugen, wallte eine dunkelrot glänzende Mähne in dichten Wellen über ihre zarten Schultern bis zu den Hüften. Ihre Haut war übersät von Sommersprossen. Sara erinnerten sie an die Schönheit sternenfunkelnder Winterhimmel, die sie bei Spaziergängen mit Großvater betrachtet hatte. Groß und rehbraun ruhten Anitas Augen unter den schlanken Bögen ihrer Brauen. »Mondaugen«, dachte Sara. »Großvater?«

»Ja?«

»Es ist so, als würden Anitas Haare beten.«

»Wieso?«

»Ihre Strähnen sind wie viele aneinandergefaltete Hände. Flammenhände!«

Großvater blieb stehen und blickte Sara mit einem durchdringenden Blick an.

»Du bist ein ganz besonderes Mädchen, Sara.«

»Mit einer ganz besonderen Freundin«, antwortete Sara. Großvater lächelte.

Anita war ruhig und handelte besonnen. Ihre Familie dagegen war bis auf den Vater temperamentvoll und laut. Je älter Anita wurde, umso mehr liebten sie alle. Obwohl die Jüngste, war sie der ruhende Pol der Familie. Alles drehte sich um sie und niemand verübelte ihr mehr, dass sie kein Junge war. Neben ihr fühlte sich Sara regelrecht gesprächig. Tatsächlich redete sie mehr mit ihr als mit anderen. Sara spürte genau, Anita war wirklich ruhig. Ganz anders als sie selbst, die zwar nicht viel sprach, aber sich ständig in innerer Bewegung fand.

Um Anita zu besuchen, musste Sara von der Pappelallee aus in einen Feldweg einbiegen, der sanft anstieg und zum Fluss zu wieder abfiel. Nur Getreide stand auf diesem weit gespannten leeren Hügel. Gelangte Sara an seinen Scheitelpunkt, konnte sie das Haus sehen, das geborgen unter einer Gruppe von Bäumen ruhte. Das abfallende Gelände lud zum Laufen ein. Und Sara lief. Anita machte es auch so, jedes Mal. Immer, wenn Sara der ehemaligen Mühle entgegenlief, sang sie »Es klappert die Mühle am rauschenden Bach, klipp-klapp«, und sie klatschte bei Klipp-Klapp in die Hände. Jetzt war ihr nicht danach zu Mute.

»Ist Anita da?«, fragte sie Anitas Mutter, die sich im Garten zu schaffen machte.

»Oben, macht Hausaufgaben«, antwortete sie über die Schulter.

Sara rannte die Treppen hoch und fiel fast in Anitas Zimmer. »Sara?« Anita war überrascht. Sonst klopfte Sara zaghaft an.

»Willst du einen kleinen Hund, der Mann ertränkt sie sonst alle?«

Sara blickte Anita hoffnungsvoll an. Sie stand auf und ging mit Sara zu ihrer Mutter. Mit ungewohnter Lebhaftigkeit schilderte Anita die Situation der Hunde, unterstützt von Sara, die sie genau beschrieb. »Mein Gott, Kinder, wir haben doch schon einen Hund.«

»Ja eben«, sagte Sara, die dem großen Hund, der neben ihr auftauchte, über den Kopf strich.

»Der Alte wirft die neugeborenen Hunde jedes Jahr in den Fluss«, sagte Anitas Mutter. »Dann müssten wir ja ständig – «

»Bitte, Mama!«, unterbrach sie Anita.

»Bitte Frau Müller«, bat Sara. Sara merkte, wie schwer es ihr fiel, Anita etwas abzuschlagen.

»Ach, Kinder … nein …, versucht jemand anderen zu finden. Wenn man ein Tier zu sich nimmt, dann muss man sich auch darum kümmern. Wir haben schon so viel Arbeit! Wie viele Hunde sind es denn?«

»Drei«, sagte Sara, der in diesem Moment die himmelschreiende Ungerechtigkeit klar wurde. Selbst wenn sie einen Hund unterbringen könnte, was wäre dann mit den beiden anderen? Und wie sollte sie in so kurzer Zeit ein Heim für drei Hunde finden, wenn selbst Anitas Mutter keinen wollte? Sara schaute Anita an.

Wortlos rannten sie los, den Hügel hoch über das Feld, die Landstraße mit den hohen Pappeln entlang bis ins Dorf. Sie klingelten an jeder Haustür. Nur die von Rotze übersprangen sie. Doch niemand war bereit, einen Hund aufzunehmen. »Bitte nimm einen, nur einen von denen«, bettelte Sara, die vor Paulchens Oma stand. Sara sah im Hintergrund die Tür zu Adolfs Zimmer angelehnt. Sie hatten nur noch eine halbe Stunde und noch niemanden gefunden, der einen Hund aufnehmen würde. In ihrer Verzweiflung stürzte Sara auf das Zimmer zu und stieß die Tür auf. »Der Mann will die Hunde ertränken, wenn sie keiner haben will.« Der Satz stand in der Stille des Raumes.

Adolf schien unbeeindruckt von Saras plötzlichem Erscheinen. Er sog an seiner Zigarette wie ein Ertrinkender und spie den Rauch aus, der sich den dicken Schwaden über ihm anschloss. Adolf blickte Sara an, die Augen von seinen schweren Lidern halb verschlossen. »Komm her«, forderte er sie auf und Sara trat näher, obwohl sie sich nicht wohl dabei fühlte. »Die Hunde sollen ertränkt werden?«, fragte er.

»Wenn ich nicht bald jemanden für sie finde.«

»Was für Hunde sind das?«

»Schäferhunde«, sagte Sara. Es schien ihr, als würde ein Ruck durch seinen Körper gehen. Selbst seine Augen weiteten sich.

»Einen kannst du mir bringen.«

»Oh, nein«, sagte Paulchens Oma.

»Ich will einen der Hunde«, sagte er. »Bring ihn mir, Sara.« Er hatte niemals zuvor Sara mit ihrem Namen angesprochen.

24

SARA UND ANITA SCHAUTEN BEIDE AUF DIE UHR. Sie rannten weiter, um eine Spur leichter. Jeder klingelte an einer anderen Haustür. Jetzt konnten sie sagen, für einen Hund hätten sie schon ein Zuhause. Vielleicht half das.

»Wer nimmt denn den Hund?« fragte die schwergewichtige Frau, die sich am Türrahmen festhielt.

»Paulchens Opa!«

»Euer Opa, meinst du!«

»Nein«, erwiderte Sara bestimmt, »Paulchens Opa. Ich habe einen anderen Opa, der ist mein Großvater!«

Die Frau an der Tür wirkte verunsichert. »Ach so«, sagte sie. Dann wuchs ihr Mund in die Breite. Offenbar ging ihr ein Licht auf. »Nein, nein, dein Opa sitzt in der Klappsmühle.«

Sara begann wütend zu werden. »Wollen sie nicht einen der Hunde, er wird sie sonst ertränken?« Die Frau sprach weiter ohne Sara zuzuhören.

»Deine Oma hat doch noch einmal geheiratet, so einen halben Franzosen.«

»Das ist mein Großvater«, stieß Sara ungeduldig hervor. »Die Hunde«, flehte sie weiter. Endlich kam die Schwergewichtige zur Sache.

»Soso, der alte Adolf nimmt einen.« Sie lachte laut. »Wer hätte das gedacht, der kommt doch gar nicht mehr aus seinem Zimmer, was will der denn mit einem Hund?«

Sara blickte verzweifelt auf ihre Uhr. Die Zeit rannte ihr davon. »Bitte nehmen Sie einen!«

»Was soll ich denn mit so einem Köter?« Die Frau schlug die

Tür vor Saras Nase zu. »Dass ich nicht lache«, hörte Sara sie noch sagen.

Anita kam ihr traurig entgegen. Beide wussten, dass nur ein Hund gerettet werden konnte. Aber welcher? Sie machten sich auf den Weg zum Alten. Je näher sie kamen, desto schneller liefen sie. Sara bog als erste um die Ecke und rannte in die Auffahrt. Der Alte war nirgendwo zu sehen. Dafür strich die Hündin unruhig winselnd um sie her. Sara zog es sofort in die Ecke, wo die Hündin noch vor zwei Stunden mit ihren Jungen lag. Die Jungen waren weg. »Wir nehmen den kürzesten Weg«, sagte Anita.

Sie rannten so schnell sie ihre Beine trugen. Als sie in die Pappelallee liefen, trafen sie Rotze, die sich ihnen anschloss. »Was ist denn los?«, fragte Rotze. Sie durchquerten ein kleines Waldstück. »Wir müssen drei junge Hunde retten«, sagte Anita. Rotze war die Schnellste. Dünn wie sie war, flog sie wie ein Reh davon. Sara und Anita konnten nur mit Mühe Sichtkontakt zu ihr halten. Als die beiden sie endlich wieder sahen, hing sie dem Alten an den Armen, der gerade einen Sack ins Wasser werfen wollte. »Lass los, du stinkige Ratte«, brüllte er sie an und fegte sie mit einem mächtigen Ruck von sich weg. Rotze fiel ein paar Meter weiter zu Boden. Bevor Sara in der Lage war zu rufen, dass sie einen der Hunde nehmen würde, schwang der Alte den Sack mehrere Male um sich herum und ließ ihn los. Er flog, obwohl mit Steinen beschwert, fast bis in die Mitte des Flusses. »Du bist zu spät«, sagte er kalt zu Sara, die atemlos vor ihm stand und kein Wort herausbekam. Er ging ohne sich umzudrehen.

Sara blickte zur Blies, die an dieser Stelle nicht breiter als zehn Meter war und gemächlich dahintrieb. Luftblasen stiegen dort auf, wo der Sack versunken war. Die Buchstabenschweine übernahmen jetzt das Kommando.

Sara nahm in jede Hand einen Stein und folgte ihnen, bis die Wellen über ihr zusammenschlugen. Anita und Rotze starrten gebannt auf den Ort, an dem Sara verschwand und wateten ins Wasser.

»Wir haben es gleich«, riefen die Buchstabenschweine Sara zu, die sie vor sich her schwimmen sah. Das Flusswasser war grünlich-trüb. Das einzige, was sie sehen konnte, waren die Ringelschwänzchen der Buchstabenschweine, die plötzlich vor ihr abtauchten. Sara bückte sich gegen den Auftrieb, den das Wasser verursachte. Ihr wurde übel, sie musste Luft holen, wenn sie nicht ersticken wollte. Sie spürte das grobe Gewebe der Jute in ihrer Hand und zog daran, während sie die beiden Steine losließ. »Hau ruck!«, blubberten die Buchstabenschweine unter Wasser, »hau ruck!« Anita und Rotze zogen an Saras Armen und Saras Arme zogen den Sack.

Am Ufer brach Sara zusammen. Sie hustete und hustete, während ihr die Buchstabenschweine auf dem Rücken herum trommelten, damit sie das Wasser in der Lunge besser aushusten konnte. Anita und Rotze öffneten eilig den Sack. Sara setzte sich schwerfällig auf und schaute hinein. Sie nahm einen der drei Hunde vorsichtig heraus. Es war der Schwarze mit den gelben Flecken. Anita und Rotze holten die beiden anderen aus dem Sack. Die kleinen Körper regten sich nicht mehr. Friedlich lagen sie da, als würden sie schlafen. Sara war einen Moment lang unsicher, ob sie das Richtige tat. Dann packte sie entschlossen den Hund an den Hinterläufen und hielt ihn mit dem Kopf nach unten. Das kam ihr irgendwie bekannt vor. Sie klopfte ihm auf den Rücken. Wasser lief ihm aus Nase und Maul. Anita und Rotze taten es ihr nach. Sara legte ihn wieder auf ihre Beine und streichelte ihm den nassen Rücken. Ein leises Fiepen drang an ihr Ohr. In diesem Moment begann Sara zu summen. Es war das Waldbeerensommerlied. »Leo! Leo hat auch immer Tiere gerettet«, fiel Sara ein. Die Buchstabenschweine tanzten wild und glücklich um Sara mit dem kleinen Hund herum.

»Der hier ist tot«, sagte Anita traurig.

»Meiner auch«, sagte Rotze. Sie wischte sich mit ihrem Ärmel übers tränennasse Gesicht und die tropfende Nase. Sie schaukelte verzweifelt den Körper des kleinen Hundes. »Du hättest mein Freund sein können, mein bester Freund.«

Sie begruben die beiden Hunde unter einem Baum. Erst nachdem sie kleine Kreuze auf die Gräber gesetzt hatten, beruhigte sich Rotze wieder. Sara und Anita erzählten ihr nicht, dass sie ihr Haus ausgelassen hatten, weil sie glaubten, ihre Familie hätte sowieso kein Geld um noch einen Hund durchzufüttern. Sara war sich nun nicht mehr sicher. Rotze hätte wahrscheinlich noch das letzte Brotstück mit dem Hund geteilt. Aber jetzt war es zu spät.

Sie gingen mit dem Hund zurück zur Siedlung. Er öffnete die Augen und blickte neugierig um sich. Jeder durfte ihn einmal tragen. Während Sara und Anita sich abwechselten, schacherte Rotze um jede Minute, die sie den Hund länger tragen durfte als die beiden.

»Wie heißt du eigentlich richtig?«, fragte Anita. Rotze, die den Hund wie ein Baby mit dem Kopf auf ihre Schulter gelegt hatte, dachte nach.

»Lilly.« Es klang wie eine Frage.

»Und wie nennen sie dich in der Schule und zu Hause?«, fragte Sara.

»So wie alle anderen«, antwortete Rotze, die sich offenbar schämte, Rotze selbst auszusprechen. Anita nahm ein ordentlich gefaltetes Stofftaschentuch aus ihrem Ärmel. Darauf stand in feinen Schriftzügen gestickt ›Anita‹. Ein zierlicher Veilchenstrauß prangte darunter. Rotze blickte erstaunt auf das Tuch, das Anita ihr vor die Nase hielt.

»Nimm nur!«, sagte Anita. Sara fühlte etwas wie Eifersucht in sich aufsteigen. Aber Rotze, die fast ihren richtigen Namen vergessen hatte, strahlte glücklich und Saras Eifersucht war mit einem Schlag verschwunden.

»Ist das Taschentuch für mich?«, fragte sie Anita, »für immer?« Anita nickte. Rotze riss ihr das Tuch aus der Hand und steckte es in ihre Hosentasche, deren Ränder schwärzlich ausgefranst waren. Sara war sich sicher, dass Rotze sich niemals mit diesem Tuch die Nase putzen würde. Sie würde es aufbewahren, heimlich, ganz wie das Mensch-ärgere-dich-nicht-Spiel. Sie würde es, wenn niemand ihr zusah, herausnehmen und sich still an ihrem Schatz freuen. Ihre Nase würde sie weiterhin am Ärmel abwischen.

»Wir nennen dich jetzt Lilly«, fiel Sara ein und Anita bestätigte es mit einem »Ja.«

Lilly schwebte. Leichtfüßig glitt sie an den Siedlungshäusern vorbei und Sara fand, sie bräuchte nur noch ein paar Flügel, um auszusehen wie ein Engel. »Arschloch«, sagte Lilly ganz getragen von ihrer guten Stimmung. Ihr Bruder verließ das Haus und hatte eine obszöne Geste in ihre Richtung gemacht. »Ich lade euch ein«, sagte sie zu Anita und Sara und öffnete das niedrige Tor mit großem Schwung. Sara schüttelte abwehrend den Kopf.

»Wir müssen ihn in sein neues Zuhause bringen«, sagte Sara.

»Vielleicht ein anderes Mal«, fügte Anita hinzu. Lilly streichelte zum Abschied noch einmal den kleinen Hund auf Saras Arm. »Wiedersehen«, sagte sie und wieder traten ihr Tränen in die Augen. Den Rest des Weges sprachen weder Anita noch Sara ein Wort. Sara war ganz versunken in ihr Gespräch mit den Buchstabenschweinen. »Namen sind magisch«, sagte sie zu ihnen, »ihr seht es ja an Lilly.«

Sie standen vor der Tür und klingelten. Sara blickte überrascht auf. Vor ihnen stand Adolf, der sonst niemals aus seinem Zimmer kam. Sein Blick war fest auf den kleinen Hund gerichtet. Sachte nahm er Sara den Hund aus dem Arm. Zärtlich strich er mit seinen rissigen Händen über den kleinen Kopf. »Jetzt bekommst du erst einmal etwas zu fressen«, sagte er.

»Wie soll er denn heißen?«, fragte Sara.

»Wenn du den Namen nicht weitersagst, verrate ich ihn dir.«

»Aber Anita darf ihn doch wissen?«

»Nein!«, sagte er bestimmt. »Ich muss mich darauf verlassen können. Entweder sagst du es nicht weiter, oder ich verrate dir den Namen nicht.«

Anita entfernte sich einige Schritte von der Haustür. Paulchens Opa beugte sich zu Sara hinab: »Hitler soll er heißen«, flüsterte er. Sara blickte erstaunt zu Opa Adolf empor, der sein Kinn merkwürdig in die Luft reckte. Niemals hätte sie sich vorstellen können, dass sie sich mit Paulchens Opa ein Geheimnis teilen würde. Ganz wohl war ihr nicht dabei, zumal sie sich nicht erinnern konnte, wo sie den Namen schon einmal gehört hatte.

Sie musste wohl irgendwann einmal Großvater danach fragen. Er würde den Namen bestimmt nicht weiter sagen.

Sara schaute am Zweifamilienhaus hoch, in dessen oberer Etage ihre Großeltern wohnten. Sie lächelte. In der Hand hielt sie ihren kleinen roten Koffer. Sie schritt froh durch das helle, freundliche Treppenhaus, dessen Stufen dicht mit Pflanzen besetzt waren. »Da bist du ja«, sagte Großmutter, die sie in Empfang nahm. Eine Spur von Ungeduld lag in ihrer Stimme, die Sara irritierte. Sie trat über die Schwelle und wusste sofort, dass sich etwas verändert hatte. Großvater kam auf sie zu und küsste sie zweimal abwechselnd rechts und links auf die Wange. Obwohl er seit vielen Jahren wieder in Deutschland lebte, behielt er das französische Begrüßungsritual bei. Darüber machten sich die Buchstabenschweine lustig. Sie ahmten Großvater nach und küssten sich gegenseitig mehrmals geziert auf die Wangen. Sara verscheuchte sie. Sie sprangen hinter das Tapetenmuster und kicherten.

Großvater nahm den kleinen roten Koffer und brachte ihn in das Schlafzimmer. Alles lief ab wie immer.

»Lange, viel zu lange brauchen die Körner, bis sie weich sind«, grummelte Großmutter. Sie stand vor einem Häuflein rohem Weizen und blickte es wütend an.

»Neuerdings behauptet er, die Tiere seien seine Brüder und Schwestern. Und die wolle er nicht essen.«

»Kann man das so essen?«, fragte Sara und steckte ein paar Körner in den Mund, die sie mit den Zähnen knackte. »Da muss Großvater aber viel kauen«, stellte sie fest.

»Die müssen gekocht werden«, sagte Großmutter und zündete eine Zigarette an.

»Und was gibt es dazu?«

»Gemüse«, schimpfte Großmutter, »davon kann doch kein Mensch leben.« Sara blickte Großmutter neugierig an, die elegant an ihrer Zigarette zog und sie in der Kerbe des Aschenbechers ablegte. »Der Mensch ist, was er isst«, sagte sie, »dieser Körnerfraß da, das ist doch viel zu einseitig, da wird man krank! Und dann niemals ein Stückchen Fleisch und wenn es noch so klein ist, nichts!«

Sara war ratlos. So aufgebracht hatte sie Großmutter noch nie gesehen und schon gar nicht wegen Großvater. Großmutter schmiss den Weizen lieblos in einen Topf und goss Wasser darauf. »Ich will das auch einmal probieren«, sagte Sara. Großmutter warf ihr einen ablehnenden Blick zu.

»Von mir aus.«

»Kann ich denn trotzdem auch von deinem Essen was abkriegen«, fragte Sara, »das sieht so lecker aus.« Sofort wurde Großmutters Blick mild und weich. Sie richtete Saras und ihren eigenen Teller appetitlich her. Duftend frische Petersilie streute sie über die Kartoffeln. Möhrengemüse mit Sahne und Eigelb verfeinert setzte sie in ein knuspriges Blätterteigkörbchen und daneben liebevoll geschichtet mehrere rosarot gebratene Schweinefiletscheiben. Sara bekam noch einen Esslöffel Weizenkörner daneben zum Testen. Sie brachte die Teller ins stattliche flämische Esszimmer.

Der Tisch war sehr groß und lang und so schwer, dass ihn nur mehrere Personen bewegen konnten. Er war das Abbild der großelterlichen Einstellung, dass das gemeinsame Mahl ein Höhepunkt des Tages sein sollte, eine regelmäßige Festlichkeit, die dem sonstigen Alltagsgeschehen die Aura der Besonderheit verlieh. Das war Großmutters beste Zeit des Tages. Die Jahre, in denen sie ihre

Kinder mit Brennnesselsuppe und gehamsterten Kartoffeln ernährte, waren längst vorüber. Nun konnte sie aus dem Vollen schöpfen. Kochen war eine Kunst und Großmutter übte sie hingebungsvoll aus.

Sara starrte auf Großvaters ärmlich gestalteten Teller. Der Körnerhaufen lag links und rechts stapelte sich ein Möhrenhügel. Sara fiel Großmutters Spruch ein, den sie früher oft zu sagen pflegte: »Liebe geht durch den Magen.«

Großvater nickte Sara und Großmutter freundlich zu. »Guten Appetit, ihr Lieben!«

»Gleichfalls«, tönte Großmutters sonore Stimme spröde vom anderen Tischende herüber, das sie neuerdings zu ihrem Platz erkoren hatte. Sara, die genau in der Mitte der Tischlänge saß, dachte, dass Könige und Königinnen so speisten, jeder am anderen Ende der Tafel und sei sie noch so lang.

»Guten Appetit«, sagte sie und wendete erst ihren Kopf nach links zu Großvater und dann nach rechts zu Großmutter. Zuerst probierte sie die Körner. Aufmerksam wurde sie von Großmutter und Großvater dabei beobachtet.

»Und?«, fragten sie beide wie aus einem Munde. »Wie schmeckt's?« Sara wusste nicht, was sie sagen sollte. Sie suchte angestrengt nach einem Ausweg. Wenn sie Großvater sagen würde, dass sie die Körner mochte, dann würde sie Großmutter beleidigen, aber Großvater würde sich freuen. Würde sie zugeben, dass sie den Weizen langweilig fände, könnte Großvater traurig sein, dafür Großmutter aber glücklich. »Ein bisschen wie Nüsse«, sagte Sara.

»Ach«, sagten sie. Jetzt waren beide enttäuscht von Saras Antwort. Dabei hatte sie es nur gut gemeint. Sara bekam während des Essens kein Wort mehr heraus und widmete sich ihrem Gericht. Da Großvater sowieso gegen Unterhaltung bei Tisch war, blieb es still. Nur das Klappern der Bestecke war zu hören. Ab und zu warf Sara einen Blick auf Großvater, der höchst konzentriert und über die Maßen genussvoll seinen Weizen zwischen den Zähnen zermahlte.

Am nächsten Tag wiederholte sich dasselbe Spiel. Großmutter meckerte in der Küche vor sich her, während sie die Weizenkörner kochte. Heute gab es für Großvater statt Möhren Blumenkohl. Sara und sich selbst kredenzte sie eine köstliche Fischpfanne mit wildem Reis. Auch heute wollte Sara einen Löffel Weizenkörner. Großvater zuliebe.

Am Nachmittag ging er mit Sara in einen Buchladen, um ein vegetarisches Kochbuch zu kaufen. Es sollte Großmutter ihre Arbeit erleichtern. Sara blätterte darin herum. »Wie lecker das alles aussieht. Darf ich es ihr schenken?«, fragte Sara, die das Gefühl nicht los wurde, dass Großmutter sich nicht darüber freuen würde. Großvater war einverstanden.

»Das ist doch nicht von dir«, sagte Großmutter mit kritischem Blick.

»Doch, ich habe es ausgesucht«, meinte Sara.

»Und die Idee …?« Großmutter blickte Sara an und Sara Großvater.

»Wusste ich es doch«, sagte Großmutter, nahm das Buch und warf es in den Mülleimer.

»Machen wir einen Spaziergang, Sara?«, fragte Großvater, der das Buch wieder aus dem Mülleimer nahm, abputzte und unter seinen vielen Büchern verstaute. »Falls du es dir noch einmal überlegen solltest, Lena. Es steht in meinem Bücherregal.« Großmutter schlug die Arme übereinander und blieb stumm. Sie hatte gegen ihre Jugendliebe ein antivegetarisches Bollwerk errichtet und blieb dabei.

25

»ALLEZ, ALLEZ«, rief die Französischlehrerin, bei der Sara kein Französisch lernte. Sie trieb die Klassen wie eine Herde widerspenstiger Ziegen vor sich her in den Speisesaal, wo sie sich laut und ungestüm an den Tischen verteilten. Sara setzte sich in die Nähe des Fensters. Von hier aus konnte sie beobachten, wie die Blätter des einzigen Baumes auf dem geteerten Schulhof durch die Luft wirbelten, während sie lustlos in ihrem Essen herumstocherte. »Kein Vergleich mit Großmutters Köstlichkeiten«, dachte sie, »lieber würde ich Großvaters Körner essen.«

Jemand schubste sie in die Seite. Es war Janine, die sich mit mehreren Freundinnen am selben Tisch niederließ. »Sara schläft mal wieder«, sagte sie und schubste sie wieder mit ihrem Ellenbogen. »Hallo, wach werden!« Die Mädchen lachten. Sara rang sich ein unechtes Lächeln ab. Sie hasste Janine, obwohl sie die einzige aus ihrer ehemaligen Klasse war, die mit ihr das Deutsch-Französische Gymnasium besuchte. »Sara ist schon ein bisschen arm dran«, sagte sie herablassend zu ihren Freundinnen, während sie Saras verblichenen grünen Faltenrock abfällig musterte. Wieder lachten sie.

Sara dachte an Janines Vater mit der Schreibmaschine und den vielen Büchern, an die kostbaren Gemälde, die die Wände der hohen Räume von Janines Zuhause schmückten. »Großvater hat auch Kultur«, sagte sie sich trotzig und setzte sich aufrecht hin.

»Ach nee, die dicke Wachtel kommt angerollt«, sagte eine am Tisch. Alle Köpfe drehten sich zu einem Mädchen um, das langsam heranschlich. Sein rundes, rosiges Gesicht war von flachsblonden dicken Zöpfen umrahmt. Ein Platz am Tisch der Mädchen war noch frei.

»Kann ich hierhin?«, fragte sie schüchtern. Janine stellte demonstrativ eine Schüssel mit Kartoffeln auf den freien Stuhl und grinste sie frech an.

»Ist leider besetzt, oder will hier jemand Püree?«

»Ihhh«, sagte eine andere, »bei dem dicken Arsch! Nein, danke.« Das Mädchen wanderte mit stoischer Miene zu einem anderen Tisch, wo sie sich niedersetzen durfte. Aber auch hier ließ man sie nicht in Ruhe. Ständig zog ihr jemand an den Zöpfen. Sie duckte sich fast in ihren Teller, aber ihr Gesicht verriet mit keiner Miene etwas über die erlittenen Demütigungen. Mitleid erfasste Sara, aber sie war so ängstlich, selbst wieder in den Mittelpunkt des Spotts zu geraten, dass sie sich nicht wagte, dem dicken Mädchen zu helfen. Dafür schämte sie sich. Anita hätte ihr bestimmt geholfen. Um die Quälerei nicht mehr länger mit ansehen zu müssen, schaute Sara aus dem Fenster. Die gelben und kupferroten Blätter jagten sich gegenseitig. In dem bunten Treiben mischten die Buchstabenschweine eifrig mit. Sie ritten auf den Blättern und sangen laut »Heo, spann den Wagen an, denn der Wind treibt Regen übers Land ...« Sara blickte überrascht auf. Zum ersten Mal bildeten sie ganze Satzketten, so dass Sara den Liedtext lesen konnte. Das war nicht so einfach, denn im stürmischen Rund entstanden Satzspiralen, die der Wind aufwärts drehte, immer höher und höher, bis sie nicht mehr zu sehen waren und Sara nur noch ein in der Ferne ausklingendes »Hol die goldnen Garben« vernahm.

»Hallo du«, fragte jemand, »willst du nicht in den Unterricht?« Sara schaute auf. Ein Küchengehilfe stand vor ihr. Er räumte ab. Sara war ganz allein im Speisesaal. »Die anderen sind schon alle wieder in ihren Klassen«, sagte er.

Sara blickte auf die Uhr von Tante Elisabeth. Sie packte hastig ihre Sachen und rannte die Treppe hoch. Die Flure mit den kalkweißen Wänden und den grau glänzenden Böden waren leer.

Sara ging auf Zehenspitzen, um möglichst kein Geräusch zu verursachen. Vor dem Musikzimmer blieb sie stehen. Sie hörte ihr Herz pochen. Wenn sie jetzt hineinginge: alle würden sie anstarren, als wäre sie von einem fremden Stern. Und was würde die Musiklehrerin sagen, und welche Entschuldigung würde sie vorbringen? Würden die anderen sie wieder auslachen?

Sara drückte zaghaft die Türklinke herunter. »Komm schon rein, Sara«, rief die Musiklehrerin ärgerlich, »wir wissen, dass du es bist.« Sara trat ein. Sie ging mit gesenktem Kopf ohne jemanden anzublicken an der ersten Reihe der Schüler vorüber. Sie stolperte. »Streck die Hände aus«, hörte sie Lore rufen. Aber sie konnte ihre Hände nicht mehr ausstrecken, um sich abzufangen und fiel auf das Gesicht. Die Schüler lachten. Blut lief Sara aus der Nase. Die Musiklehrerin reichte ihr ein Papier-Taschentuch. »Jetzt bist du wenigstens wieder wach«, sagte sie. Einer der Schüler in der ersten Reihe grinste Sara blöde an. Er hatte ihr das Bein gestellt. Sara wagte nicht, ihn zu verraten. Schnell verschwand sie auf ihrem Platz, erleichtert, dass der Unterricht routinemäßig weiterlief.

Der Gong ertönte. Sara floh aus dem Raum. »Die Letzten werden die Ersten sein.« Sie hatte den Spruch zum ersten Mal gehört, als sie mit Tante Elisabeth und Onkel Fritz zur Kirche gegangen war. Der Priester, sonntäglich herausgeputzt in Lila und Gold, hatte ihn von der Kanzel gepredigt und Sara hatte ihn sich eingeprägt. »Die Letzten werden die Ersten sein.« Ein magischer Satz. Sara spürte darin die ausgleichende Gerechtigkeit. Immerhin kam sie als letzte und ging wieder als erste.

Sara hielt sich an ihrem Bibelspruch fest und eilte durch die Gänge, bevor die anderen sich organisiert hatten. Doch sie hörte schwere Schritte hinter sich. Irgendjemand schien sie zu verfolgen. Sie rannte die breite Treppe hinunter, rannte durch die Eingangshalle, rannte hinaus über den Schulhof zum Tor. Sie hatte Angst. Sie wurde das Gefühl, verfolgt zu werden, nicht los. Sara nahm allen Mut zusammen. Sie blieb stehen und drehte sich um. Atemlos, mit hoch rotem Gesicht stand ihr das dicke Mädchen mit den flachsblonden Haar gegenüber. »Wollen wir Freunde sein?«, keuchte sie. Sara fühlte sich überrumpelt. Sie wurde wütend.

»Du sollst mich nicht verfolgen«, schrie sie das dicke Mädchen an, »ich hab eine Freundin, eine allerbeste, die heißt Anita. Und ich hab Lilly. Dich brauch ich nicht. Ich weiß ja nicht einmal deinen Namen!« Sara drehte sich um und ließ sie stehen. »Ich heiße …«, das Mädchen sprach nicht weiter, denn Sara hielt sich die Ohren zu und rannte weiter. Tränen liefen ihr über das Gesicht.

Gegenüber dem Wirtshaus an der Haltestelle stand, wie jede Woche, Notre Goethe vor dem Wagen mit Bierfässern und ließ seinen schweren Kopf hängen. Die beiden Fahrer luden neue Fässer ab. Sara drückte ihr tränennasses Gesicht an den warmen Pferdehals. Notre Goethe ließ es widerstandslos geschehen, nestelte aber mit seinem weichen Maul an Saras Tasche herum. Er kannte Sara inzwischen gut genug, um zu wissen, dass sie ihm etwas mitgebracht hatte. Sara nahm ein Stück Zucker aus ihrer Jackentasche und hielt es ihm mit flacher Hand hin. Aus der anderen Tasche nahm sie eine Hand voll Weizenkörner, die sie von Großvater bekommen hatte. »Vitamine, Eiweiß, Kohle … Kohle … irgendwas und … und Mineralien.«

Großvater hatte ihr heimlich einen Beutel mit Weizenkörnern gefüllt und reichte ihn Sara, bevor sie gehen wollte. »Hier! Iss jeden Tag eine Handvoll davon, dann bleibst du gesund. Du musst ihn nur lang genug kochen. Aber das weißt du ja schon.« Zuvor hatte er Sara erklärt, wieso Weizen ein so unersetzlich hochwertiges Lebensmittel sei. Eigentlich hatte Großvater ihr ja nur Gute Nacht sagen wollen, aber daraus wurde ein viertelstündiger Vortrag, bei dem Großvater mit erhobenem Zeigefinger vor ihr gestanden hatte. Wie immer, wenn er Bedeutsames erklärte. Er trug bereits sein knielanges Nachthemd, das aufs Sorgfältigste gebügelt war und locker an seiner hohen, hageren Gestalt herabfiel. Zwei sichelartige Beine schauten unter dem Nachthemd hervor, deren Magerkeit von den plumpen großen Pantoffeln noch betont wurden. »Kohlenhydrate, Eiweiß und in seinen Randschichten Vitamine und Mineralien in ausgewogener Zusammensetzung …« Sara hatte Großvaters Stimme nur noch aus der Ferne vernommen, während sie die größte Mühe aufgebracht hatte, um ihr Lachen zu unterdrücken. Denn die Buchstabenschweine hatten Großvater während seiner Rede eine Papierkrone aufgesetzt und sprangen von Zacke zu Zacke.

Notre Goethe zermalmte die rohen Getreidekörner mit ähnlicher Konzentration zwischen seinen Zähnen wie Großvater seine gekochten. Sara hatte keine Lust, sich selbst Körner zu kochen, aber Freude, sie an Notre Goethe zu verfüttern. »Hoffentlich fragt Großvater nicht nach«, sagte sie. »Und wenn, werde ich ihm sagen, dass sie auch für Pferde gesund sein müssen.« Notre Goethe hob kurz den Kopf und schnaubte.

Als Sara nach Hause kam, lag Lore in der Küche auf dem Boden. Mit demselben weißen, friedlichen Gesicht. Eine Hand ruhte, nach oben geöffnet, neben ihrem Körper, die orangeroten Finger gelöst zur Innenfläche gebogen wie Blütenblätter, die sich am Abend schließen. Lore war wieder umgefallen. Ohne Vorankündigung, wie es ihre Art war. »Mama«, sagte Paulchen, der hilflos neben ihr stand. »Mama«, sagte Sara. Ihre Beine fühlten sich weich an. Deshalb ließ sie sich neben Lore nieder. Sie bog die Finger von Lores Hand zurück, legte ihren Kopf hinein und schloss die Augen. Als sie sie wieder öffnete, schaute sie Lore erstaunt an. »Bin ich schon wieder …?« Sara nickte. Sie half Lore hoch und begleitete sie die Treppe hinunter in den Frisörladen.

»Komm, die Oma wartet schon auf dich«, sagte Sara zu Paulchen, der widerspenstig neben Sara her trottete. Er stand noch ganz unter dem Eindruck von Lores Ohnmacht. »Komm schon«, drängte Sara und zog an seinem Arm. »Dort ist auch der Hund, mit dem kannst du spielen«, sagte Sara. Sie wagte nicht den Namen des Tieres auszusprechen, weil er ein Geheimnis war. Es widerstrebte Sara, aber sie hatte ihr Wort gegeben.

Sie klingelten. Oma öffnete die Tür. Hitler kam herbei gesaust und sprang begeistert an Sara hoch, dann an Paulchen, der dabei umkippte. Hitler beugte sich über ihn und leckte ihm das Gesicht ab. Paulchen lachte herzlich. Sara streichelte den Hund, der sich von Tag zu Tag prächtiger entwickelte.

Seit ihn Sara hergebracht hatte, verließ Paulchens Opa jeden Tag seine dunkle verrauchte Kammer und ging mit ihm spazieren. Für Sara war es ein Wunder. Sie hatte den Hund gerettet und der Hund Opa Adolf.

Sara schlich sich auf dem Weg zurück durch die Seitentür in die Kirche, die sie seit längerer Zeit nicht mehr zum Gottesdienst aufgesucht hatte. Der vertraute Geruch von Weihrauch umfing sie. Sie blickte sich neugierig um. Kein Mensch war da. Nur Christus am Kreuz schaute sie mit gesenktem Kopf und durch nahezu geschlossene Lider an. Das konnte kein vorwurfsvoller Blick sein, weil sie sonntags nicht mehr in die Kirche ging. Er richtete sich nirgendwohin, stellte sie fest, als sie scheu näher trat. Sie fühlte sich erleichtert, aber auch verunsichert. Sie wandte ihren Blick dem mit Weihwasser gefüllten Taufbecken zu. Da stand Tante Elisabeth mit dem Aschenkreuz auf der Stirn. Im Arm hielt sie eine volle Flasche Weihwasser wie ein Baby unmittelbar vor der Taufe. Sie blickte unverwandt zu Sara. Dann verschwand sie, gerade als Sara das Taufbecken erreichte. Sara blickte sich überrascht um, aber nirgendwo war ihre Tante zu sehen. Sie hatte sich in Luft aufgelöst, das war jedenfalls sicher.

Sara nahm die kleine Flasche von Tante Elisabeth aus der Tasche und füllte es mit der gesegneten Flüssigkeit, die ihre Tante in jedem Zimmer greifbar hatte, um ungebetene Geister zu vertreiben. Sara dachte an Tante Elisabeths Auswischen von Saras Buchstabenschweinen. Sie indessen ließen sich nicht vertreiben, im Gegenteil: sie sprangen ungehindert in den Räumen herum und frevelten noch, in dem sie ihr ins Weihwasser spuckten. Heiden waren sie, genaugenommen. Sara aber liebte beides, das heilig-ernste Weih-wasser und die heidnisch-fröhlichen Buchstabenschweine.

Sie trat aus dem Gotteshaus heraus, froh, nicht gesehen worden zu sein. Hätte sie Tante Elisabeth doch bloß festgehalten, als sie eben am Taufbecken erschienen war.

Sie ging gedankenverloren am Frisörladen von Herrn Harrer vor-bei, in dem der Schatten von Lore über dem Haupt eines Kunden ihre Schere mechanisch hin und her bewegte. Während der Kunde ununterbrochen zu sprechen schien, nickte Lore nur alle paar Se-kunden müde mit dem Kopf.

Sara ging schnell weiter, weil sie diesen Anblick nicht ertragen konnte. Sie wanderte durch die Dorfmitte, ihre rechte Hand fest um das Weihwasserfläschchen geheftet. Sie sah ihren Stiefvater aus dem neuen Auto steigen, dessen Beschaffung noch vor wenigen Wochen einen Riesenkrach zwischen Lore und Jörg verursacht hat-te. Nur vollkommen lautlos. Denn nun hatte auch Lore beschlos-sen, nicht mehr mit Jörg zu reden. Er schlug seine Autotür zu und Sara wehte die Mischung von Benzin, Zigarettenrauch und billi-gem Rasierwasser entgegen. Sie schüttelte sich vor Abscheu. Jörg stapfte auf das Wirtshaus zu, um sein Schweigen bei mehreren Glä-sern Bier fortzusetzen. Sara übersah er. Sie war froh darüber.

Sie schlenderte ziellos durch die Gassen des kleinen Dorfes bis zu den Feldern dicht an der Blies. Die Gerste stand schon hoch und wogte gleichmäßig im Wind. Saras Augen ruhten lange darauf. Sehr lange. »Das ist wie lesen«, dachte sie. Sie ließ sich mitten im Feld nieder. Verborgen vor allen anderen. Sie tauchte ein in die weichen rauschenden Rhythmen, die Tausende der langen Grannen in die Saiten der Luft schlugen. Der Fluss goss ein zartes Wellenschlagen in seinen Lauf. Grillen zirpten und Sara stimmte summend ein in die abendliche Symphonie. Das Lied vom Waldbeerensommer.

Leo mochte wohl jetzt sechzehn Jahre alt sein, sinnierte Sara. Sie selbst zählte gerade mal elf Lenze. Ob er immer noch durch den Wald streifte, an Seilen in den Fluss sprang und seine Schwestern ärgerte? Sie setzte sich auf und beschloss, irgendwann einmal Leo zu besuchen. Die Sonne ging schon unter, und Sara konnte sich nur mühsam von diesem friedvollen Ort lösen.

Mit Paulchen an der Hand kam sie nach Hause. Jörg saß mit nacktem Oberkörper in der Küche. Er hatte glasige Augen vom Alkohol und bohrte mit einem Finger in seinem Nabel. Lore stand mit dem Rücken zur Wand. Ihre Schultern stachen knochig unter dem weißen Kittel hervor, der viel zu weit an ihr herunterhing. »Zigaretten«, lallte Jörg, das erste Wort, das wieder einmal seit Tagen zwischen ihnen getauscht wurde. Lore nahm eine Handvoll Trinkgeld aus der Kitteltasche und kippte sie in Saras Hand. »Besorge außer den Zigaretten noch Margarine und Schmierwurst. Von beidem die billigste!« Jörg wollte Paulchen auf den Schoß nehmen, doch Paulchen wand sich aus seinen Armen und hing sich an Lore, die ihn vor Schwäche nicht auf den Arm nehmen konnte.

Sara ging wortlos, umschwirrt von ihren Buchstabenschweinen, die ebenfalls schwiegen, bis sie im kleinen Dorfladen ankam, der gerade schließen wollte. Er gehörte Frau Harrer, der Gattin des Frisörs. Sie ließ Sara eben noch herein. »Warum denn gleich in die Luft gehen, greife lieber zu HB.« So lautete der Werbespruch der gleichnamigen Zigarettenmarke, der Sara durch den Kopf ging. Sie griff zögernd zu dem Zigarettenpäckchen. Sara war wütend auf Jörg und besonders wütend auf Lore, die ihr letztes Geld für Jörgs Zigaretten ausgab. Ohne Zigaretten könnte sie jetzt normale Butter kaufen, statt der billigsten Margarine. Sie schämte sich dafür, immer nur das Billigste kaufen zu müssen. »Zigaretten kann man nicht essen«, murmelte sie vor sich her und legte sie wieder zurück.

»Und?«, blickte sie Frau Harrer an.

»Butter brauche ich, aber die beste«, sagte Sara. Frau Harrer war irritiert. Die Buchstabenschweine schubsten sie zu ihrem Kühlschrank, so dass ihr turmhohes Haargebilde ins Schwanken kam. »Und die günstige Schmierwurst«, sagte Sara, mit Betonung auf günstig. Mit Stolz nahm sie die Butter in der Silberfolie entgegen.

Frau Harrer, der das Wort günstig fremd war, hörte nicht auf sich über Sara zu wundern.

Ihr klopfte das Herz, als sie die Treppen zur Wohnung hochstieg. Sie musste lügen und das war nicht einfach. »Es gab keine Zigaretten mehr«, sagte sie Lore und Jörg, die immer noch auf dieselbe Weise da standen wie eben. Nur Paulchen saß auf dem Boden neben Lore, wo er mit dem alten Gürtel von Rosalie spielte. »Keine, kei…«, Sara fing an zu stottern, »keine HB, da habe ich halt Butter gekauft.«

»Aber du solltest doch Margarine kaufen!«, sagte Lore vorwurfsvoll.

»War schon ausverkauft«, log Sara weiter. Jörg starrte unzufrieden vor sich her und wankte aus der Küche, wo sein Geruch hängen blieb. Sara rümpfte die Nase. Da Lore keine Kraft hatte, Saras Lügen nachzugehen, sagte sie nichts mehr und Sara freute sich auf ihr Butterbrot, das heute ausnahmsweise seinem Namen gerecht werden sollte.

26

HEUTE WAR ALLES GRAU. Draußen war der Himmel bedeckt von grauen Wolken, die ihre ersten Schauer sandten. Jörg war grau im Gesicht, weil er nachts wieder zuviel getrunken hatte und Lore, weil sie völlig überarbeitet war.

Das einzig Leuchtende an ihr waren die orangeroten Finger. Als Sara in den Spiegel sah, musste sie feststellen, dass auch sie ein graues Gesicht hatte, unter den Augen sogar dunkelgraue Ringe. Sara musste zur Schule, kam aber schon beim Anziehen nicht so richtig von der Stelle. Ihr war übel und schwindlig. Lore war schon im Laden, also musste sie runter und ihr sagen, wie schlecht sie sich fühlte. Der Gedanke zu Hause zu bleiben, gefiel ihr ohnehin besser, als zur Schule zu fahren. Deshalb musste sie noch leidender wirken als sie sich fühlte, um Lore sofort zu überzeugen. Sie stellte sich mitten im Frisörladen auf. Doch bevor sie noch ihre Miene verziehen konnte, feixte Herr Harrer, sie solle gefälligst nach oben gehen und nicht sein Geschäft ruinieren. Sie sähe aus wie ein Gespenst, man könnte ja Angst vor ihr bekommen.

»Geh nach oben, leg dich ins Bett. Und miss Fieber«, sagte Lore, die Sara misstrauisch musterte. Sara musste nicht erst überzeugt werden. Sie huschte die Treppe hoch in ihr Bett. Das Thermometer mit dem glänzenden Quecksilber steckte sie unter den Arm. Dabei schlief sie ein. Im Traum rannte sie und rannte, ihren roten Koffer von einer Hand in die andere wechselnd. Nirgendwo konnte sie Rast machen und die Sonne glühte vom Himmel herab auf ihren Kopf und erhitzte ihren Körper. Sara zuckte zusammen und wachte auf, völlig erschöpft. Sie zitterte am ganzen Leib. Die Zahlen auf dem Thermometer verschwammen vor ihren Augen. Nur das

Quecksilber schimmerte durch ihren Augenschleier. Es war fast bis zum Ende der Tabelle angestiegen. »Muss ich jetzt sterben?«, fragte sie sich ängstlich. Sie versuchte aufzustehen, aber sie kippte wieder ins Bett zurück. Also konnte sie auch keine Hilfe holen. Lore war weit weg, Großmutter und Großvater waren noch weiter weg, Rosalie war in Frankfurt und Tante Elisabeth war auch nicht da. »Du musst trinken, wenn du Fieber hast«, sagte sie. Saras Mund war heiß und trocken. Ihr Blick fiel auf das Fläschchen mit Weihwasser, das neben ihrem Kopfkissen lag. Aber konnte sie denn Weihwasser trinken? »Heiliges Wasser«, murmelte Sara. Ihre Gedanken tanzten wirr in ihrem Schädel herum, in dem sie ein wüstes Feuer angezündet hatten. Sara griff zitternd nach der kleinen Flasche und öffnete sie. Tränen rannen ihr über die heißen Wangen, trockneten dort schnell wieder ein und hinterließen feine salzige Spuren. »Lieber Gott, bitte hilf mir, ich will nicht sterben, wenn du mich wieder gesund machst, dann gehe ich auch wieder jeden Sonntag in die Kirche, das verspreche ich dir, vielleicht ist es ja verkehrt, das Weihwasser zu trinken, aber ich kann nichts dafür, ich muss …« Sara setzte das Fläschchen an und trank es leer. Indem ihre Augen zufielen, konnte sie eben noch die torkelnden Buchstabenschweine der Reihe nach umfallen sehen.

Sie wachte erst wieder auf, als sie etwas in ihre Waden biss. Es waren kalte Wickel, die ihr Lore um die Waden schlang. »Einundvierzig Komma fünf Grad, sie muss sofort ins Krankenhaus, vielleicht hat sie Hepatitis«, hörte sie in der Ferne eine fremde Stimme. Es war offenbar ein Arzt. Eine rege Geschäftigkeit entwickelte sich um sie herum, von der sie nur Ausschnitte wahrnahm. »Sie muss in Quarantäne«, hörte sie dieselbe Stimme noch einmal. Fremde Leute schoben sie auf einem Bett durch verschiedene Gänge, bis in einen kleinen hohen Raum. Dort war gerade nur Platz für ein Bett und einen Nachttisch. Links oberhalb von ihr gab ein großes Fenster den Blick in den Himmel frei.

»Buttermilchsuppe?«, fragte Sara schwach, deren hohes Fieber durch Medikamente etwas gesenkt werden konnte.

»Das ist gut für dich«, sagte eine Frau im weißen Kittel neben ihr, die sie noch nie gesehen hatte. »Iss nur, dann wirst du wieder stark. Ich bin Schwester Marianne.« Sie lächelte Sara unter ihrem Mundschutz an. Sara beugte sich über die Suppe und probierte davon. Sie schüttelte ihren Kopf. »Du hast seit mehreren Tagen nichts mehr zu dir genommen, also bemüh dich bitte.« Ihre Stimme klang besorgt. Sara tat ihr Bestes und trank mit größter Vorsicht Suppe aus ihrem Löffel. Sie brauchte fast eine Stunde, um den Teller wenigstens halb zu leeren. Danach ließ sie sich völlig erschöpft zurücksinken. »Ich möchte auch so ein Ding für den Mund.«

»Du meinst einen Mundschutz«, sagte die Schwester, »aber du brauchst ihn ja gar nicht zu tragen. Nur wir, um uns vor deinen Bakterien zu schützen.«

»Aber ich brauche ihn, um mich vor Ihren Bakterien zu schützen, wenn sie ihren mal vergessen sollten«, entgegnete Sara. »Haben sie Bücher?«, fragte sie. Schwester Marianne lachte sie an.

»Ganz viele, die schaffst du gar nicht alle zu lesen. Soll ich dir welche bringen?«

»Einen ganzen Stapel«, sagte Sara. Schwester Marianne hatte Humor, denn sie kam mit etwa zehn Bänden von Karl May. Obendrauf lag der Mundschutz. »Die restlichen zweiundsechzig Bände stehen dir auch noch zur Verfügung«, sagte sie mit einem Augenzwinkern. Sara breitete die Bücher in den dunkelgrünen Einbänden neugierig auf ihrem Bettzeug aus. In goldenen Schriftzügen standen die Titel darauf. Winnetou eins, Winnetou zwei, Winnetou drei und viele andere. Sara schaute die Schwester freundlich an und blätterte das erste Buch auf. Dann vergaß sie alles um sich herum. Sie las ohne Unterbrechung, bis die Schwester, freundlich mit dem Kopf schüttelnd, das Licht löschte.

Sara war nun schon den achten Tag im Krankenhaus, aber sie hatte immer noch leichtes Fieber. Doch sie scherte sich nicht darum. Sie las bereits den sechsten Band Karl May und trug ununterbrochen ihren Mundschutz, den sie nur nachts und während des Essens ablegte. Manchmal, wenn sie müde vom Lesen war, schaute sie aus dem hohen Fenster ihrer Klause. Sie sah den Wolken zu und den Buchstabenschweinchen, die sich dort tummelten.

Immer häufiger schrieben sie kleine Verse in die Luft, die Sara auf Zetteln festhielt. Meistens erheiterten sie Sara. Deshalb ließ sie sich immer öfter auf sie ein, obwohl sie ihr eigenes unsicheres Gekrakel nicht ausstehen konnte. Nein, in diesen Momenten war sie nicht einsam, selbst wenn die eine oder andere Schwester sich fragte, wie es möglich sei, dass ein so junges Mädchen sich in Quarantäne nicht im mindesten langweilte. Sara brauchte niemanden außer ihren Büchern und den Buchstabenschweinchen. Selbst das Essen war ihr manchmal zuviel. Bald war ihre Welt von Menschen bevölkert, die immer zu Pferde waren und Sara ritt mit ihnen und bestand ein Abenteuer nach dem anderen. Nur ihr Pferd war weniger agil als die Prachtexemplare von Winnetou und Old Shatterhand, denn Sara hielt Notre Goethe die Treue, den sie in der Wirklichkeit ihres Krankenhausalltags sehr vermisste. Sie erinnerte sich an Fury, der mit dem Tempo der beiden Helden leicht hätte mithalten können, aber Sara sah ein, dass die Welt um den Vollbluthengst Fury und seinem kleinen Freund Joey, die sie früher entzückte, untergegangen war.

Die Buchstabenschweine indessen verwursteten alles aus Saras ständig summendem Geist zu kleinen Versen und machten auch nicht Halt vor Karl Mays Protagonisten, hießen sie nun Winnetou, Old Shatterhand oder Hadschi Halef Omar. Sara beschloss die Verse Anita zu zeigen, wenn sie wieder zu Hause sein würde.

»Wie geht es dir, Kind?«, fragte Lore gedämpft durch ihren Mundschutz. Sie legte ihre schönen Hände mit den schlanken Fingern und wohlgeformten ovalen Nägeln auf die Armlehnen des Stuhls, die sie fest umfasste, so als würde sie sich festhalten müssen. Sie wunderte sich über Saras Mundschutz. »Nimm das doch ab!«

Lore griff nach dem Mundschutz. Doch Sara wich ihr aus und hielt gleichzeitig ihren Mundschutz mit einer Hand fest. Sie blickte ihre Mutter an. Lores schönes Gesicht war grau wie vor Saras Krankenhausaufenthalt.

»Gut geht's mir«, nuschelte Sara durch den Mundschutz. »Was macht Paulchen?«

»Der ist bei seiner Oma,« sagte Lore. Sie blickte auf den Stapel Karl May Bücher und lächelte in sich hinein. Es tröstete sie, Sara mit Büchern zu sehen. »Ich würde auch mal gerne wieder lesen. Ich lese nämlich gerne. Ich habe immer gerne gelesen«, sagte sie leise. »Was soll ich dir denn beim nächsten Mal mitbringen?«

»Papier und neues Schreibzeug«, sagte Sara.

»Schreibst du denn Briefe?«, fragte Lore neugierig.

»Nein«, sagte Sara und wollte auch nicht weiter gefragt werden. Lore fragte auch nicht mehr, sondern blickte auf die Uhr, weil sie gehen musste. Sie warf noch einmal verständnislos einen Blick auf Saras Mundschutz. »Na dann, werd mir wieder gesund, Sara. Wir vermissen dich!«

Sara winkte ihr durch die verglaste Abtrennung zum Flur und wandte sich wieder den Buchstabenschweinchen zu, die von der Anwesenheit Lores zu einem neuen Vers angeregt wurden:

»Dreht sich der Propeller,
   doch wir sind viel schneller,
   flink wie die Mäuschen huschen wir umher,
   putzen und wienern, saubrer geht's nicht mehr,
   kommt die Mutter dann nach Haus,
   ist es ganz reinlich in unserem Haus.«

Sara ärgerte sich über den Reim mit dem doppelten Haus, fand aber trotz aller Bemühungen keinen wohlklingenden Ersatz dafür, nur eine kleine Melodie zum Vers, die sie entschädigte für den plumpen Reim.

Ende der zweiten Woche ging es Sara trotz anhaltendem Fieber schon deutlich besser. Sie hatte sich so sehr in Karl Mays abenteuerliche Welten eingelebt, dass der Abschluss eines jeden Buches – inzwischen las sie eins pro Tag – immer ein kleiner Abschied war. Doch zum Trost gab es noch genug Bände zum Lesen. Schwester Marianne war sehr stolz auf Sara. »Mein Quarantänekind ist das liebste von allen. Solange sie ein Buch hat, Papier, Schreibzeug und ihren Mundschutz, ist sie glücklich, von Langeweile oder Aufmüpfigkeit keine Spur«, gab sie vor den anderen an. So kam es, dass immer wieder fremde Schwestern und auch Kinder durch die Glasabtrennung in Saras Einsiedelei blickten, den Bücherstapel sahen und ihr freundlich zunickten. Sara gewöhnte sich daran, wie ein Tier im Zoo bestaunt zu werden. Inzwischen machte sie sich selbst Gedanken über die verschiedenen Formen von Ansteckung. Denn immer wieder sah sie Schwestern oder herumlaufende Kinder mit großen Bücherstapeln über die Gänge huschen. Einzelne Kinder trugen sogar einen Mundschutz. Für einen kurzen Moment glaubte sie, Lesen sei eine Art ansteckende Krankheit. Vielleicht hatten ihr aber auch die anderen alles nur nachgemacht. Der Mundschutz sprach dafür. Ein magisches Ding.

Drei Tage vor ihrer Entlassung kam Großvater, der König, zu Besuch. Sara hatte sich bereits Sorgen gemacht, wo er denn bliebe, da Großmutter sie schon längst aufgesucht hatte. Außerdem hatte sie ein Problem, das sie nur Großvater anvertrauen konnte. »Sara, schön, dass es dir wieder so viel besser geht.« Seine schlanke hohe Gestalt trat in Saras Klause ein. Er hatte sich offenbar gegenüber Schwester Marianne geweigert, einen Mundschutz zu tragen, verlor aber über Saras kein Wort. So beschloss sie nach einer Weile, den Mundschutz abzulegen, worauf Großvater sie mit Freude betrachtete. »Ich habe achtzehn Karl May Bücher gelesen«, sagte Sara stolz.

»Donnerwetter, das heißt jeden Tag ein Buch.«

»Das Märchenbuch ist auch hier«, bemerkte Sara, die Großvater eine Freude machen wollte.

»Hast du darin gelesen?«, fragte Großvater.

»Nein«, sagte Sara, »ich kann mir doch die Märchen alle selbst erzählen, so gut kenne ich sie.«

»Und warum ist das Buch dann hier?«, fragte Großvater schmunzelnd.

»Weil es immer da sein muss, wo ich bin«, antwortete Sara.

»Ach so!« Großvater war zufrieden mit Saras Antwort. Er saß aufrecht im Stuhl, seine Hände locker auf den Armlehnen abgelegt. Seine durchdringenden Augen ruhten mit Wohlgefallen auf Saras Gesicht, das während der Krankheit seine Rundlichkeit eingebüßt hatte.

»Großvater, ich habe dem Lieben Gott versprochen, dass ich, wenn er mich gesund macht, wieder jeden Sonntag zur Kirche gehe.«

»Jetzt hat er dich gesund gemacht«, sagte Großvater.

Sie musste mehrere Male tief Luft holen. »Aber ich habe doch gar keine Lust mehr dazu, aber ich habe es doch versprochen, aber ich …«

»Du hast also ein schlechtes Gewissen, weil du dem Lieben Gott etwas versprochen hast, was du nicht halten kannst?« Sara nickte. »Und jetzt weißt du nicht, was zu tun ist«, stellte Großvater fest. Wieder nickte Sara, noch eine Spur verzweifelter als zuvor. Großvater dachte nach, dann nahm er Saras Hand in die seine. Sie spürte die Wärme und Trockenheit seiner Hand. Der Duft von Lavendel stieg ihr in die Nase. Sara verfolgte jede kleinste Regung in seinem Gesicht. »Nun«, begann er, »der Liebe Gott hat schon vorher gewusst, dass du nicht in die Kirche gehen willst. Und er hat dich trotzdem gesund gemacht!«

Sara blickte überrascht auf den schmalen Mund ihres Großvaters, der jetzt gütig lächelte. Sie sah vor sich Christus am Kreuz, der lachte, die Buchstabenschweine lachten, dass ihre Ringelschwänze hüpften und schließlich lachte auch sie.

27

»Schön und scheusslich«, murmelte Sara vor sich hin, als sie sich auf den Weg zum Bus machte. Sie musste zur Schule, vor der sie sich fürchtete. Aber sie würde auch Notre Goethe wiedersehen.

Vor dem Unterricht sprach sie Janine an. »Na, was hattest du denn?«

»Weiß ich nicht«, sagte Sara.

»Du musst doch wissen, warum du im Krankenhaus warst!« Janine zog ihre breiten Augenbrauen hoch, um ihr Unverständnis zu unterstreichen. Sara mochte es nicht, wenn sie sich vor ihr aufbaute und so groß tat, obwohl sie nicht größer war als Sara.

»Die Ärzte wussten es auch nicht«, sagte Sara. »Dann musst du aber dumme Ärzte gehabt haben«, schloss Janine, drehte sich um und ging zu einer Gruppe von Mädchen. Sara schickte ihr einen wütenden Blick hinterher, lächelte aber, als Janine sich zu ihr umdrehte, während sie den anderen offenbar über Saras dumme Ärzte berichtete. Einige lachten auf und schauten zu Sara hinüber, die stillschweigend ihr Brot aß.

Sara war auf sich selbst wütend, da sie aus Angst lächelte, obwohl sie Janine lieber eine Ohrfeige verpasst hätte. Deshalb wandte sie sich ihrem Platz zu. Bevor sie sich jedoch niederlassen konnte, quetschte sich vor ihr ein Junge auf ihren Stuhl. »Das ist meiner«, sagte Sara.

»Nein, der gehört jetzt mir!« Die Französisch-Lehrerin erschien und wies Sara einen neuen Platz auf einer leeren Bank zu. Sara setzte sich.

»Wer nimmt neben Sara Platz?«, fragte die Lehrerin. Niemand

meldete sich. »Alors!«, forderte sie die Schüler auf. Niemand meldete sich. Sara rutschte auf der Bank hin und her.

»Wenn sich wenigstens das dicke Mädchen melden würde«, dachte Sara traurig. Aber das Mädchen war sicher selbst froh, einerseits einen Banknachbarn zu haben und andererseits nicht in den Mittelpunkt der Aufmerksamkeit zu geraten. Außerdem hatte sie bestimmt noch viel zu gut in Erinnerung, dass Sara nichts mit ihr zu tun haben wollte. Sara fiel ein Satz aus Grimms Märchen ein: ›Sie wünschte sich tausend Klafter unter die Erde‹. Tausend Klafter, das musste ziemlich viel sein. Auf jeden Fall genug, um sich zu verstecken und nicht wiedergefunden zu werden. Sara dachte angestrengt nach, aus welchem Märchen sie das wohl hatte und ging vor ihrem geistigen Auge eines nach dem anderen durch. Vielleicht waren es ja auch mehrere Märchen, in dem sich Menschen tausend Klafter unter die Erde wünschten. Gründe gab es ja dafür. Immer.

Währenddessen hatte der Unterricht wieder angefangen. Und hätten die Buchstabenschweine nicht ihr Unwesen in den strähnigen Haaren der Lehrerin getrieben, hätte Sara sicher geweint. Denn sie riefen ihr einen Vers zu, den sie sich sofort auf der Rückseite ihres Heftes notierte:

»Alors, wir sind da um zu lernen,
  alors, die Haare zu entfernen,
  so dass die Französischschätze,
    ihr schauen können auf die Glätze!«
»Die haben vielleicht Einfälle!«, dachte Sara verwundert,

Die Stunde verging, ohne dass Sara nur einen einzigen Satz im Unterricht wahrgenommen hatte. Nach dem Läuten packte sie in alter Manier schnell ihren Schulranzen und rannte als erste aus dem Klassenzimmer, über den grau glänzenden Flur, durch die Halle und machte erst halt, als sie völlig atemlos vor Notre Goethe stand. Sie strich ihm durch die struppige Mähne und reichte ihm ein Stück Würfelzucker. Er schob vorsichtig sein großes Maul auf Saras Hand und nahm mit seinen weichen Lippen bedächtig das kleine Stück Zucker auf. Sara lehnte sich lange an seinen warmen kraftvollen Hals. Sie spürte sein Herz pochen. »Wie groß das wohl ist?«, fragte sich Sara, während sie den vertrauten Geruch des Pferdes einatmete. »Ich habe an dich gedacht, jeden Tag im Krankenhaus. Bei Karl May kommen nämlich auch immer Pferde vor«, flüsterte ihm Sara zu. Die Männer waren mit dem Fässer Ab- und Aufladen fertig und setzten sich auf den Kutschbock. Sie nickten Sara freundlich zu, die zurücktrat, um dem Gespann aus dem Weg zu gehen.

Am Nachmittag traf sich Sara mit Anita. Sie freute sich, ihre Freundin wieder zu sehen. Sara führte sie ins Gerstenfeld. Sie hatten eine Decke mitgenommen und wollten picknicken. Anita fasste die Decke an einer, Sara an der gegenüberliegenden Seite an. Da sich viele Halme wieder aufgestellt hatten, hing die Decke auf halber Höhe der Gerste, die nicht vollständig nachgab, sondern sich nur ein Stück weit nach unten bog. Sara und Anita warfen sich gleichzeitig auf die Decke, die an den Seiten nach oben flog und über ihnen zusammenklappte. Die Mädchen lachten. In Blechboxen waren Butterbrote und die Trinkflaschen waren mit gesüßtem Essigwasser gefüllt. Anita trug ihre dicken roten Haare in zwei langen Zöpfen. Sie warf Sara kichernd den Zopf ans Ohr, während Sara Anita mit ihren Zöpfen kitzelte. »Soll ich dir die Verse vorlesen?«, fragte Sara, die ein wenig aufgeregt war.

»Nein«, sagte Anita bestimmt, »ich will sie selber lesen.« Sie legte sich auf ihren Rücken und hielt sich Saras Heft vor die Nase, wo sie alle Verse gesammelt hatte. Sara spielte am Verschluss ihrer Trinkflasche herum, während Anita las. Sie schaute ernst und konzentriert von Zeile zu Zeile, manchmal las sie ein Gedicht noch ein zweites Mal. Eins las sie laut vor:

»Die Regentonne
Kommt zu mir, ihr Regentropfen!
So sagt die Regentonne
und wackelt voller Wonne.

Kommt all ihr Tröpflein, her zu mir!
Ihr findet freundlich Herberg hier.
So, spricht ein großer Regentropfen,
du willst uns bloß das Wasser mopfen.
Oh, nein, nein, nein!
Erst muss ich mal ganz volle sein.
Bis an den Rand gefüllt mit euch.
Dann kommt ihr in einen großen Teich.
Das ist das Regentropfenreich.«

»Soll das wirklich ›mopfen‹ heißen, statt ›mopsen‹?«, fragte Anita mit deutlichem Zweifel in der Stimme.

Sara nickte, »dann reimt es sich besser auf ›Tropfen.‹«

»Ja, aber«, entgegnete Anita, »dann weiß man ja gar nicht, was gemeint ist.«

»Aber du hast es doch auch gewusst«, sagte Sara. Anita nickte, das sah sie ein.

»Und warum sagst du dann nicht ›eich‹ statt ›euch‹?« Sara dachte nach.

»Weil ›euch‹ dem ›Teich‹ ausreichend ähnlich ist.«

»Stimmt«, gab sich Anita zufrieden, »kann ich das Gedicht haben?«

»Willst du es wirklich?«, fragte Sara. Ihr Gesicht lief vor Freude rot an.

Sara riss aus ihrem Heft eine Seite heraus und schrieb das Gedicht nieder, während sie sich mit der linken die rechte Hand festhielt. Irgendetwas fehlte jedoch noch. Anita nahm ihr die Heftseite aus der Hand. »Moment«, sagte Sara, »ich bin noch nicht ganz fertig.« Sie zog sie Anita wieder aus der Hand und kritzelte darüber »Meiner Freundin Anita gewidmet, von Sara.«

»Das machen Dichter oft so, dass sie vorweg eine Widmung schreiben«, sagte Sara überglücklich und reichte Anita das Gedicht. Sie faltete es sorgfältig und steckte es ein.

Als sie aufbrachen, band Sara Anitas roten Zopf mit ihrem blonden zusammen, so dass ihre Köpfe dicht zusammen rückten. »Wie siamesische Zwillinge«, fand Anita, »so gehen wir jetzt weiter!«

Lilly stand schon vor Saras Haustür und sah die beiden komisch aneinander geschmiedet und seltsam verrenkt ihr entgegenkommen. Sie lachten und alberten, doch Lilly fand das gar nicht lustig. »Wie schade, dass ich keine langen Haare habe!«, sagte sie traurig.

Die Mädchen gingen mit Sara nach oben, die als erste die Küche betrat. Sie kniete sich sofort auf den Boden. Am Herd lief Marmelade herunter, die zäh und klebrig auf den Boden troff. Sie war aus den Walderdbeeren gemacht, die Sara tags zuvor mühselig gepflückt hatte. Der Topf war umgestürzt. Sara liefen Tränen über die Wangen, während sie stumm Lore schüttelte. Lilly wischte sich aufgeregt mit dem Ärmel über die Nase. »Ist sie tot?«, fragte sie leise.

»Ich glaub nicht«, flüsterte Sara. »Das hat sie schon ein paar Mal gehabt.« Sara schüttelte Lore noch heftiger. »Mama, jetzt werd doch endlich wach.«

»Wenn meine Mama so da liegt, dann ist sie betrunken«, sagte Lilly, »dann hilft nur Wasser, kaltes aber.« Lilly beugte sich herunter und roch an Lore. »Nee, die hat nix getrunken.«

Sara stand auf und füllte ein Glas mit Wasser. Sie hielt es schräg über Lores Gesicht und zögerte. Ein Tropfen fiel auf Lores Gesicht und zerplatzte dort in kleinere. Lore rührte sich nicht.

»Das musst du mit Schwung machen! Soll ich?«, fragte Lilly. Sara nickte. Lilly holte aus und das Wasser klatschte Lore ins Gesicht. Es half. Lore öffnete die Augen und blickte sich staunend um. Sie setzte sich vor den erleichterten Blicken der Mädchen auf und fuhr sich mit der Hand übers nasse Gesicht.

»Bin ich …« Lore sprach nicht mehr weiter. Sara nickte nicht, selbst dazu fühlte sie sich zu schwach. Sie wünschte sich Großvater und Großmutter her, damit sie endlich wieder alles in Ordnung bringen könnten. Großvater, der König, würde schon alles richten, da war Sara sich sicher.

»Soll ich Großmutter und Großvater schreiben, dass sie herkommen sollen?«, fragte Sara ihre Mutter. Lore stand noch auf wackligen Beinen und hielt sich am Türrahmen fest. Sie blickte Sara überrascht an und schüttelte den Kopf.

»Sie sind doch gar nicht mehr da«, sagte Lore mit trauriger Stimme.

»Wieso, wo sind sie denn hin?«, fragte Sara ängstlich. »Sind sie denn für länger weg?« Lore nickte.

»Für immer, Sara, das weißt du doch. Du warst doch mit auf ihrer Beerdigung.«

Sara stand reglos da. Sie versuchte sich an eine Beerdigung zu erinnern, aber ihr fielen nur die Bilder ein von der Beerdigung mit der Fliege auf Tante Gerdas Nase und dem Kichern aller, als sie die Kapelle verließen. »Großmutter und Großvater haben mich doch im Krankenhaus besucht. Sie können gar nicht tot sein.« Sara blickte sorgenvoll zu Lore. Offenbar war ihre Mutter krank. Lore strauchelte und setzte sich auf einen Stuhl. Fassungslos schaute sie ihre Tochter an.

»Aber du warst doch mit auf der Beerdigung«, stammelte Lore. Sara wurde unsicher.

»Sie sind nicht tot«, sagte sie trotzig, »sie haben mich im Krankenhaus besucht!« Lore stand auf und legte ihre rote Hand auf Saras Stirn. Sara wurde wütend. »Ich hab kein Fieber.« Sie schubste Lores Hand weg. »Du bist krank«, sagte sie vorwurfsvoll und zog Lilly und Anita aus der Wohnung.

»Du hast mir gar nichts davon erzählt«, meinte Anita, als sie vor dem Haus ankamen.

»Was soll ich denn erzählen, wenn es nichts zu erzählen gibt?« Anita sagte nichts mehr. Zu resolut war Saras Stimme.

Lilly hatte sie und Anita zu ihrem dreizehnten Geburtstag eingeladen. Ihr Alter überraschte die beiden Freundinnen, denn Lilly war kaum größer als sie. »Ich weiß es genau«, sagte sie, »ich werde heute dreizehn. Mein Bruder hat gesagt, ich bin jetzt eine junge Frau. Guckt!« Lilly zog ihr Hemd ein Stück in die Höhe und legte ihre winzigen, kaum gewölbten Brüste frei. Anita und Sara starrten darauf, bis Lilly das Hemd wieder herunterließ. »Toll, nicht?«, fragte Lilly erwartungsvoll.

Sara und Anita versuchten zu lächeln, schließlich hatte Lilly ja Geburtstag. Auch wenn es sie ekelte, kamen die beiden mit ins Haus, stolperten über Kinder, Windeln und kaputte Gegenstände. Lilly hatte auf dem alten, wackligen Küchentisch Zeitungspapier ausgelegt. »Meine Tischdecke könnt ihr sogar lesen«, sagte sie, und sie hat Bilder.«

Sara überflog die Zeitung. Oben stand das heutige Datum. Das Titelbild stellte vier junge Männer dar mit halblangen Haaren. Sie las, »Beatles auf Deutschlandtournee. Die Fans rasen.« Sara las Buchstabe für Buchstabe »B-e-a-t-l-e-s.«

»Das wird Bietels ausgesprochen, ihr Idioten«, sagte Lillys älterer Bruder, der inzwischen fünfzehn Jahre alt sein mochte, und den Sara je öfter sie ihn sah, umso weniger leiden konnte. Seine Frisur sah denen der Beatles nicht unähnlich. Seine Augen waren unter dem fettigen Pony kaum mehr sichtbar. Das also konnte Herr Harrer nicht ausstehen, Wildheit statt ordentlich fixierter Volumina. »She loves you, yeah, yeah, yeah«, röhrte Lillys Bruder und kniff seine Schwester in den Allerwertesten. Lilly holte zum Schlag aus und benutzte dazu den kleinen Leib Brot, den sie vermutlich gestohlen hatte, um ihren Geburtstag mit Anita und Sara zu feiern. Lachend verschwand er.

»Arschloch«, rief Lilly ihm nach. Sie krabbelte unter den Esstisch, nahm die Holzdiele ab, worunter sie ihre Schätze versteckt hielt und kam strahlend wieder hoch. Sie hielt den Mädchen stolz ein Glas Marmelade vor die Nase. »Hab ich von Paulchens Opa bekommen, weil ich mit seinem Hund, der keinen Namen hat, spazieren gegangen bin.«

Sara dachte an Lores Marmelade, die übergelaufen war. Sie bekam ein schlechtes Gewissen, weil sie Lore allein gelassen hatte in der mit Marmelade verklebten Küche. Sara dachte auch an ihre

Großeltern und das Herz tat ihr weh. Sie wusste, dass Lore nicht log. Nicht bei so wichtigen Dingen. Großmutter hatte auch immer Marmelade aus Walderdbeeren eingemacht und Sara ein Glas davon mitgegeben. »Ich muss nach Hause«, sagte Sara und stand auf.

»Wir feiern doch meinen Geburtstag«, jammerte Lilly.

»Bleib doch noch ein bisschen«, meinte Anita, die froh war, dass sie in diesem Haus nicht alleine mit Lilly sein musste. Sara setzte sich wieder. Jetzt tat ihr die ganze Brust weh. Sie bekam kaum noch Luft.

»Ich muss jetzt gehen. Lilly, lass uns ein anderes Mal feiern.« Sara rannte nach Hause trotz der Proteste von Lilly und Anita. Sie flog an den alten Siedlungshäusern vorüber, über den Marktplatz, nahm im Treppenhaus jeweils zwei Stufen auf einmal, bis sie erschöpft in der Küche stand. Hier hatte sich nichts verändert. Nur die Marmelade war inzwischen fest geworden. Sara öffnete alle Schränke, nahm Geschirr und Esswaren heraus, aber sie fand nirgendwo Großmutters Erdbeermarmelade. Sara wurde übel. Deshalb hatte Lore zum ersten Mal selbst Erdbeermarmelade gekocht, weil Großmutter tot war und keine mehr kochen konnte? Sara nahm einen Löffel aus der Schublade und kratzte die Marmelade vom Herd ab, tat sie in ein Glas und goss den zähflüssigen Rest aus dem Topf in weitere Gläser. Sie begann die Küche zu putzen, so sauber, wie sie noch nie zuvor die Küche geputzt hatte. Sara sang dazu das Propellerlied. Ihre Stimme versagte ihr fast dabei. Als es zu Ende war, begannen die Buchstabenschweine Verse zu erfinden und Sara schrieb sie mit zittrigen Händen auf.

Am Abend tauschte Sara kaum mehr ein Wort mit Lore, obwohl diese sie lobte für ihre Putzaktion. »Komm, lass uns die Marmelade probieren, ich hab auch echte Butter gekauft«, sagte Lore. »Ich esse nie mehr Erdbeermarmelade«, sagte Sara, »in meinem ganzen Leben nicht mehr.«

28

Sara sass in der Küche bei Tante Elisabeth und Onkel Fritz. Ihr wehte der köstliche Duft heißer Lyoner in die Nase. »Iss, es ist keine Banane!«, sagte Tante Elisabeth mit einem Augenzwinkern.

»Und keine Pfefferminze«, setzte Onkel Fritz hinzu und lachte herzhaft. Sara hatte nach der Schule kurzerhand beschlossen Tante Elisabeth und Onkel Fritz zu besuchen. Sie stieg in Brebach aus, wo sie fast zwei Jahre verbracht hatte. Warum sie hierher gekommen war, wusste sie nicht genau. Sie war an den grauen Häusern vorbei gegangen, die jetzt viel kleiner aussahen. Ein großer Junge hatte sie mit einem neugierigen Blick gestreift. Sara hatte Lukas erkannt, Lukas aber nicht Sara. Denn sie hatte sich sehr verändert. Haftete ihr früher eine gewisse Rundlichkeit an, hatten sich ihre Glieder jetzt gestreckt. Sie war sehr schlank, und ihr blondes welliges Haar reichte ihr bis auf den Rücken. Ruß hatte in der Luft gelegen. Sara hatte mit der Hand auf die Eisenmännchen geschlagen, die die Fensterläden hielten.

Sie schaute auf die geschwärzte Innenfläche ihrer Hand. »Geh sie dir lieber noch waschen«, sagte Tante Elisabeth, die unsicher war, ob sie das nach so vielen Jahren sagen durfte. Sara ignorierte die Aufforderung und biss stattdessen herzhaft in die Fleischwurst. »Wie läuft es denn in der Schule?«, fragte Tante Elisabeth, die einst so stolz war auf Saras schulische Leistungen. Sara zuckte mit den Schultern. Warum fragten sie alle nur solche Sachen, dachte Sara.

»Ach so«, sagte ihre Tante, als hätte sie tatsächlich verwertbare Informationen von Sara bekommen. »Siehst du Fritz, sie hätte bei uns bleiben sollen und die Volksschule erst einmal beenden. Stattdessen steckt sie Lore in eine Schule, die von Ausländern geleitet wird.« Onkel Fritz nickte devot.

Tante Elisabeth mochte ›den Franzosen‹ nicht, da ›er‹ das Saarland nach dem Zweiten Weltkrieg besetzte. »Deutsch ist die Saar, deutsch immerdar«, begann sie zu singen und Onkel Fritz stimmte brummelnd ein.

Sara schob ihren Teller mit der Wurst zurück. Sie schmeckte fade. »Die Saar entspringt in Frankreich und kommt in Deutschland an. Die Blies entspringt in Deutschland und kommt in Frankreich an«, sagte Sara ohne gehört zu werden. Sie sah ihren dünnen Onkel mit der im Krieg zerstörten Nase und ihre beleibte Tante, die singend nebeneinander saßen wie Pärchen auf alten Fotos. Dabei vibrierten Tante Elisabeths dicker Hals ebenso wie Onkel Fritz Härchen am Hinterkopf. Wie anders sie waren als Großvater, der König, der mit großer Begeisterung die Kultur und den Freigeist Frankreichs gelobt hatte. Sara sagte laut und vernehmlich Goethes Zeilen auf, die sie von Großvater gelernt hatte:

»Und mich ergreift ein längst entwöhntes Sehnen
Nach jenem stillen, ernsten Geisterreich
Es schwebet nun in unbestimmten Tönen
Mein lispelnd Lied, der Aeolsharfe gleich
Ein Schauer fasst mich, Träne folgt den Tränen
Das strenge Herz, es fühlt sich mild und weich
Was ich besitze, seh ich wie im Weiten
Und was verschwand, wird mir zu Wirklichkeiten.«

Tante Elisabeth und Onkel Fritz verstummten. Mit offenen Mündern hörten sie Sara zu. »Wo hast du denn das her, was soll das überhaupt heißen? Kind, solche Sprüche tun dir nicht gut«, sagte Tante Elisabeth. »Gehst du denn wenigstens sonntags zur Kirche?« Sie schaute sehr streng. Sara erwiderte ihren Blick eine Weile, dann schüttelte sie langsam den Kopf. »Um Gottes willen, so darfst du nicht leben, Sara! Es ist deine heilige Pflicht zum Gottesdienst zu gehen, sonst wird Gott nichts mehr für dich tun. Dann bist du verloren und später kommst du in die Hölle.«

»Großvater hat aber gesagt«, meldete sich Sara zu Wort, »dass es keine Hölle gibt und Gott hat mich gesund gemacht, obwohl ich mein Versprechen gegenüber ihm nicht einhalten konnte.« Ihre Tante wurde weiß im Gesicht. Sie wandte sich empört ihrem Mann zu, der weniger entsetzt war als sie. Fritz sah Sara an und freute sich über ihren Besuch. »Fritz, das ist, das ist …« Tante Elisabeth schnappte nach Luft. »Ich habe immer gesagt, dass Lena den verkehrten Mann geheiratet hat. Du siehst, er hat Sara infiziert. Dieser, dieser … Heide!«

Das schlimmste Schimpfwort, das Tante Elisabeth je in den Mund nehmen konnte, war »Heide,« ein Teufel, der sein Unwesen auf der Erde trieb. Sie zitterte am ganzen wohlgenährten Körper. »Beruhig dich«, sagte Onkel Fritz heroisch, »Gott verzeiht den Kindern und den geistig Armen.«

»Großvater ist aber nicht geistig arm, sondern reich. Er hat Kultur«, sagte Sara trotzig, die sich sehr unwohl in ihrer Haut fühlte.

»Sicher ist dieser komische Spruch mit der komischen Harfe und den Geistern«, – Tante Elisabeth rollte mit den Augen – »auch von ihm. Die bringen mir das Kind völlig durcheinander.« Ihr kamen die Tränen. Sara stand auf und strich Tante Elisabeth mitleidig über die runden Schultern. Plötzlich klärte sich das Gesicht der Tante auf und mit fester Stimme teilte sie Sara ihren Entschluss mit. »Du gehst zur Beichte, gleich heute Nachmittag, hier bei unserem Priester. Den kennst Du ja! Ich begleite dich.« Sara erinnerte sich an den Priester, die Monstranz, an die Gefäße mit Weihrauch, an die Gewänder, die Kerzen, die Bilder, an alle magischen Dinge, die ihr damals so viel bedeutet hatten. Sara zog ihren Schulranzen an. »Aber bleib doch, Sara«, rief ihr Tante Elisabeth hinterher, »wir helfen dir.«

Sara drehte sich nicht einmal mehr zu ihnen um. Sie war hier verkehrt. Aber wo sie richtig war, wusste sie auch nicht. Nachdem sie eine Weile durch Brebach lief, dessen Häuser sich wie ehedem um die Halberger Hütte scharten, kletterte sie auf eine Mauer in der Nähe der Hütte. Ihre Hände wurden schwarz. Ein langer Klingelton schnitt durch die Luft. Schichtwechsel. Sara sah kurze Zeit später die Arbeiter mit rußigen Gesichtern aus dem großen Tor strömen und in verschiedenen Richtungen verschwinden. Sie erkannte niemanden von ihnen. Weit über ihren Häuptern erhoben sich die Schlote, die grauen Rauch ausstießen. Ein kräftiger Wind verteilte ihn rasch und jagte dunkle Wolken heran. Die Luft war schwül. Ein Regenguss hätte ihr gut getan. Doch so schnell wie die Wolken gekommen waren, verschwanden sie wieder und die Atmosphäre versank wieder im einheitlichen Grau.

Sara schaute auf die Uhr. Es war schon spät. Noch einmal blickte sie an den imposanten Schloten hoch. »Magische Dinge«, dachte sie, »höher als Kirchtürme.« Sie fuhr sich mit ihren schwarzen Fingern durchs Gesicht und sprang von der Mauer.

In den nächsten Wochen sprach aus ihrer Klasse kaum jemand mit Sara. Selbst die Lehrerin bemerkte sie nicht mehr. Sara hatte sich durch ihre Träumereien und daraus resultierenden schlechten Noten vollends ins Abseits manövriert. Mit einer einzigen Ausnahme. Sie bekam eine eins für ihren Aufsatz über die Sommerferien auf Helgoland. Sie schrieb darüber, wie ihre Großeltern sie abholten, über die Zugreise mit ihnen, das Übersetzen mit der Fähre, und detailliert beschrieb sie die Insel mit ihren roten Felsen, der Langen Anna, das klare Meer und die vorgelagerte Düne mit ihrem breiten weißen Sandstrand.

Saras Augen hatten lange an dem Tourismusposter geklebt, worauf sich die einzige deutsche Hochseeinsel aus dem Meer erhob. Alle ihre Mitschüler waren in den Schulferien auf Reisen in Frankreich, Italien oder sonst wo gewesen. Janine hatte ihre Ferien sogar in Afrika verbracht. Sara wollte nicht schon wieder dastehen wie im letzten Jahr und sagen: »Ich habe zu Hause Ferien gemacht«, woraufhin ihr alle einen mitleidigen Blick zugeworfen hatten. Dieses Mal würde sie es ihnen zeigen.

Erstaunt gab ihr die Lehrerin das Aufsatzheft zurück. »Das müssen ja tolle Ferien gewesen sein mit deinen Großeltern.«

»Sie reisen viel und nehmen mich manchmal mit«, sagte Sara, die in diesem Moment vergaß, dass sie die Helgolandgeschichte nur erfunden hatte. Aber stimmte es denn nicht, dass sie die Meeresbrise im Gesicht und in den Haaren gespürt hatte, den Seehunden beim Auf- und Abtauchen zugeschaut und mit Großvater viele schöne Gespräche geführt hatte? Großmutter war glücklich dort, wenn Sara mit ihr die alten Lieder sang. »Ich stäh im Rägen und warte auf dich ... auf dich.« Sandburgen hatte Sara gebaut. Große, dem Wasser trotzende Sandburgen. Und Großvater hatte seinen Spaß daran, kleine technische Wunderwerke damit zu vollbringen. »Wie dumm«, sagte er immer wieder mal, »dass ich meine Wasserwaage zu Hause vergessen habe.« Dieselbe Wasserwaage, mit der er seine Hemdenstapel im Schrank auf ihre Geradheit hin getestet hatte. Für Großvater, den König, war die Welt voller Gesetze und einige davon waren mit der Wasserwaage zu begreifen. »Das sind die einfachen«, dachte Sara. Aber er wusste noch mehr, wie das Gesetz von Ebbe und Flut, das er Sara genau erklärte. Als Großmutter die detaillierten Abhandlungen ihres Mannes über die Welt im Allgemeinen und Gott im Besonderen einmal zu viel wurden, sagte sie: »Was ich nicht weiß, macht mich nicht heiß«, und nahm einen tiefen Zug aus ihrer Zigarette. Damit ruhten Großvaters Ausführungen für eine Weile.

All das stand in Saras Aufsatz. Es musste also wahr sein.

Nach der Schule rannte Sara wie üblich aus dem Klassenzimmer in den Flur mit dem grau glänzenden Boden. Dort schnappte sie sich vor den neugierigen Augen ihrer Schulkameraden ihren roten Koffer und marschierte los. Heute ging Sara nicht zur Bushaltestelle, um nach Hause zu fahren. Sie wollte mit dem Zug zu ihren Großeltern. Sie würden sich sicher über ihren Besuch freuen. Sara kam oben auf dem Bahnsteig an, wo ein kleines Bistro einen Teil des Bahnsteigs einnahm. Sara schaute auf die Uhr. Sie hatte noch viel Zeit. Sie setzte sich ins Bistro und bestellte sich Waldmeisterlimonade. »Mit einem Strohhalm bitte«, sagte sie zu dem Kellner.

»Hast du auch Geld?«, fragte er. Sara nahm aus ihrem Schulranzen ein paar Münzen und legte sie auf den Tisch. Es war genug für das Getränk. Mit Genuss sog sie die grüne Flüssigkeit aus dem Glas, bis auf ein kleines Restchen. Da sie aber nichts übriglassen wollte, führte sie den Strohhalm langsam und geräuschvoll über den Boden des Glases, bis kein Tropfen mehr übrig blieb.

»Aber Sara«, sagte Großvater, der plötzlich neben ihr stand, »das tut man nicht, andere könnte es stören.«

»Meine Sara«, freute sich Großmutter, die hinter ihm auftauchte und schnell Sara umarmte, noch bevor Großvater seine vier Begrüßungsküsse loswerden konnte. Die beiden setzten sich an den Tisch. »Du wolltest uns besuchen«, sagte Großmutter, »wir sind jetzt viel unterwegs und haben die Wohnung aufgegeben. Deshalb ist es wohl besser, wenn du nachher wieder nach Hause fährst.« Großvater blickte Sara ernst an. Dann nahm er Saras Hand in seine, die sich warm und trocken anfühlte.

»Warum hast du jetzt so schlechte Noten? Du warst doch eine so gute Schülerin?« Sara wusste nichts zu antworten. Sie wagte nicht, ihren Großeltern in die Augen zu schauen und blickte ins Leere. Großvater hielt so große Stücke auf sie. Sie hatte die Aufnahmeprüfung geschafft, obwohl sie damals viel zu spät gekommen war, obwohl sie beim Schreiben immer ihre rechte Hand hatte festhalten müssen. Großvater war so froh gewesen, dass sie das Deutsch-Französische Gymnasium besuchte. Sara bekam ein schlechtes Gewissen. Sie hätte für Großvater wirklich gerne Französisch gelernt.

»Du weißt es nicht!«, sagte Großvater. Sara hatte einen Kloß im Hals. Kein Wort bekam sie heraus. Sie schüttelte nur unmerklich den Kopf. Großmutter und Großvater blickten Sara lange an. Liebevoll und sehr traurig. Dann standen sie auf, küssten Sara zum Abschied und verließen das Bistro. Großvater drehte sich an der Tür noch einmal um. »Sara, du bist eine Prinzessin! Was immer auch kommen mag.« Sara rührte sich nicht vom Fleck. Als sie schließlich realisierte, dass ihre Großeltern wieder gingen, sprang sie auf und rannte hinter ihnen her. Sie blickte nach links und rechts. Doch sie waren nirgendwo mehr zu sehen.

»Zurücktreten, der Zug fährt gleich ab«, tönte es durch den Lautsprecher. Die Dampflok ruckte träge an den Wagen. Schwerfällig setzte sich der ganze Zug in Bewegung, gewann schließlich an Fahrt und fuhr aus dem Bahnhof, während er rhythmisch klopfend über die Schienen glitt. »Sie sind sicher hier eingestiegen«, dachte Sara und blinzelte dem Zug hinterher, bis er endlich in der Ferne verschwand.

Sara ging ins Bistro und holte ihren kleinen roten Koffer. Er war viel schwerer als vorher. Mit Mühe schleppte sie ihn die Bahnhofstreppe hinunter. Am Ende der Treppe blieb sie stehen, um zu verschnaufen. Sie sah vor sich den weiten Weg nach Hause und glaubte, dass sie ihn niemals schaffen könnte.

29

SARA WARF SICH IM BETT HIN UND HER. Die aufgeregten Stimmen von Lore und Rosalie drangen zu ihr herüber. »Ich kann mich doch nicht schon wieder scheiden lassen«, sagte Lore. Rosalie, deren kernige Stimme besser zu verstehen war, redete auf Lore ein.

»Aber so geht es doch nicht mehr weiter. Du bist nur noch Haut und Knochen, lass es noch ein paar Monate so weitergehen, dann kannst du die Radieschen von unten bewundern!«

»Das hat der Arzt auch gesagt«, meinte Lore kleinlaut.

Rosalies Stimme wurde immer erregter. »Und was soll dann aus Sara und Paulchen werden? Wer soll für sie sorgen, wenn du nicht mehr da bist? Mutter ist tot, Willi ist tot, mit denen kannst du nicht mehr rechnen. Trenne dich endlich von diesem Schlappschwanz, den du die ganze Zeit mit durchziehst! Dann wird es dir besser gehen und auch deinen Kindern.«

Sara rollte sich in ihrem Bett zu einer Kugel zusammen. Also auch Rosalie glaubte, dass ihre Großeltern gestorben waren. »Vielleicht waren sie ja wirklich tot – für die andern«, dachte Sara.

Sara hörte Schluchzen von nebenan. Es war Lore.

»Jörg hat doch so viele Schulden gemacht, die hängen dann alle an mir!« Rosalie versuchte sie zu trösten.

»Die hängen doch sowieso an dir, ob du noch mit ihm zusammen lebst oder nicht.« Lore weinte noch mehr.

»Ich helfe dir, Lore, ich kann dir doch Geld leihen für den Neustart.« Rosalie machte eine Pause und setzte dann stolz fort: »Ich arbeite nämlich nicht mehr am Fließband, sondern als Sekretärin.« Lore hörte auf zu schluchzen und schnäuzte sich.

»Herzlichen Glückwunsch, Rosalie«, sagte sie so herzlich, wie es ihr Zustand erlaubte.

»Ja, was glaubst du denn, woher ich die alte Schreibmaschine für Sara aufgetrieben habe! Ich wollte eine neue, und da hab ich gleich an Sara gedacht.«

»Aber ist die denn nicht viel zu teuer gewesen?«, fragte Lore mit nasaler Stimme.

»Ach was, das ist schon in Ordnung so«, freute sich Rosalie. Sara blickte auf den Boden des Kinderzimmers. Da stand das gute Stück.

Sara hatte sich so sehr über die alte Schreibmaschine gefreut, dass sie Rosalie um den Hals gefallen war und sie so fest umarmt hatte, bis sie nach Luft japste. Fortan würde sie alles auf der Maschine schreiben, alles. Niemals mehr müsste sie beim Schreiben ihre zittrige Hand festhalten und alle könnten lesen, was sie geschrieben hatte. Sie würde alle Lieder und Verse abtippen. »Tante Rosalie, kannst du eigentlich tippen mit dem halben Finger?«, hatte Sara sie gefragt. Rosalie, die ganz in Bunt erschienen war, hatte gelacht.

»Aber klar doch, der ist sogar der Schnellste!«

»Wieso denn?«

»Irgendwas muss er ja besser können, wenn er schon kleiner ist als alle anderen Finger«, hatte Rosalie gesagt.

Sara war direkt zu Anita gelaufen. Über das Feld neben der Allee, die Anhöhe hinauf und wieder hinunter, bis sie vor dem Haus an der Blies stand. Anita freute sich mit ihr. Beide tippten den ganzen Nachmittag auf der Maschine herum, bis ihnen die Finger wehtaten, denn Rosalie hatte Sara auch einen Stapel Papier mitgebracht. Sara liebte das Geräusch, wenn sie nach jeder Zeile die Walze mit dem Hebel wieder nach links schob. Ratsch-Kling. Paulchen durfte auch einmal Ratsch-Kling machen und Buchstaben tippen. Er wollte gar nicht mehr zu seiner Oma und protestierte lauthals. Erst die Vorstellung, dass er mit Hitler spielen durfte, überzeugte ihn.

»Ich weiß nicht«, sagte Lore zu Rosalie, »Sara ist so seltsam. Seit der Beerdigung redet sie noch weniger als vorher. Sie ist fest davon überzeugt, dass ihre Großeltern noch leben. Dabei war sie doch mit auf ihrer Beerdigung. Sie selbst hatte die Asche von Willi ausgeschüttet. Danach ist sie so krank geworden, dass sie am Fieber fast gestorben wäre. Dann der lange Krankenhausaufenthalt!« Rosalie überlegte einen Moment.

»Ich weiß zwar, dass sie gestorben sind, aber ich glaube auch, dass sie noch unter uns sind.«

»Mit ihnen redet sie scheinbar mehr als mit uns. Und sie bekommt Antwort. Sie sieht sie sogar! Das sagt sie jedenfalls.« Lores Stimme hörte sich sorgenvoll an.

»Ach, mach dir keine Gedanken«, wischte Rosalie Lores Bedenken weg. Sie wollte nicht, dass sich ihre Schwester noch mehr aufregte. »Das wird schon wieder werden.«

Eine Pause trat ein. Wie oft hatte Sara früher an der Wand zum Salon den Stimmen der Kunden gelauscht, als Lore sie noch mit zur Arbeit nehmen musste. Daher kannte sie viele Arten von Pausen. Diese hier war eine Schmerzpause, in der Lore und Rosalie ihrem eigenen Leid über den Verlust ihrer Mutter und ihrem Stiefvater nachgingen.

»Weißt du was«, sagte Rosalie plötzlich ganz aufgeräumt, »wir gehen unseren richtigen Vater besuchen. Was hältst du davon?« Lore schwieg. Sara drückte ihr Ohr gegen die Wand. Stille. Sara wusste, dass ihre Mutter noch etwas sagen würde. Lore räusperte sich.

»Mutter hat mich zwischen ihn und sich gelegt. Ich war sein Lieblingskind. Sie dachte wohl, er würde von ihr lassen, weil ich da lag. In der Mitte ihres Bettes.« Lore nahm tief Luft. »Sie hatte sich getäuscht.«

»Dann hast du alles mitgekriegt?«, fragte Rosalie.

»Alles«, sagte Lore. »Mutter hat sich davor geekelt und Vater nahm keine Rücksicht. Ich war das Schwert zwischen ihnen, das nichts taugte.«

»Kein Wunder, dass du nur miese Ehen hast«, sagte Rosalie.

»Und wie ist es mit dir?«, fragte Lore scharf, »wie geht es mit deinem Polen?« Sara hörte Rosalie zusammenzucken.

»Er heißt Christoph«, sagte Rosalie, »und er ist ein netter Ehemann.«

»Ach«, sagte Lore ironisch, »nett, soso …«

»Du bist ungerecht«, beschwerte sich Rosalie, »ich will dir helfen und du wirst aggressiv.«

»Tut mir leid«, sagte Lore leise und schuldbewusst. »Jedenfalls habe ich keine Lust unseren Vater zu besuchen.«

Langsam fielen Sara die Augen zu. Einen letzten raschen Blick warf sie noch auf ihre Schreibmaschine, bis sie vor ihren Augen verschwamm. Sie träumte von vielen schwarz gekleideten Menschen. Ganz in ihrer Nähe standen Lore, neben ihr Tante Rosalie und Onkel Christoph, Tante Helga und Onkel Walter mit Tina, die inzwischen auch schon zur Schule ging. Ein Stück weiter weg hatte sich Tante Astrid unter einem schwarzen Hut mit breiter Krempe dramatisch aufgebaut. Ihr Mann, der lange Hans, stieß immer wieder an die Hutkrempe seiner Frau, bis er Abstand von ihr nahm. Sieglinde und Kriemhilde kamen hinzu mit aufgesetzten Trauermienen. Großtante Gerda stand fassungslos und tränenreich daneben, denn sie hatte ihre einzige Schwester verloren. Sara blickte an Lore hoch, deren schmaler Körper sich im dunklen Kleid verlor. Ihr schöner Mund leuchtete rot aus ihrem weißen Gesicht. Das lockige blonde Haar trug sie zurückgebunden. Sie hielt Saras Hand so fest, dass sie schmerzte. Rosalie war zum ersten Mal schwarz gekleidet. Sie sah darin sehr fein aus mit ihrem blassen Teint und den großen blauen Augen, die Sara nie zuvor so traurig gesehen hatte. Christoph stand unweit entfernt von ihr. Ein Mann im schwarzen Anzug hielt eine Rede. Sara hörte genau zu, was er sagte. Er sprach von Lena und Willi, die bei einem schweren Autounfall ums Leben gekommen wären. Ein VW Käfer hätte sie frontal erwischt.

Sara dachte an das Auto mit den Rundungen, das magische Ding mit den großen runden Scheinwerfern. Sie begann es zu hassen, obwohl sie sich immer noch nicht ganz klar darüber war, was hier eigentlich vor sich ging. Sie wären sofort tot gewesen. Nun weilten sie aber in anderen Dimensionen. Dort herrsche Friede und Glück. Sie seien Gott näher als zuvor, näher, als sie, die Lebenden, je sein könnten.

Nach der Rede stellte Rosalie einen hübschen Topf mit Deckel in die offene Erde. Dort sollten die leiblichen Überreste von Großmutter ruhen. Großvater hatte in seinem letzten Willen verfügt, seine Asche sollte in die vier Himmelsrichtungen gestreut werden. Das löste unter den sechs Töchtern von Großmutter und den beiden Söhnen aus der ersten Ehe von Großvater einen heftigen Streit aus. Großmutters Kinder wollten den letzten Willen ihres Stiefvaters achten. Kriemhilde und Sieglinde ausgenommen. Sie schlugen sich auf die Seite der beiden Söhne, weil sie Großvater nie leiden konnten. Damit kam eine Patt-Situation zustande, die erst durch ein Zehnpfennigstück gelöst wurde. Großmutters Vier gewannen. Die ganze Trauergemeinde marschierte einen Hügel hoch. Dort sollte es geschehen. Nur scheute sich jeder davor. Schließlich machte sich Sara von Lore los und nahm Großvaters Sohn die Urne aus der Hand. Jemand musste sich doch um etwas kümmern, das Großvater gehörte. Die Trauernden waren paralysiert und starrten Sara regungslos an. »Im Osten geht die Sonne auf«, murmelte Sara und schüttete die Asche erst nach Osten. »Im Süden ist ihr Mittagslauf«, Sara kippte einen Teil der Asche nach Süden, »Im Westen will sie untergehen«, etwas davon fiel auf den Boden westlich von Sara, »Im Norden ist sie nie zu sehen«, endete Sara den Spruch und schüttete den Rest der Asche nach Norden. Da ein starker Wind aus dem Süden aufkam, wehten die sterblichen Überreste von Großvater in Richtung Nordpol. Doch zwischen Nordpol und Asche stand Tante Astrid mit ihrem breitkrempigen Hut. »Hilfe!«, schrie sie. Alle drehten sich zu ihr um. Die Asche hatte ihr ganzes Gesicht bedeckt. »Hilfe!«, schrie sie wieder mit erstickter Stimme. Da die Aufmerksamkeit aller Trauergäste Astrid galt, konnte Sara sich wegschleichen, ohne gesehen zu werden. Sie hatte genug.

»Großvater!«, schrie Sara, »Großmutter!«

»Sara, Sara!« Jemand rüttelte sie aus dem Schlaf. Es war Rosalie.

»Was ist denn los mit dir?« Sara schüttelte benommen den Kopf. Ihr Kissen war nass von Tränen.

»Weiß nicht«, log Sara.

Nun war es endgültig. Sie würde ihre Großeltern nie mehr wiedersehen. Sie würde Großmutters tiefer Stimme nicht mehr lauschen können. Ihre Sprüche nicht hören. Sie würde kein einziges Mal mehr Großvaters große trockene Hand fühlen dürfen, die nach Lavendel duftete. Und sie würde nie wieder an seinen klugen und begeisterten Ausführungen über Gott und die Welt teilnehmen können. Jetzt war niemand mehr da, der ihre Fragen beantworten konnte. Wie schwer sie auch immer waren, Großvater, der König, hatte auf jede eine Antwort gefunden. Und es war immer die Richtige gewesen.

Sara verbrachte viel Zeit vor ihrer Schreibmaschine, und Verse sprudelten aus ihr wie aus einer Quelle. Auch über Großvater und Großmutter. Sie zeigte sie Anita, die sie bedächtig las, sie kritisierte und bewunderte. Sie besaß schon eine ganze Sammlung von Versen. »Nein, das gefällt mir gar nicht«, sagte Anita, die Lektorin. Sara war enttäuscht.

»Du magst immer nur die Sachen, die ein bisschen traurig sind«, jammerte sie. »Was ist denn an dem verkehrt:

Spitz ist der Pfeil, er ist nicht rund,

Bogen und Seil, die sind nicht bunt,

alles ist so, wie es halt ist,

und ich bin froh, dass du so bist.«

»Das klingt so albern«, meinte Anita.

»Ich mag es aber gerade deswegen«, sagte Sara beleidigt, »außerdem hab ich es für dich geschrieben.«

»Für mich?«, fragte Anita und las es noch einmal. »Hm«, überlegte sie, »wie bin ich denn ›so‹? Das sagst du gar nicht!«

Sara dachte nach. »Ich wollte doch einfach nur sagen, dass du ›so‹ gut bist wie du halt bist.«

Anita blickte ihre Freundin staunend an. »Ach so, das Gedicht ist gar nicht so schlecht … eigentlich sogar richtig gut, wenn man es versteht … und es klingt lustig. Kannst du es mir abtippen?«

Sara nickte, froh, dass sie Anita überzeugen konnte, was ihr nicht immer gelang. Aber sie war glücklich, in ihr eine aufmerksame Freundin gefunden zu haben. »In der Schule läuft es genau anders herum«, dachte Sara. »Niemand dort mag mich. Keiner mag neben mir sitzen, und sie hacken auch noch auf mir herum.« Das wagte Sara nicht zu erzählen, sie schämte sich zu sehr vor Anita. Außerdem befürchtete sie, Anita könnte sie ebenfalls ablehnen. Dann hätte sie niemanden mehr, außer Lilly vielleicht.

»Ich muss Paulchen abholen«, sagte Sara. »Kommst du mit? Dann könnten wir noch mit Paulchens Opas Hund spazieren gehen.«

Sara grinste Anita an wegen der umständlichen Namensgebung für den Hund. Und Anita grinste zurück. Sie wusste ja von dem Versprechen, das Sara Paulchens Opa gegeben hatte. Sie liefen an den Siedlungshäusern vorbei und klopften an der Tür von Paulchens Großeltern. Hitler war als erster an der Tür, gefolgt von Paulchen, der sehen wollte, wer da kam. Der Hund sprang an Sara hoch und leckte ihr übers ganze Gesicht.

Sara hatte ihm das Leben gerettet. Es war möglich, dass er das niemals vergessen würde. Jedenfalls hatte das Großvater gesagt, als Sara ihn besucht hatte. Er war es auch gewesen, dem Sara den Namen des Hundes anvertraut hatte. Nicht ohne Gewissensbisse. Niemals würde Sara Großvaters Gesichtsausdruck vergessen. Großvater rang mit sich selbst. Ein Kampf spielte sich in seinen Gesichtszügen ab, den Sara mit größter Spannung verfolgte. Sie sah seinen tiefen Ernst und spürte seine Traurigkeit, die sie niemals zuvor an Großvater wahrgenommen hatte. Es dauerte, bis er sprach. »Liebe Sara, dieser Mann, nach dessen Name der Schäferhund benannt wurde, ist der Hauptverantwortliche für den Tod von sechsundfünfzig Millionen Menschen. Paulchens Opa sollte sich zutiefst schämen, den Hund so zu missbrauchen. Die Gesinnung dieses Mannes ist abscheulich.«

Sara hatte sich geschüttelt. Gänsehaut war ihr über den Körper gekrochen. Auf einmal hatte sich das Bild des armen alten Trinkers gedreht. Dennoch regte sich in Sara Widerspruch. »Ohne ihn wäre der Hund tot. Er wollte als einziger einen der drei Hunde.« »Nun«, sagte Großvater, »wenn er den Hund nicht gewollt hätte, hättest du ihn dann nicht gerettet?«

»Doch«, antwortete sie.

»Was ich ihm am meisten anlaste«, hatte Großvater gesagt, »ist, dass er dich in ein Geheimnis hineingezogen hat, das du in seiner Tragweite gar nicht kennen konntest. Du konntest nicht wissen, welch grausame Erinnerungen dieser Name beinhaltet und welch schwere Bürde sein Name für Deutschland, Frankreich und andere Staaten bedeutet.«

Jetzt stand dieser alte Mann neben Paulchen und Hitler und vor Sara und Anita. Er reichte ihnen die Leine, die Sara so anfasste, dass sie nicht mit der rissigen Hand des Alten in Berührung kam. »Komm, sagte Sara. Sie drehte sich schnell um. Sie durfte ihn, jetzt, nachdem sie das alles wusste, erst recht nicht beim Namen nennen.

Paulchen liebte diese Spaziergänge und warf begeistert Stöcke für den Hund. Hitler flitzte und apportierte sie eifrig. Das konnte Stunden dauern und weder Paulchen, noch dem Hund wurde es zu viel. Einer der Stöcke landete auf dem Grundstück eines Siedlungshauses in der Nachbarstraße. Mit einem gewaltigen Satz überflog Hitler die Hecke und landete neben dem Stock im Garten der schwergewichtigen Frau, die keinen der kleinen Hunde aufnehmen wollte. Ein markerschütternder Schrei. Ein kräftiges Bellen. Paulchen rannte atemlos vor der Hecke hin und her, die ihm die Sicht auf den Hund versperrte. Die Mädchen konnten darüber schauen. Hitler stand erwartungsvoll bellend vor der Frau, die ausgerechnet den Apportierstock aufgenommen hatte, um sich vor dem Eindringling zu schützen. Heute drehte sich offenbar alles um ihn, und das genoss er in vollen Zügen. Wieder bellte er, und die Frau kreischte. »Werfen sie den Stock zu uns rüber, dann springt er aus ihrem Garten.«

»Das könnte euch so passen, ihr blöden Gören!« Die Frau schlug nach Hitler aus, der näher kam und sich seinen Stock holen wollte. Jetzt begriff er, dass sie gar nicht spielen wollte und fletschte die Zähne, weil er sich bedroht fühlte.

»Komm sofort rüber«, befahl Sara. Aber Hitler wollte nicht ohne seinen Stock zurückkommen. Paulchen weinte vor der Hecke. Er glaubte, der Hund sei in Gefahr.

»Hitler«, rief er ängstlich, »Hitler, komm raus da!« Sara zuckte zusammen. Also auch Paulchen kannte den Namen. Er war nur zu klein, um sich in der großen Aufregung an solcher Art Abmachungen zu halten. »Pssst!«, zischte Sara Paulchen zu, der sie schuldbewusst anschaute. Die Frau hielt kurz inne. Dann warf sie den Stock über die Hecke auf die Straße und Hitler folgte ihm. Während ihn die beiden Mädchen an der Leine festmachten, umarmte Paulchen ihn immer wieder. Anita war stumm und schaute Sara und Paulchen seltsam an. Sie druckste eine Weile herum. Sara glaubte, Anita würde ihr jetzt die Freundschaft kündigen. Aber es kam anders als sie dachte.

»Deinem kleinen Bruder hast du den Namen also verraten, aber mir nicht. Ich dachte, ich wäre deine beste Freundin.«

Sara freute sich über die Eifersucht Anitas. »Paulchens Opa muss es gewesen sein.«

»Dann gib ihm doch einen neuen Namen.«

Sara überlegte einen Augenblick. »Leo! Er soll Leo heißen.«

»Das passt«, sagte Anita, »viel besser als Hitler.«

»Aber diesen Namen wird morgen das ganze Dorf kennen«, sagte Sara.

»Was ist so schlimm daran?«, fragte Anita. Doch Sara antwortete ihr nicht und versank für den Rest des Tages in Schweigen.

30

Es kam so, wie Sara es vorausgesagt hatte. Die ganze Siedlung wusste den Namen des Hundes. Lore war bestürzt. Sie trichterte Paulchen ein, er dürfe nie wieder diesen Namen in den Mund nehmen, egal, was sein Opa sagen würde. »So was!«, schimpfte sie, »und der ist noch mit uns verwandt.«

»Mit mir aber nicht«, sagte Sara bestimmt. Sie dachte daran, dass Lore sich so verhielt wie Tante Elisabeth, wenn sie statt vom Teufel lieber vom Leibhaftigen sprach, um sich nicht mit dessen Namen zu beflecken.

»Ein Glück, dass Paulchen jetzt in den Kindergarten gehen kann«, setzte Lore hinzu und seufzte. »Dieser Mann hat keinen guten Einfluss auf ihn.«

Sara ging heimlich in die Kirche, um ihr Fläschchen mit Weihwasser zu füllen. Zuhause spülte sie damit den Mund aus, denn der Name Hitler war ihr öfter als einmal über die Lippen gekommen. Ein leichter Zweifel beschlich sie, ob das Weihwasser überhaupt zu so etwas taugte. Aber schaden würde es wohl auch nicht.

Wenn Sara mit Leo spazieren ging, fand sie sich jetzt unbegreiflichen Situationen gegenüber. Die schwergewichtige Frau, die Angst vor Leo hatte, giftete sie von weitem an: »Komm bloß nicht in meine Nähe mit dem Köter.« Das konnte Sara nachvollziehen. Doch andere grüßten sie nicht einmal mehr, während der ein oder andere jetzt plötzlich stehen blieb und Leo streichelte und bewunderte. Das Dorf teilte sich auf in Menschen, die Leo liebten und in Menschen, die ihn hassten.

»Guter Junge«, sagte der Alte, den Sara nicht leiden konnte, weil er die Hunde ertränkt hatte.

»Er heißt Leo«, sagte Sara.

»Jaja«, griente er, »ich weiß schon!«

Paulchens Opa hatte auch davon erfahren und stellte Sara zur Rede. Sie berichtete ihm den Vorfall wahrheitsgemäß, hielt sich aber auf Abstand zu ihm. Nun hatte Paulchens Opa sogar wieder einige Freunde, mit denen er in seiner Kammer rauchte, trank und Lieder sang, die Sara nicht kannte. Bis auf eines, dessen Text ihr aber neu war: »Deutschland, Deutschland über alles, über alles in der Welt!« Es besaß exakt dieselbe Melodie wie »Einigkeit und Recht und Freiheit für das deutsche Vaterland«, das sie als deutsche Nationalhymne im Deutsch-Französischen Gymnasium gelernt hatte. Dort hatte sie aber auch die französische gelernt, die sie vor sich hinträllerte, als sie mit Leo vom Spaziergang zurückkam: »Allons enfants de la patrie, le jour de gloire est arrivé.« »Psst!«, sagte Paulchens Oma, aber es war schon zu spät. Ihr Mann kam aus seinem dunklen Zimmer herausgewankt und brüllte Sara an. »Nie wieder wirst du in meinem Haus die französische Nationalhymne singen, hast du mich verstanden?« Sara schreckte zurück. So rüde hatte er sich noch nie ihr gegenüber verhalten. Er drehte sich um und im Türrahmen fuhr seine rechte Hand nach oben und er brüllte »Heil Hitler.« »Heil Hitler« echote es aus seinem Zimmer. Leo bellte und folgte ihm.

Sara verschwand, so schnell sie konnte.

Nur noch heute musste Paulchen zu Oma und Opa, denn ab morgen hatte er einen Kindergartenplatz. Sara begleitete ihn.

Sie gingen an Lillys Elternhaus vorbei. Sie kam gleich herbei gerannt, als sie Sara erkannte. Lilly hatte etwas zugenommen, ihr Gesicht erschien rundlicher als früher. »Wollen wir zusammen ›Mensch ärgere dich nicht‹ spielen? Ich hab jetzt einen Würfel«, fragte sie. »Geschenkt bekommen«, betonte sie, weil sie Saras misstrauische Miene sah.

»Von wem?«, fragte sie.

»Von meinem älteren Bruder«, sagte Lilly und strahlte.

»Seit wann schenkt der dir etwas?«

»Ich hatte Geburtstag, das weißt du doch. Dein Lilly-Lied ist schön«, sagte Lilly und begann zu singen:

»Lilly ist meist ein Engel

Und manches Mal ein Bengel.

Sie ist sehr süß und auch sehr dünn

Und gibt die letzten Sachen hin

Obwohl sie selber nicht viel hat

So macht sie gern auch andre satt.

Und irgendwann in ihrem Leben

Wird ihr ein groß Geschenk gegeben.«

In ihrer Stimme lag eine Sanftheit, die Sara gar nicht an ihr kannte. »Anita hat es mir vorgesungen, als du plötzlich weg musstest. Und? Spielen wir?«

»Nein, ich bring Paulchen rüber.« Sara hatte sich fest vorgenommen, nie wieder Paulchens Opa zu sagen, denn Paulchen tat ihr leid. Er konnte ja nichts dafür, einen solchen Opa zu haben. Also sagte sie ›rüber‹ und alle wussten, wer gemeint war.

»Und ich geh noch mit Leo spazieren«, setzte Sara hinzu.

»Kann ich mitkommen?« Ohne eine Antwort von Sara abzuwarten, stand Lilly schon neben ihr und wischte sich mit dem Ärmel über die Nase. Sara fiel auf, dass sie sich in letzter Zeit deutlich seltener über die Nase fuhr. »Das hat vielleicht mit ihrem Namen zu tun«, dachte Sara, »denn wenn man Rotze genannt wird, kann man ja gar nicht anders.«

Als sie um die Ecke bogen, sah Sara die Haustür offen stehen. Aufgeregte Stimmen schlugen ihr entgegen. Paulchen rannte vor, während Sara und Lilly ihre Schritte verlangsamten. Sie näherten sich und ihren Augen bot sich ein trauriges Bild. Leo lag auf der Seite. Seine Zunge hing weit heraus und Schaum troff aus seinem Maul. Sara stürzte zu ihm hin. Paulchens Opa stand betrunken und händeringend über dem Hund. »Gift«, lallte er, »jemand hat ihm Gift gegeben.« Sara fühlte Leos Herz. Es klopfte noch. Paulchen weinte. Leo winselte schwach. Er versuchte sich auf die Beine zu stellen und erbrach seinen ganzen Mageninhalt. Reste von stinkendem Fleisch. Vermutlich hatte Paulchens Opa recht. Es musste Gift gewesen sein. Er begann fürchterliche Litaneien über die Grausamkeit der Menschen gegen Tiere herunter zu beten. Leo schüttelte sich und ließ sich matt auf den Boden fallen. Paulchen umarmte Leo, und Lilly streichelte ihn. Sara stand auf und fixierte Adolf. »Du bist schuld an seiner Vergiftung«, schleuderte sie ihm entgegen. »Nur du alleine.«

Sara klopfte das Herz, als sie vor den verwunderten Augen ihrer Mitschüler die Schreibmaschine auf den Schultisch stellte. »Jetzt spinnt sie wirklich total«, flüsterte Janine ihrer Mädchengruppe zu, die ihr lachend zustimmten. Sara wurde rot. Einige Jungen standen bei ihr und betrachteten die Schreibmaschine interessiert.

»Schreib mal was«, forderten sie Sara auf. Sara spannte ein Stück Papier ein. Zu Beginn waren ihre Anschläge noch recht zaghaft, doch von Zeile zu Zeile gewann sie an Tempo und Sicherheit. Rosalie hatte ihr ein Zehn-Finger-Übungsbuch mitgebracht und Sara hatte die Lektionen schnell gelernt. Die Jungen schauten ihr bewundernd zu.

»Alors, asseyez-vous«, sagte die Französisch-Lehrerin und klatschte in die Hände. Die Schüler setzten sich und gaben den Blick auf Sara frei. »Qu'ést-ce que c'est?«, fragte sie und ging zu Sara. »Wo ist die denn her?«, fiel sie erstaunt ins Deutsche.

»Geschenkt bekommen«, antwortete Sara, die auf Fragen gefasst war.

»Und was soll die hier?«

»Zum Schreiben. So bin ich viel schneller als mit dem Füller«, sagte Sara leise.

»Ja, wo kämen wir denn da hin, wenn jetzt alle auf der Schreibmaschine schreiben würden, wir sind doch keine Zeitungsredaktion, sondern eine Schule, hier wird mit der Hand geschrieben und fertig.« Die Lehrerin geriet in Rage, so dass Sara kein Wort mehr zu sagen wagte. »Pack sie jetzt weg! Sofort!«

Sara stellte die Maschine wieder in den Schreibmaschinenkasten zurück und schob ihn auf die rechte Tischhälfte. Dahin, wo niemand saß. Sie verstand ihre Französisch-Lehrerin nicht. Wie damals Tante Elisabeth, die ihr die Tafel mit den Buchstabenschweinen ausgewischt hatte. So rätselhaft Großvater sich oft auszudrücken pflegte, ihn hatte sie immer verstanden. »Sara, die Menschen sind oft schwierig zu verstehen, besonders die großen«, sagte er einmal. »Sie machen vieles komplizierter als nötig. Und schlimmer noch, sie stemmen sich gegen all das, was sie nicht kennen.«

»So werde ich nie, Großvater«, sagte Sara.

»Ich weiß«, antwortete Großvater und strich ihr über den Kopf.

»So, packt eure Hefte aus, wir schreiben ein Diktat. Aber mit dem Füller!«, betonte die Lehrerin und einige Schüler lachten. Es war nichts Neues für Sara. Sie kannte die Situation. Heft und Füller kamen nie zusammen, weil ihre rechte Hand versagte. Die Linke konnte das Zittern ihrer rechten Hand zwar eindämmen, aber nicht unterdrücken. Ein unseliges Gekrakel entstand, das niemand richtig lesen konnte. »Warum soll ich überhaupt schreiben, wenn sowieso niemand mehr etwas damit anfangen kann und unter meinen Arbeiten meistens schlechte Noten stehen?« Sara legte den Füller beiseite und schaute aus dem Fenster. Ihre Gedanken schweiften ab zu dem Gespräch zwischen Lore und Rosalie, das Sara im Bett belauscht hatte.

»Ich habe doch die ganzen Prozess-Unterlagen an mich genommen«, sagte Rosalie. Ich habe jedes Wort gelesen. Dann bin ich zu Astrid und habe sie ihr unter die Nase gehalten. Ich habe so lange nachgefragt, bis sie weinte. Sie hatte schließlich zugegeben, dass er zwar nackt in ihr Zimmer wankte, aber ohne ein Wort wieder gegangen ist. Verstehst du, wir haben Vater für Jahrzehnte in die Anstalt gebracht, obwohl er sich nichts hatte zuschulden kommen lassen.«

»Ich war froh, dass ich ihn nicht mehr sehen musste«, sagte Lore, »und Mutter dachte genauso.«

»Und Helga?«, fragte Rosalie erschüttert.

»Die hat ihn nie vermisst«, sagte Lore. »Wozu auch, er hat die ganze Familie mit seiner Sauferei gequält. Er war ein Drache. Er hat uns mit Mutter zusammen zugequalmt. Kriemhilde und Sieglinde hatten den Quälgeist auch satt. Du warst doch schon so früh weg von zu Hause, Rosalie. Deshalb hast Du nicht mehr soviel miterlebt. Der wurde immer schlimmer. Je mehr er soff, umso bekloppter wurde er. ›Strammstehen‹, schrie er, wenn wir abends zum Essen kamen.«

»Aber er ist doch unser Vater«, sagte Rosalie.

»Ich habe keinen Vater mehr, wir haben alle keine Väter mehr«, sagte Lore. »Daran ist der Krieg schuld.«

Sara blickte auf eine Schar Spatzen, die auf dem Schulhof die Pausenkrümel aufpickten. Sie zankten und jagten sich gegenseitig die Beute ab. »Ist das Krieg«, fragte sich Sara, »wenn einer dem anderen etwas wegnimmt? Ist das Krieg, wenn ein Hund vergiftet wird, nur weil er den falschen Namen trägt? Ist das Krieg, wenn Menschen wie Großmutter und Großvater von einem Auto überfahren werden? Ist das Krieg, wenn Menschen nicht mehr miteinander reden wie Lore und Jörg? Ist das Krieg, wenn jemand ausgeschlossen wird, nur weil er anders ist als die anderen?«

Die Stunde war inzwischen zu Ende. Sara gab das leere Heft ab. Sie packte ihre Schreibmaschine und ging. Sie schaute weder nach rechts noch links. Die dummen Sprüche ihrer Mitschüler erreichten sie nicht mehr. Sie war in ihrer eigenen Welt. Die anderen hatten keinen Zutritt.

An der Haltestelle wartete schon Notre Goethe. Er wieherte, als er sie sah. Sara freute sich, denn das hatte er noch nie getan. Sie reichte ihm eine Möhre, die er sanft mit dem Maul aufnahm und zerknackte. Sie legte ihre Wange auf seinen Hals. Sie spürte das Pulsieren des Blutes durch die mächtigen Adern. Für einen kurzen

Moment hatte sie das Gefühl, an Notre Goethes Blutkreislauf angeschlossen zu sein. Wie gut sich das anfühlte.

»Hallo, junges Fräulein.« Sara drehte sich um und sah in das freundliche Gesicht des Kutschers. Er war mit dem Abladen der Bierfässer fertig. »Also, das Pferd«, begann er und setzte eine mitleidige Miene auf, »das Pferd wird den Wagen bald nicht mehr ziehen.«

»Wieso denn nicht?«

»Es ist zu alt.«

Sara schluckte, ihr Mund wurde trocken. »Wo kommt er denn hin?«

»Na ja, zum Schlachter vielleicht, aber dafür ist es eigentlich auch zu alt.«

Sara wurde blass im Gesicht. »Das dürfen Sie nicht zulassen! Auf gar keinen Fall dürfen Sie das zulassen.« Saras Stimme überschlug sich.

»Na, wer wird sich denn gleich so aufregen, junges Fräulein«, sagte der Kutscher, der bereute, was er gesagt hatte. »Aber, wer will denn schon so altes Fleisch essen!«

»Er braucht doch nur eine Box und etwas Futter. Ich kann kommen und ihn ausführen. Er hat doch sein Gnadenbrot verdient«, bettelte Sara.

»Ich werd mal mit dem Chef reden«, sagte der Kutscher, »vielleicht ist ja was zu machen.«

»Bitte«, flehte Sara, »bitte versuchen Sie alles, um Notre Goethe zu retten.«

Der Kutscher schaute sie irritiert an. »Wie nennst du es?«

»Notre Goethe«, sagte Sara, der das Herz bis zum Hals klopfte.

»Ach ja«, sah der Kutscher ein, der nichts verstand. Er wollte sich auf keine weiteren Diskussionen mit Sara einlassen, weil er den Ausbruch ihrer Gefühle fürchtete.

»Wer wird denn dann den Wagen ziehen?«, fragte Sara.

»Wagen gibt es auch keine mehr. Das machen jetzt Autos.«

»Dann haben Sie ja nichts mehr zu arbeiten, oder können sie Auto fahren?«

Der Kutscher schaute Sara verblüfft an. Vor ihm stand ein etwa zwölfjähriges Mädchen, das eben noch wie ein Kind reagierte und plötzlich wie eine Erwachsene sprach. »Nee, ich geh doch ins Werk da.« Er zeigte auf die Halberger Hütte, die in der Ferne Rauch ausstieß. »Ich hab schon Arbeit, so ist es nicht! Heut kriegt jeder Arbeit, das ist nicht wie direkt nach dem Krieg.«

Sara war noch voller Fragen, stellte aber keine mehr. Sie blickte den Kutscher eindringlich an. »Sagen Sie mir doch, wo Notre Goethe steht. Dann kann ich ihn besuchen kommen.« Der Kutscher verriet ihr die Adresse des Stalls. Sara prägte sie sich gut ein. Sie umarmte den dicken Hals des Pferdes. Der Bus kam. Sie rannte und konnte sich eben noch zwischen die Türen in den Bus quetschen, bevor sie sich schlossen. Sara kniete sich auf den Rücksitz und schaute aus dem Fenster. Sie winkte Notre Goethe zu, bis er zu einem kleinen schwarzen Pünktchen geschrumpft war. »Ich lass dich nicht hängen«, flüsterte sie.

31

Sara lief den Hügel hinauf, den sie viel steiler in Erinnerung hatte. Links und rechts standen kleine Einfamilienhäuser mit schlanken Satteldächern. Weiß gestrichene Gartenzäune wechselten sich ab mit weiß gestrichenen Mauern. Sie waren nicht höher als ein Meter und reichten Sara gerade bis zur Hüfte. Dahinter wuchsen Büsche, die viele gelbe Blätter abwarfen wegen der Trockenheit. Leo blieb an jedem zweiten Zaun stehen und schnupperte.

Sara hatte ihn heute morgen bei Paulchens Opa abgeholt, der nur noch selten mit dem Hund nach draußen ging. Dafür hockten fast jeden Tag ein paar alte Männer in seinem Zimmer und qualmten und soffen und sangen die heroischen Lieder einer zerstörten Welt, deren Scherben sie waren. Sara konnte die Männer kaum auseinanderhalten, so dick war die Luft, als sie die Tür zur Kammer öffnete. Paulchens Opa klemmte eine Zigarette zwischen seinen Lippen. Er saugte daran, als wenn es sein letzter Atemzug wäre. Leere Schnapsflaschen lagen auf dem Boden herum. Leo sprang freudig auf als Sara kam. Paulchens Oma schloss schnell wieder die Tür der Kammer. Ihre Augen blickten trübe und verweint. Sara hatte den Bus nach Bliesransbach genommen. Das Dorf mit dem Paradies, in dem sie vor vielen Jahren einmal gewohnt hatte.

»Komm, Leo!«, sagte Sara und zog am Halsband des Hundes. Sara rümpfte die Nase. Sein Fell roch immer noch nach Rauch. »Du musst mal eine ganze Nacht draußen lüften«, sagte sie. Sie kamen an einem größeren Grundstück vorbei, das von einem hohen Holzzaun umrundet war. Sara erkannte das weiße Haus wieder. Es war der Kindergarten, in den sie einst gehen musste. Gegenüber, wo damals die Wiese mit den Schmetterlingen lag, war gebaut worden. Sara erinnerte sich an den Flugpuder auf ihren Händen, den sie in ihrem Gesicht verteilte, in der Hoffnung fliegen zu können. Das var viele Jahre her, und viele Jahre lag die Erinnerung an Familie Singen zurück. Heute würde Sara sie wiedersehen. Sie hatte sich nicht angemeldet. War einfach losgefahren. Sara wanderte durch das Dorf mit dem Schäferhund, dessen Leben sie gerettet hatte. Und dem sie den Namen des Jungen verliehen hatte, den sie jetzt besuchen wollte. Sie war aufgeregt und schrecklich neugierig. »Leo und das Paradies« würde das Gedicht heißen, das sie zu Hause schreiben würde. Es würde vom Paradies erzählen mit den Obstbäumen, von den Walderdbeeren, von der Blies, in die sie gesprungen waren und von Leo. »Leo und das Paradies«, sagte Sara versonnen. Leo blieb stehen, weil er sich angesprochen fühlte. »Weiter!«, sagte sie und zog an der Leine. Sara wusste den Weg noch genau, so oft und gern war sie ihn gegangen. Weg vom Kindergarten, hin zum Quallenbrunnen. Noch einmal stieg die Straße an. Ganz hinten, wo sie einen scharfen Rechtsknick machte. Da begann der Quallenbrunnen.

Sara summte das Waldbeerensommerlied. Und mit der Melodie stieg eine leise Seligkeit in ihr auf, die immer mehr von ihr Besitz nahm, je näher sie dem Quallenbrunnen einundzwanzig kam. Da stand sie nun am kunstvoll geschmiedeten Tor. Das Haus dahinter, weiß wie alle anderen, sah wie eine brütende Henne aus, die mit ihren Dachflügeln ihre Einwohner schützte. Unter diese Flügel würde sie sich jetzt begeben. Sie öffnete das Tor und klingelte an der Haustür, Leo dicht neben sich an der Leine. »Wen haben wir denn da?« Frau Singen erkannte Sara sofort und freute sich herzlich sie zu sehen. »Groß bist du geworden, und hübsch. Komm rein«, sagte sie, »willst du was trinken?« Sara nickte, »kann Leo mit rein?«, fragte sie.

»Leo ist oben, ich ruf ihn gleich«, sagte Frau Singen. »Ist das dein

Hund, wie heißt er denn?« Sara war es peinlich, den Namen Leo zu wiederholen.

»Willi«, sagte sie rasch.

»Ach, hieß nicht dein Opa so?«

»Nein, mein Opa nicht, aber mein Großvater«, sagte Sara, die sich an den Tisch mit der großen Eckbank setzte, der genau derselbe war wie damals.

»Ach so«, sagte Frau Singen, die mit dieser Unterscheidung nicht viel anzufangen wusste. »Wie geht es denn deiner Mutter? Ich habe sie ewig nicht gesehen. Sie war immer so fröhlich und hat so gerne gelacht.«

»Gut«, log Sara.

Frau Singen schob Sara einen Teller mit Keksen hin. »Ich ruf Leo.« Sie sprang auf. »Eva und Elke sind leider im Schwimmbad«, sagte sie. Sie ging ins Treppenhaus, das viel enger war, als Sara es in Erinnerung hatte. »Leeeooo«, rief sie, »komm mal runter, wir haben einen Gast.« Leo, der brav an Saras Seite auf dem Boden lag, bellte kurz auf.

»Du bist doch gar nicht gemeint«, sagte Sara leise. Trotzdem sprang er auf, rannte in den Flur und blieb direkt gegenüber seinem Namensvetter stehen. Einen kurzen Moment musterten sich die beiden.

»Willst du mich verarschen?«, hörte Sara eine tiefe unfreundliche Stimme zu Frau Singen sagen. Saras Augen hefteten sich auf die Tür. Ihr Herz klopfte heftig.

»Nein, der Gast ist in der Küche«, sagte Frau Singen beschwichtigend. Zwei schwere Schritte und Leo stand im Türrahmen. »Ja und?«, sagte er zu seiner Mutter, nachdem er einen kurzen Blick auf Sara geworfen hatte.

»Das ist doch Sara, erinnerst du dich nicht mehr, ihr habt früher viel zusammen gespielt, du hast sie oft in den Wald und ins Paradies mitgenommen«, sagte Frau Singen.

Leo trat näher und Sara konnte ihn genau betrachten. Er trug einen leichten schwarzen Flaum zwischen Oberlippe und Nase. Am dichten Haaransatz zeigten sich ein paar Pickel. Leo trug eine missmutige Miene zur Schau und seine zu langen Gliedmaßen führten eine ungelenke Lässigkeit vor, die Sara neu war. Wo war der Junge geblieben, den sie einst so bewundert hatte? Dieser mutige, verwegene Leo, immer bereit, ihr Schutz zu gewähren, immer bereit mit ihr ein Geheimnis zu teilen, immer bereit mit ihr auf die Pirsch zu gehen in eine Welt voller Abenteuer. Sara suchte in seinem Gesicht, ob sie ihn finden konnte. Die Augen waren dieselben, aber heraus schaute jemand Fremdes. Die Nase, die Sara deutlich größer vorkam als früher, schien völlig aus der Form gefallen zu sein. Nur die dunkle Haut und das dicke schwarze Haar waren gleich geblieben.

Leo betrachtete Sara sichtlich gelangweilt. »Nee«, schüttelte er den Kopf, »weiß ich nicht mehr.«

»Komm setz dich zu uns«, sagte Frau Singen.

»Keine Lust«, sagte Leo, stiefelte aus der Tür und mit lauten Schritten die Treppe hoch. Frau Singen zuckte mit den Schultern.

»Die Mädchen hätten sich bestimmt an dich erinnert. Nur sind sie im Schwimmbad.« Sie war ratlos, was sie mit Sara anfangen sollte. Sara spürte es und stand auf. Sie reichte Frau Singen die Hand und bedankte sich für Essen und Trinken. »Bleib doch noch ein bisschen«, sagte sie halbherzig, während sie Sara zur Tür begleitete.

»Komm, Leo!«, sagte sie und der Hund folgte ihr unter Frau Singens irritiertem Blick. Sara fiel ein, dass sie das Paradies noch gar nicht gesehen hatte und drehte sich um. »Darf ich mal in den Garten?«

»Aber klar«, sagte Frau Singen und führte sie an Hecken vorbei in den Garten hinter dem Haus. Hier schien alles beim Alten zu sein. Frau Singen bepflanzte wie früher ihren Garten, an dessen Ende das Tor zur Obstwiese führte. Sara blieb vor dem Tor stehen. Ihr Blick schweifte über das Bauland, das sich protzig im ehemaligen Paradies ausbreitete. Kräne und Bagger standen unregelmäßig verteilt auf dem weiten Land. Nur hier und da hatten die Eigentümer einen Obstbaum stehen lassen. »Ja, ist alles nicht mehr wie früher«, seufzte Frau Singen. »Früher war hier alles ruhiger. Aber viele verdienen gutes Geld in der Hütte. Die Bauern verkaufen ihr Land. Und hier wird dann gebaut. Den Leuten geht's einfach zu gut.«

Sara war enttäuscht. Nicht nur Leo hatte sich komplett verändert, sondern auch das Paradies, das jetzt keines mehr war. Sara entfernte sich rasch von dem Haus, das aussah wie eine brütende Henne. Ihre Knie gaben etwas nach und sie blieb stehen. Nie wieder würde sie hierher kommen, nahm sie sich vor und stützte sich auf Leo, der geduldig wartete, bis sie den Weg fortsetzten. Vorbei an den weißen Zäunen und Mauern und an den Büschen, die ihre Blätter verloren.

»Wo bist du denn in letzter Zeit immer?«, fragte Lore, als Sara nach Hause kam. Sara war erstaunt, gefragt zu werden. Sie nahm an, Lore würde ihr ständiges Unterwegssein gar nicht registrieren, weil sie immer so beschäftigt war.

Gestern hatte Sara nach der Schule trotz der großen Hitze Notre Goethe besucht, der inzwischen zum alten Eisen gehörte. Sie hatte seit dem Gespräch mit dem Kutscher Sorge, Notre Goethe könnte geschlachtet werden. Deshalb erschien sie mehrmals in der Woche im Stall der Brauerei. Aber nichts hatte darauf hin gedeutet, dass der gutmütige Riese diesem Schicksal entgegensah. Doch Sara blieb misstrauisch. Sie wusste, wie schnell sich Begebenheiten ändern konnten. Ganz plötzlich. Ganz unerwartet.

Notre Goethe war in einem viel zu kleinen Stall untergebracht. Das hatte Sara sofort gesehen. Sie hatte daher um Erlaubnis gebeten, das Pferd im Hof herumzuführen. »Wie können die dich nur hier einpferchen, du bist doch Laufen gewöhnt.« Notre Goethe hob seinen schweren Kopf und nestelte mit seinem weichen Maul an Saras Tasche herum. Sie reichte ihm ein Stück Würfelzucker. »Eigentlich ist Süßes ja schlecht für die Zähne. Hat Großvater jedenfalls gesagt. Aber nur ein bisschen Süßes kann ja nicht wirklich schaden.«

Sara war eine geschlagene Stunde mit Notre Goethe auf dem Hof auf und ab gegangen. Sie hatte ein Zwiegespräch mit ihm geführt. Ohne Worte. Dann hatte sie ihn zurück in den Stall gebracht.

Auf dem Flur zu den Boxen stand eine kleine Holzleiter. Sara stellte sie neben Notre Goethe auf und kletterte hoch. Auf der obersten Stufe zog sich Sara an der kräftigen Mähne bis auf den Rücken des Pferdes. Ihre Oberschenkel blieben nahezu waagerecht, so breit war sein Rücken. Sara blickte sich glücklich um. Wie hoch sie saß, wie warm und sicher. Und wie klein die vielen Gegenstände auf einmal wirkten. Sara legte sich vornüber auf den Rücken des Pferdes. Ihre Wange erreichte gerade einmal seinen Rist. Sie klopfte ihm von beiden Seiten den Hals und ließ sich wieder herunter.

»Nimm bitte Paulchen mit ins Schwimmbad«, unterbrach Lore Saras Gedanken. Lore setzte ihn in den Kinderwagen. Zwar konnte Paulchen gut laufen, aber zum Schwimmbad nach Saargemünd war es weit. Sara schob Paulchen vor sich her die Dorfstraße hinunter. Dort, wo sie zuende war, begann die von hohen Pappeln eingefasste Allee, auf deren Weg Sara Anita treffen wollte.

Sara blieb am Feldweg stehen, der von der Landstraße aus über die leichte Anhöhe zu Anitas Elternhaus führte. Rechts und links des Weges wogte das Korn im Wind. Der Weg hatte Risse von der Trockenheit. Anita kam ihn heruntergerannt. Wie immer. Ihre Zöpfe wehten im Wind. Tiefrot flammten sie in der Sonne auf, tanzten auf und ab vor dem einheitlichen Gelb des Korns. Sara war fasziniert von diesem Anblick und vergaß vollkommen Anita zu begrüßen, die jetzt neben ihr stand. »Ist was?«, fragte Anita und kitzelte Sara mit einem ihrer Zöpfe. »Oder dichtet es wieder da oben?« Anita kannte Sara und wusste, wie versunken sie einem Gedanken oder einem Bild nachhängen konnte. Deshalb ließ sie Sara in Ruhe. Irgendwann würde sie sowieso erfahren, was Sara gerade beschäftigte. Wahrscheinlich in Form eines Gedichts.

Sie machten sich auf den Weg zum Schwimmbad. Obwohl Saargemünd zu Frankreich gehörte, war die Grenze nicht spürbar.

Niemals wurde hier kontrolliert. Jedenfalls nicht, dass sich Sara daran erinnern konnte. Auch sprachen die meisten hier deutsch, so wie einige auf der deutschen Seite französisch sprechen konnten. Es lag eine große Selbstverständlichkeit darin und Sara bedauerte es, daran nicht teilhaben zu können. Sie nahm sich fest vor, beim nächsten Mal im Unterricht besser aufzupassen. Großvater hätte es gefreut.

Sara wischte sich über die Stirn, denn sie musste Paulchen den ansteigenden Weg hoch drücken. Anita sah es und fasste mit an. Sie erntete einen dankbaren Blick.

Das Wasser war herrlich kühl. Blau spiegelte sich der Himmel darin. Paulchen war umgeben von einem Schwimmring, der aussah wie ein Schwan. Damit sprang er ständig ins Kinderbecken. Rein raus, rein und wieder raus. Sara und Anita sahen ihm eine Weile zu und kamen zum Schluss, dass er sie nicht brauchte. Sie gingen zurück zu ihrer Decke. Anita musste sich wegen ihrer Haut im Schatten aufhalten, während Sara völlig unempfindlich gegenüber Sonneneinstrahlung war. Sie dachte darüber nach, ob sie die dunkle Haut, die in krassem Gegensatz zu ihrem blonden Haar und den blauen Augen stand, von ihrem Vater geerbt hatte. Doch sie hatte nur eine verschwommene Vorstellung von ihm. Blonde Haare hatte er, wie sie, das wusste sie noch. Er war brutal, egoistisch, lieblos, und er zahlte für Sara keinen Unterhalt. So sagten Lore und Rosalie und daran erinnerte sich Sara. »Wie ist dein Vater?«, fragte sie.

Anita zuckte mit den Schultern. »Och, er ist halt mein Vater. Er arbeitet viel, deshalb sehe ich ihn nicht oft.«

»Und was hast du von ihm geerbt?«, wollte Sara wissen.

Anita lächelte. »Er redet nicht viel und hat rote Haare. Und du?«

»Ich habe meinen Vater schon lange nicht mehr gesehen«, antwortete Sara. Sie fühlte eine leere Stelle in sich schmerzen. »Dafür hab ich einen Stiefvater, Paulchens Vater.«

»Und?«, fragte Anita.

»Ach egal«, sagte Sara, die nicht zugeben wollte, dass Jörg ein Schlappschwanz war.

»Dann geh doch deinen richtigen Vater besuchen«, sagte Anita.

Am Himmel häuften sich die Wolken, die von Westen heranzogen und sich in der Ferne zu imposanten dunklen Wolkenformationen auftürmten. Es war schwüler geworden. Ein leises Grollen vibrierte in der Luft. Sara stand auf und rannte zu Paulchen, der immer noch mit derselben Unermüdlichkeit sein Springspiel verfolgte. »Wir müssen gehen«, sagte sie und zog ihren widerstrebenden Bruder zu ihrem Platz zurück. Sara wickelte ein Handtuch um ihn und setzte ihn in den Kinderwagen. Um sie herum wurde es hektisch. Alle Gäste waren im Aufbruch und verstauten ihre Sachen so schnell sie konnten in ihren Taschen. Doch keiner war deswegen unglücklich. Alle warteten sehnsüchtig auf Regen.

Sara, Anita und Paulchen bogen in die Allee mit den hohen Pappeln ein. Sie gingen mit schnellen Schritten. Die dunklen Wolken kamen rasch näher und mit ihnen heißer Wind, der durch die Bäume fegte. Die ersten Blitze durchzuckten jäh die dunkle Atmosphäre. Donner folgte ihnen auf dem Fuß. »Komm mit zu mir nach Hause«, sagte Sara zu Anita, »dann musst du nicht übers Feld laufen.«

»Mal sehen«, antwortete Anita. Es wurde still zwischen ihnen. Beide Mädchen hingen ihren Gedanken nach, während sie ihr Tempo beschleunigten. Das Gewitter verfolgte sie schneller, als sie für möglich gehalten hatten.

Sara sorgte sich. Sie wusste um die Gefahr bei Gewitter. Sie liefen unter den hohen Pappeln, die vom Blitz getroffen werden und sie gleichzeitig mit in den Tod reißen könnten. Aber schlimmer noch war das Feld. »Ich begleite dich auch nach dem Gewitter wieder nach Hause«, sagte Sara. So, als hätte ihre Aufforderung mit ihr nach Hause zu kommen, gerade erst stattgefunden. Anita antwortete nicht. Sara schaute sich um. Die dunkle Wand schob sich unaufhörlich näher. So schnell konnten sie ihre Beine kaum tragen, um ihr zu entkommen. Grelle Blitze flammten in immer kürzeren Abständen durch die Luft, gefolgt von ohrenbetäubendem Donner.

»Es regnet gar nicht«, dachte Sara. »Keinen einzigen Tropfen.«

Sie erreichten den Feldweg, wo Anita abbiegen musste. Ein dunkelblaues, irisierendes Licht hatte Weg und Felder in Besitz genommen. Heiße Windböen schlugen hier und da unregelmäßige Schneisen ins Korn.

»Ich hab ein neues Gedicht für dich«, sagte Sara laut. Sie wollte damit Anita zu sich nach Hause locken.

»Hast du es für mich geschrieben?«, schrie Anita, um den Donner zu übertönen.

»Klar!« Das war gelogen.

Anita überlegte einen Moment und schüttelte den Kopf. »Nein, ich geh nach Hause. Mein Vater hat seinen freien Tag.«

»Aber das ist gefährlich«, rief Sara gegen das Getöse an.

»Kannst mir dein Gedicht ja auch morgen zeigen.« Der Wind schlug Anita die Worte von den Lippen. Sara musste sie gehen lassen. Anita begann zu laufen.

»Du darfst nicht rennen!«, schrie Sara. Sie sah Anitas Zöpfe wild und rot um ihren Kopf züngeln. Doch sie hörte nicht mal ihre eigene Stimme. Das Gewitter war nun fast über ihnen und warf seinen dunklen schweren Schatten auf das Land. Sara schaute zu, wie Anitas Gestalt langsam von der Dunkelheit verschluckt wurde. Sie setzte ihren Weg fort. Sie ging, aber sie rannte nicht. Ganz so, wie Großvater ihr eingeschärft hatte. Und wenn gleich das Gewitter über ihr sein würde, müssten sie und Paulchen sich flach auf den Boden legen.

Doch Sara kam nicht mehr dazu. Mit einem Mal war ihre Umgebung grell erleuchtet. Es schien, als würde der Blitz in der Luft stehen bleiben. Jeder Baum, jedes Haus, die Straße, Paulchen: Es war, als habe der Blitz sie aus ihrem Umfeld zu Einzelskulpturen herausgeschält. Jedem erst die dritte Dimension hinzugefügt. So, als wolle er ihnen noch einmal ihr volles Leben überproportional vorführen, bevor er es in Schutt und Asche legte. Sara war vollkommen erstarrt und unfähig sich zu rühren. Obwohl der Blitz kaum eine Sekunde dauerte, schienen Minuten vergangen zu sein. Doch es war noch nicht zu Ende. Der Donnerschlag, der dem Blitz folgte, dröhnte, dass die Erde unter Saras Füßen bebte und ihren ganzen Körper erschütterte. Sara hatte vergessen zu atmen. Als der Donner verebbte, trat eine ungewöhnliche Stille ein. Nicht das leiseste Geräusch war zu hören, bis Sara die Stille unterbrach. Sie schnappte nach Luft wie eine Ertrinkende. Tränen brachen aus ihr heraus. Sie ließ den Kinderwagen los und rannte die Dorfstraße hoch. Paulchen saß ängstlich in seinem Wagen, der wieder zur Allee hinab rollte. Sara besann sich, rannte wieder zurück und drückte Paulchen verzweifelt die Straße hoch. Ihre Augen suchten nach der bekannten Hecke, dem bekannten Haus am Dorfanfang, der Kirchturmspitze, die ihr signalisierten, zu Hause ist nicht weit. Aber die Tränen, die ihr über Gesicht und Hals strömten, lösten die Welt um sie herum auf und versenkten sie in ein Meer der Finsternis. Wie, so fuhr ihr durch den Sinn, würde die Welt aussehen, wenn sie mit ihren Augen wieder sehen konnte?

32

DAS LAND BLIEB TROCKEN UND HEISS LIEGEN. Doch Sara hatte sich nass geweint.

Sie lag seitlich zusammengekrümmt auf dem Bett. Wellen der Angst überfluteten sie. Angst, ihre seltsame Gewissheit könnte sich bald bewahrheiten.

Sie erinnerte sich an Großmutters plötzliche Furcht. Damals, als sie unbedingt aus dem Wald zurückkehren wollte. Gegen alles Argumentieren von Großvater, der es schließlich akzeptieren musste und mit ihr und Sara zurückkehrte. Großmutter wusste damals nicht, warum sie so reagierte. Sara aber spürte, wie ihre Angst sie zu untrüglicher Klarheit führte. Die Klarheit zu Schmerzen, die von ihr Besitz nahmen und widerstandslos durch ihren Körper rollten. Anita war tot. Vom Blitz getroffen. Sie hatte Saras Warnungen in den Wind geschlagen.

Die Glocken läuteten. Sara hörte die Menschen auf dem Platz vor dem Frisörladen aufgeregt miteinander reden. Ein paar Stimmen konnte sie unterscheiden, da das Fenster wegen der großen Hitze offen stand. »Sara und Paulchen waren doch noch mit ihr schwimmen«, sagte Lore. »Sagt ihr bloß nichts, sie wird es noch früh genug erfahren.«

»Das arme Ding«, meinte Herr Harrer, »sie hatte so schönes Haar.«

»Stellt euch bloß vor, wie das passiert ist«, sagte Paulchens Oma, die herbeigeeilt sein musste und außer Atem war. »Ihre Eltern standen am Fenster. Sie haben es mit eigenen Augen gesehen, wie der Blitz durch sie in den Boden gefahren ist. Sie ist sofort gestürzt. Sind beide hingelaufen.«

»Und da lag sie«, löste Frau Harrer sie ab, »mit einem Loch in der Brust. Das lange rote Haar zu schwarzer Krause zusammengeschrumpft.«

»Mein Gott«, rief Herr Harrer aus und schlug sich mit den Händen vor das Gesicht.

»Es gibt nichts Schlimmeres, als wenn das eigene Kind stirbt«, sagte der Alte, der die Hunde ertränkte. »Mein Sohn ist im Krieg gefallen.«

»Das ist doch etwas ganz anderes«, sagte Lore, die wusste, dass er einer derjenigen war, die mit Paulchens Opa tranken und feierten.

»Du hast ja gar keine Ahnung«, brüllte sie der Alte an, »dein Vater ist ja schließlich heil nach Hause gekommen.« »Red nicht so einen Mist«, sagte Lore wütend, »ob tot oder nicht tot, keiner ist heil rausgekommen, keiner.«

Sara versuchte aufzustehen. Ihr Körper begann ihr langsam wieder zu gehorchen. Sie ging zum Fenster und schloss es so leise, dass niemand unten sie bemerken konnte. Durch die Ritze ihrer zugeschwollenen Augen konnte sie sehen, dass sich unten eine aufgeregte Menschentraube gebildet hatte. Jeder redete und keiner hörte zu. Sara legte sich wieder hin. Sie nahm das Weihwasserfläschchen ohne Weihwasser in die Hand und drückte es so fest, bis ihre Knöchel weiß hervortraten. Das Stimmengewirr, das nur noch von fern an ihr Ohr drang, verebbte allmählich. Sara schlief erschöpft ein.

Tage später, die Beerdigung war vorüber, ging Sara zu Anitas Grab. Die Blumen und Kränze waren verdorrt und die obere Erdschicht war eingetrocknet. Der Regen ließ nun schon seit Wochen auf sich warten. Sara legte den Brief zusammengefaltet auf das Grab, eine Ecke schob sie unter ein Blumenarrangement, damit der Wind ihn nicht wegblasen konnte. Dann ging sie mit gesenktem Kopf zurück. Die Worte, die sie an Anita geschrieben hatte, ließ sie an sich vorüberziehen.

»Liebe Anita, das ist mein einziger Brief an dich, denn bisher habe ich dir immer nur Gedichte geschrieben. Ich weiß, dass du lieber ein Gedicht hättest, aber im Moment kann ich keins schreiben. Es geht einfach nicht, weil es viel mehr weh tut als die Worte für einen Brief.

Ich war auf deiner Beerdigung. Auch Lilly war da, der ich etwas zum Anziehen geliehen hatte. Wir haben uns weiß angezogen, obwohl wir uns schwarz fühlten. Lilly sah gut aus mit meinen Sachen. Wir haben zusammen den Kranz für dich gehalten. Weil Lilly nicht zahlen konnte, habe ich einen Teil von meinem Taschengeld dazugetan und meiner Mutter gesagt, es stamme von Lilly. Sie war total glücklich, ihren Namen ›Lilly‹ auf der Kranzschleife zu sehen. Dabei hat sie eigentlich immerfort geweint und sich von deinen Eltern und Geschwistern kein Stück unterschieden. Aber, ob du es glaubst oder nicht, sie hat dein schönes Taschentuch benutzt, endlich, nachdem sie es zwei Jahre in ihrem Geheimversteck liegen hatte.

Die ganze Zeit über musste ich auf die Haare deines Vaters schauen. Kannst du dich erinnern, als wir uns kennen lernten? Du hast dir von meiner Mutter die Haare ein Stück kürzer schneiden lassen. Das Schwein stand in deinen abgeschnittenen Haaren. Sie haben so unter seinen Pfoten geleuchtet, als hätte es in einem Feuer gestanden. Wenn ich nur einen Büschel davon hätte, wäre ich froh. Ich habe nichts von dir, was ich anfassen könnte. Nur Erinnerungen. Und die, so fällt mir bei den anderen Leuten auf, verblassen mit der Zeit. Oder werden ganz falsch wiedergegeben wie die Geschichte von diesem Hitler. Was ist die Wahrheit? Großvater hat mir viel, aber nicht genug darüber erzählt. Aber er ist ja nicht mehr da. Und Großmutter auch nicht.

Weißt du, wer sich immer seltener blicken lässt? Die Buchstabenschweine. Ich hatte Dir nie von ihnen erzählt, weil Du mich vielleicht ausgelacht hättest. Sie haben mich begleitet, seit ich sechs Jahre alt war. Aber sie vermisse ich am wenigsten.

Ich habe so viele Fragen. Die Allerwichtigste ist, warum kommen und gehen die Menschen, die man liebt? Warum bist du gegangen? Du wusstest doch, wie gefährlich es ist, bei Gewitter über ein Feld zu laufen. Ich habe es dir doch gesagt! Warum hast du nicht auf mich gehört? Du bist meine erste und beste Freundin, du hättest doch mitkommen können. Ich hätte dich festhalten sollen. Bestimmt hätten wir uns gestritten. Aber das wäre alles nicht so schlimm gewesen. Wir hätten uns sicher wieder vertragen.

Eigentlich ist das ganze Leben ein Gewitter. Der Blitz schlägt zu, wann immer er will. Plötzlich und unvorbereitet. Und der Boden unter den Füßen bricht weg. So wie du weggebrochen bist. Was soll ich jetzt tun? Deine Sara«

Der Sommer nahm kein Ende. Die Trockenheit hielt an. Das Korn wurde zu früh gelb, dann braun und die Ernte war mager, sehr zum Leidwesen der Bauern. Die Sensen fuhren im Gleichmaß durch das Feld, aber keiner der Erntehelfer sang. Sara konnte sich nicht mehr an das Waldbeerensommerlied erinnern, so sehr sie sich auch den Kopf zerbrach. Die Sehnsucht stieg in ihr auf nach diesem einen Sommer, in dem sie so glücklich war. Aber sie machte ihr den Alltag noch schwerer. Sara kam morgens nicht mehr so einfach aus dem Bett und musste sich jedes Mal beeilen, um noch den Bus in die Schule zu erwischen. Sie hasste die Schule. Mehr als jemals zuvor.

Bei Lore und Jörg blieb alles beim Alten. Sie bemühten sich erfolgreich, nicht miteinander zu reden. Aber die vielen ungesprochenen Worte kreisten notorisch um sie herum, und Sara konnte sie lesen. Lore war gestern wieder ohnmächtig geworden. Sara setzte sich neben sie auf den Boden. Sie fühlte sich so ohnmächtig wie Lore aussah, nachdem der Schwung Wasser in ihr Gesicht keine Wirkung gezeigt hatte. So wartete Sara, bis sie von alleine wieder aufwachte.

Jetzt musste sie gegen die Schwerkraft ankämpfen, die sie ins Bett zurückzog. Dennoch schaffte sie es, sich auf den Weg zu machen. Unterwegs verlangsamten sich ihre Schritte wie von selbst.

Sie dachte an Janines abfällige Bemerkungen, das dumme Lachen ihrer Freundinnen, den leeren Platz neben sich und die Ängste beim Schreiben von Arbeiten, denen sie nur mit äußerster Willenskraft begegnen konnte. Nein, heute würde sie so langsam gehen, dass sie den Bus verpassen würde. Sie würde sich nicht dieser Situation aussetzen, die sie mit Sicherheit erwarten würde. Sie würde sagen, es sei kein Bus gekommen, der sei ausgefallen. Sara ging den Weg zurück und ließ sich Zeit damit. Ob Lore ihre Lüge schlucken würde, wusste Sara nicht. Sie wischte sich über die Stirn. Es war schon sehr heiß. Sie sah den Lastwagen hinter das Haus fahren. Sara wusste, was es bedeutete. Ein oder auch mehrere Schweine würden geschlachtet werden. Lore war noch nicht im Frisörladen zu sehen. Sara ging die engen Stufen hoch und zog die Klinke herunter.

Lore stand in der Küche, ihren Kittel hatte sie schon übergezogen. Sie schaute in die fast leeren Schränke. »Verdammt«, sagte sie und stützte sich schwer auf der Anrichte ab. Ihr blasses Gesicht war von Sorgenfalten durchzogen.

»Mama?«

Lore drehte sich um. Sie fiel aus allen Wolken, als sie Sara sah. »Was machst du denn hier? Wieso bist du nicht in der Schule?«

Sara stand in der Küche mit dem Rücken zur Tür. »Der Bus ist ausgefallen«, sagte sie matt.

Lore musterte sie mit Abscheu, denn sie spürte sofort, dass Sara log. Und Sara wusste, dass sie es wusste. »Ich kann einfach nicht gut lügen«, dachte Sara und wagte nicht, Lore in die Augen zu schauen. Die Luft war spannungsgeladen. Sara spürte, wie die Wut ihrer Mutter anschwoll. »Alles Lügen, alles Lügen«, schrie sie los.

»Es ist ja nur eine Lüge«, dachte Sara, »nur eine.« Aber sie sagte es nicht, sondern blieb stumm und starrte auf ihre Füße.

»Warum das alles hier? Jetzt fängst du auch an, alles kaputt zu machen!« Lore ohrfeigte sie rechts und links. Warum sagte sie immer ›alles‹, dachte Sara, »ich wollte doch nur nicht in die Schule gehen.« Ihr Kopf sprang von den Schlägen ihrer Mutter von einer

Seite zur anderen. Lore war stumm vor Wut. Sie drosch auf Sara ein, die zurückwich, mit dem Rücken aber gegen die Tür stieß.

Draußen schrie ein Schwein laut auf. »Sie merken immer, wenn sie geschlachtet werden sollen«, zog Sara durch den Sinn, während sie die Arme vor ihren Kopf hielt um sich vor den niederprasselnden Schlägen zu schützen. Das Schwein wurde in den Schlachtraum geführt, denn sein Kreischen wurde immer lauter. Sicher versuchte es, dem Schlachter zu entkommen, indem es bockte und keinen Schritt mehr weiterging. Sara sah die Situation vor ihrem geistigen Auge. Jetzt musste das Schwein geschoben werden, damit es an der richtigen Stelle stand, um … Plötzlich trat Stille ein. Sara rutschte langsam mit dem Rücken an der Tür nach unten, die Hände immer noch über dem Kopf. Als sie endlich auf dem Boden ankam, hörte Lore auf zu prügeln. Schweratmend stand sie über Sara. »Du wirst den nächsten Bus zur Schule nehmen, das steht fest.« Sie fingerte mit zittrigen Händen in den Kitteltaschen herum, um sich zu vergewissern, ob Schere und Kamm griffbereit waren. Sie versuchte die Küchentür zu öffnen, um in den Frisörladen zu gehen. Da Sara aber immer noch auf dem Boden saß, musste sie die Tür mit Sara aufschieben.

Jetzt, nachdem alles vorbei war, spürte Sara gar nichts mehr. Nur ein bleischweres Gewicht, das sich in ihrem Körper ausbreitete. Erst langsam begann sie zu verstehen, was wirklich passiert war. Lore hatte in diesen Minuten alle Schuld auf Sara abgeladen. Was für eine große Last musste sie für ihre Mutter sein! Jetzt endlich war es deutlich, was sie schon immer empfunden hatte. Sie war nicht erwünscht. Sara sah ein, dass sie sich zwar für die Lüge, nicht aber für ihr Dasein entschuldigen konnte. Sie stand ungeschickt auf, nahm ihren Schulranzen auf den Rücken und trottete zur Haltestelle. Sie wurde das schmerzende Gefühl nicht los, der einzige Mensch auf dieser Welt zu sein. Den ganzen Tag über sprach Sara kein Wort, weder in der Schule, noch nach der Schule. Am Abend setzte sich Lore auf ihr Bett und nahm Saras Hand in die ihre. Doch Sara stieß sie weg. Sie betete zu Gott um Trost, aber das einzige, was ihr blieb, war der Satz »Ich bin alleine«, den sie mit der Schreibmaschine auf ein Blatt Papier schrieb. »Bestimmt«, dachte sie, »ist das der Anfang eines neuen Gedichts.«

33

DIE TAGE BLIEBEN HEISS. Zu Saras Erleichterung
gab es immer wieder hitzefrei, so dass sie den Problemen in der
Schule aus dem Weg gehen konnte. Ihr war klar, sobald sich das
Wetter ändern würde, ginge die Quälerei in der Schule wieder los.
Zu Hause hielt sie sich nur auf, wenn es gerade sein musste.

»Komm raus alter Junge«, sagte Sara. Notre Goethe wieherte,
aber es klang eher wie ein Brummen. Sara klopfte ihm ein paar Mal
auf den Hals. Sie besuchte ihn oft in der letzten Zeit. Dummerwei-
se war die kleine Leiter verschwunden.

Draußen auf dem Hof holte sie Anlauf und versuchte mit
Schwung auf Notre Goethes Rücken zu springen. Aber jedes Mal
rutschte sie ab, obwohl sie im letzten Jahr deutlich gewachsen war.
Der Koloss ließ Saras Versuche geduldig über sich ergehen und tat
keinen einzigen Wank. Sara stellte sich ein paar Meter von ihm entfernt in die Startposition, rannte und sprang. Endlich landete sie
mal nicht unten, sondern mit dem Bauch auf dem mächtigen Rücken. Ihre Beine baumelten auf der einen, ihr Kopf und ihre Arme
auf der anderen Seite von Notre Goethe herunter. »So haben sie
bei Karl May immer die Gefangenen transportiert«, erklärte Sara
kopfüber, »allerdings hatten sie denen noch die Hände und Füße
gefesselt.« Notre Goethe schnaubte und drehte seinen schweren
Kopf, bis sein rechtes Auge Sara sehen konnte, die über seinem Rücken hing und so froh war, überhaupt oben zu sein, dass sie im
Augenblick nicht vorhatte, ihre Position zu ändern. Notre Goethe
fühlte sich indessen aufgefordert los zu marschieren. Sara wippte
bei jedem seiner Schritte hin und her. »Halt, stopp!«, rief sie ihm
zu, weil sie sich schon unten auf dem Boden sah. Notre Goethe

blieb stehen, denn ›halt, stopp‹ kannte er schon. Sara sah ein, dass sie diese Position aufgeben musste, um zu einer anderen zufriedenstellenden Situation zu kommen, die ›reiten‹ genannt wurde. Sie drehte sich auf dem Bauch mit dem Kopf in Richtung Mähne und mit den Beinen Richtung Kruppe. Jetzt senkte sie ihre Beine und richtete sich langsam auf.

Nachdem das Aufsitzen so schwierig war, stellte sich das Reiten als sehr einfach heraus. Notre Goethe gehorchte jedem Druck von Saras Beinen und ritt gutmütig in die Richtungen, die sie anstrebte. Sara war begeistert. Ein Stallbursche kam auf Sara zu. »Du brauchst einen Sattel und Steigeisen, dann ist es einfacher.«

»Indianer brauchen das auch nicht«, war Saras knappe Antwort.

»Naja, mit ihm musst du dir gar nicht so viel Mühe machen, der kommt ja bald zum Schlachter«, sagte der Bursche.

Sie hatte es ja gewusst. Sie hatte von Anfang an den Leuten misstraut. »Der ist doch viel zu alt«, sagte sie.

»Zu Tierfutter reicht er immer noch«, sagte er und klopfte Notre Goethe auf den kräftigen Oberschenkel.

»Wann soll er denn …?«, fragte Sara.

»Heute in einer Woche wird er abtransportiert.«

Sara war wütend. »Ich werde dich retten«, sagte sie mit fester Stimme, »glaub mir. Auf niemanden ist Verlass, aber mir kannst du vertrauen!«

Sara kam erst am späten Nachmittag nach Hause, aber Lore fiel es gar nicht auf.

Sara setzte sich vor ihre Schreibmaschine und tippte unsinnige Reime wie »Schnurzelpurzel hau die Wurzel« und ähnliches. Sie brachte sich selbst damit zum Lachen und beschloss, mit den unsinnigen Reimen zu Lilly zu gehen, die sie seit Anitas Beerdigung gemieden hatte. Keins der Mädchen, die sie kannte, konnte ihr Anita ersetzen. Und das fühlte sie immer dann besonders schmerzlich, wenn sie mit einem zusammen war.

Sara überquerte den Dorfplatz. Kinder, kleiner als Sara, spielten dort mit ihren Klickern. Auch Paulchen war dabei. Sara bog in die Marktstraße ein und blickte überrascht zu Lillys Gartentor. Vor ihm stand ein kleiner Bus mit vielen Sitzen. »Bestimmt haben sie Besuch«, dachte Sara und näherte sich neugierig. Sie blickte über das Tor in den Garten, der voller Schrott lag. Lillys älterer Bruder sammelte neuerdings den Metallabfall gegen Geld und deponierte ihn im Garten. Manches konnte er wieder verkaufen, aber das meiste blieb liegen. Sara fiel auf, dass sie die Eltern von Lilly und ihren Geschwistern noch nie gesehen hatte.

»Weißt du«, hatte Lilly zu Sara gesagt, »meine Eltern arbeiten sehr viel, damit sie uns Kinder ernähren können, deshalb sind sie so selten da. Meine Mutter arbeitet oft bis früh morgens. Manchmal bleibt sie sogar mehrere Tage hintereinander weg. Wenn sie dann nach Hause kommt, bringt sie immer Geld mit.«

»Und dein Vater?«, fragte Sara.

Lilly hielt einen Moment lang inne und setzte sich auf die Treppe. »Du bist meine Freundin, Sara. Sag es bitte nicht weiter«, flüsterte sie, die sonst mit lauter Stimme sprach. »Ich hab keinen Vater.«

»Aber du musst doch einen haben, jeder Mensch hat einen«, sagte Sara, die inzwischen nicht mehr an den geburtenregulierenden Vorgang des Zuckers auf der Fensterbank glaubte.

»Ja«, sagte Lilly und wischte sich mit dem Ärmel über die Nase, »ich glaube, wir haben mehrere Väter. Blöderweise bleibt keiner von denen.«

»Meiner ist auch nicht geblieben«, sagte Sara und erklärte ihr, dass es sich bei Jörg um Paulchens Papa handelte und nicht um ihren eigenen.

»Ach so«, freute sich Lilly, »dann arbeitet deine Mutter auch Tag und Nacht?«

»Nein, nicht nachts, aber am Tag und ab und zu abends. Sie schneidet und färbt den Leuten die Haare und macht sie schön.«

»Meine Mutter«, unterbrach sie Lilly aufgeregt, »macht sich selbst schön, bevor sie zum Arbeiten geht. Dann zieht sie tolle schwarze

Strümpfe an und einen Minirock, der glänzt, und malt sich die Augen außen rum schwarz. Das sieht vielleicht toll aus!«

»Nein, lassen Sie uns in Ruhe, raus hier!« Mit diesen Worten holte Lillys erregte Stimme Sara wieder in die Gegenwart zurück. Sara, die nur sehr ungern Lillys Zuhause betrat, rannte durch den Garten ins Haus. Eine Frau und ein Mann standen im Flur und hielten Lilly am Arm fest. Sie hatte Tränen in den Augen. »Sara, du musst mir helfen, die wollen mich in ein Erziehungsheim bringen und meine Geschwister auch.« Sara begriff den Inhalt der Worte kaum, da sie wie gebannt auf Lilly starrte, die sich in den letzten Wochen seltsam verändert hatte.

»D...dein Haar«, stotterte Sara. Lilly griff sich in die dürren Haare.

»Siehst du, das kann man auch selbst machen, ohne Frisör«, sagte sie. Dabei zeigte sie auf ihr karottenrotes kurzes Haar und rang sich ein schräges Grinsen ab. Sie trug ein dünnes verwaschenes Hemdchen als Kleid, in dem ihre ungewohnt unproportionierte Körperfülle auffiel. Lilly war immer dünn gewesen und nun rundeten sich ihre Brüste, und sie trug ein kleines Bäuchlein vor sich her. Sara war schockiert. Sie begriff endlich, was sie vor sich sah. Lilly war schwanger.

»Wir sind vom Jugendamt«, sagte die junge Frau zu Sara als wäre sie eine Erwachsene. »Die Kinder sind sich viele Tage selbst überlassen, da die Mutter auf den ... ehm, so lange Zeit unterwegs ist.« Die junge Frau fühlte sich in ihrer Rolle nicht wohl. »So glaubt mir doch, es wird euch deutlich besser gehen bei uns. Ihr bekommt vernünftige Kleidung, dreimal am Tag Essen und ihr könnt regelmäßig zur Schule gehen, damit ihr nicht da endet, wo eure ... ehm, damit was aus euch wird.«

Lilly wurde wütend und griff die junge Frau an, die nicht aufhörte, Lillys jüngeren Geschwistern Sachen anzuziehen, die herum lagen und die vor Dreck stanken. Jetzt schaltete sich der Mann ein. »Kinder, wenn ihr jetzt nicht mitkommt, holt euch die Polizei ab.« Er legte Papiere auf den Tisch. Sara blickte neugierig darauf: ›Jugendamt‹, konnte sie genau erkennen, weil es in dicker Druckschrift über dem Text stand. »Eure Mutter kann daraus ersehen, wo und bei wem ihr seid. Außerdem kann sie euch jederzeit besuchen kommen. So, jeder kann noch etwas persönliches Mitnehmen und dann kommt, ihr wollt ja wohl nicht, dass euch die Polizei mit Sirene und Blaulicht abholt und ins Gefängnis steckt.«

Während die anderen Geschwister wortlos und wie festgenagelt da standen, wehrte sich Lilly mit Händen und Füßen. »Nein, nein«, schrie sie, »ich gehe auch arbeiten, wirklich, bitte, bitte lassen sie uns doch hier.« Lillys Stimme ging von lautem Protest in Gewimmer über. Es blieb ihnen nichts anderes übrig, als sich zu fügen. Ihre Mutter war seit vier Wochen verschwunden und nicht mehr aufgetaucht, aber das hatte ihr Lilly nicht erzählt, weil sie sich schämte. Sara wusste nicht, was sie tun konnte. Sie war hilflos. Ebenso wie die Kinder, deren Mutter verschwunden war.

Die Kinder liefen vor, bis auf Lilly, die von dem Mann wie eine Kriminelle am Arm rausgeführt wurde. Sara lief stumm hinterher. Dann besann sie sich und rannte zurück in die Küche. Sie kroch unter den Tisch und hob die Holzdiele an. Richtig, hier im Geheimversteck lagen die kostbaren Gegenstände von Lilly, an die sie in ihrer Aufregung sicher nicht gedacht hatte. Sara nahm das Mensch-ärgere-dich-nicht-Spiel heraus und das Taschentuch von Anita, das mit dem Veilchenstrauß. Sonst war nichts zu finden. Sie erinnerte sich an das erste seltsame Spiel, das sie mit Lilly, die damals noch Rotze hieß, ohne Würfel bestritten hatte.

Sara lief den anderen hinterher. Lilly saß schon im Auto. Ihre Augen waren rot vom Weinen. Sara hielt ihr durch die offene Tür das Spiel hin. Lilly riss es an sich. Der Deckel löste sich und alle Spielteile fielen auf den Boden des Autos und auf die Straße. »Verdammt, verdammte Scheiße«, sagte Lilly. Hektisch hoben Lilly und Sara alle Teile wieder auf. Lilly setzte sich auf ihren Platz, legte Anitas Taschentuch mit dem Veilchenstrauß auf das Brett und prüfte kurz die Vollständigkeit des Spiels. »Sara, der Zettel noch, schnell!« Lilly zeigte auf die Straße. Der heiße Wind jagte einen Zettel vor sich her.

Der Mann vom Jugendamt startete den Motor. »Halt, noch nicht fahren«, rief Lilly und schaute unglücklich zu Sara, die den Zettel versuchte einzufangen. Sara griff danach, aber es war wie verhext. Der Wind trieb ein regelrechtes Spiel mit ihr. Schließlich schaffte sie es doch. Ein Blick darauf, und sie erkannte das Gedicht, das sie Lilly zum Geburtstag geschrieben hatte. Sara drehte sich um, aber das Auto mit Lilly fuhr schon los. Sara rannte auf die Seite zu dem Fenster, wo Lilly saß und panisch gegen die Fensterscheibe pochte. »Mein Gedicht, mein Gedicht!« Dumpf klang Sara ihre Stimme entgegen, doch der Wagen hielt nicht. Sara, die nebenher rannte, hielt mit beiden Händen Lillys Gedicht an die Scheibe, dass Lilly es lesen und sich einprägen konnte. Doch Lilly winkte aufgeregt ab. Sie begann die Scheibe herunterzukurbeln. Saras streckte Lilly das Gedicht entgegen. Sie lief so schnell wie nie zuvor. Doch der Wagen beschleunigte. Sara stolperte. Jetzt konnte sie nur noch in rascher Abfolge Fragmente des Autos wahrnehmen, Teile der Straße, der Bäume. Sie riss wild ihre Hände nach vorne und überschlug sich. Benommen saß sie auf der Straße. Ihre Knie taten ihr weh. Sie bluteten. Sara schaute sich um, wo das Gedicht geblieben sein könnte. Nirgendwo war es zu sehen. Sie stand vorsichtig auf und hob den Blick. Der Wagen mit Lilly und ihren Geschwistern bog um die Ecke. Da war Lilly zu sehen. Ihr Kopf leuchtete rot in der Sonne. Sie hing mit ihrem Oberkörper aus dem Fenster und winkte Sara zu. Den weißen Zettel mit dem Gedicht in ihrer Hand.

34

»Unserer lieben Enkelin Sara zu ihrem sechs-ten Geburtstag, Deine Großmutter und Dein Großvater«, hatte Großvater mit seiner gestochenen Schrift auf das zweite Blatt von Grimms Märchen geschrieben. Sara legte das Buch in ihren roten Koffer. Rosalies Schreibmaschine verbrauchte den meisten Platz. Daneben kam ein Stapel unbeschriebenes Papier und die kleine Sammlung ihrer Lieder und Gedichte. Und *La Langue Française*, ihr Schulbuch. Die Weihwasserflasche war leer und musste zum Mitnehmen wieder aufgefüllt werden.

Sara verließ das Haus. Es war früher Abend. Sie überquerte den Dorfplatz. Als sie die wuchtige Klinke der Kirchentür berührte, hielt sie inne. War es wirklich das Weihwasser, das sie einfüllen wollte? So wie früher? In Sara entstand ein klares Nein. Sie kehrte um und ging zur Pappelallee. Dort bog sie in den Weg zur Blies ein. Sie nahm dieselbe Strecke, die sie mit Anita und Lilly gerannt war, bevor sie den Hund Leo aus dem Fluss gerettet hatte. Hier unten am Fluss war es angenehmer als auf den Feldern, die wegen der Hit-ze all zu früh leer geräumt worden waren. Die Bäume, die woanders viel trockenes Laub abgeworfen hatten, standen hier am Ufer in sattem Grün und spannten ihre Kronen zu weiten Schirmen auf.

Sara lief in ihrem Kühle spendenden Schatten den Weg an der Blies entlang. Bis nach Saargemünd. Bald erreichte sie die Stelle, wo die Blies in die Saar mündete. Schritt für Schritt watete sie hinein. Sie genoss die Frische des träg dahinfließenden Wassers, das lang-sam an ihrem Körper hochstieg, bis es ihren Bauchnabel bedeckte. Sie senkte ihren Kopf dicht über die Wasserfläche. Sie versuchte bis auf die Gründe der beiden Flüsse zu schauen, die unter ihren

Füßen verschmolzen. Doch sie sah nur ihr eigenes Gesicht. Schmal und mit großen Augen schaute es ihr entgegen. Ihre langen blonden Haare hingen im Wasser. Wie Algen trieben sie mit der Strömung. Eine Welle schwappte ihr ins Gesicht und webte ihr die nassen Strähnen über Mund, Nase und Wangen. Sara öffnete die kleine Flasche, tauchte sie unter und verschloss sie sorgfältig, nachdem sie gefüllt war. Sie hielt sie gegen das Licht und staunte. Smaragdgrün leuchtete das Wasser. Schlamm wand sich um Saras Fesseln und saugte an ihren Beinen. »Lass mich los«, sagte sie und versuchte, indem sie ein Bein nach dem anderen aus dem Schlamm herauslöste, dem Sog zu entkommen. Es gelang ihr. Sie stieg an der Böschung hoch, während das Wasser ihr aus Haaren und Kleidern rann. Sie nahm ihre Sandalen in die Hand und lief barfuss den Weg durch den Wald, der jeden Wassertropfen, der von ihr abfiel, sofort aufsaugte. Sara wischte ein paar Tropfen mit dem Arm aus ihrem Gesicht. Die Geste erinnerte sie an Lilly, die ein Kind erwartete. »Von ihrem Bruder«, sagten die Leute im Dorf und schüttelten ihre Köpfe abfällig. Die meisten waren erleichtert, dass Lilly und ihre Geschwister jetzt weg waren. Es wurde weniger gestohlen. Das stand fest. Jemand musste die Kinder dem Jugendamt verpfiffen haben. Sara war es so, als hätte jemand Worte aus der Sprache gestrichen. Jetzt, da auch Lilly fehlte. Sie war sich allerdings nicht sicher, ob Lilly im Kinderheim nicht doch besser aufgehoben war als in dem alten verwahrlosten Siedlungshaus.

»Vergiss nicht, deinen Schulranzen mitzunehmen«, rief Lore Sara zu, die mit schwarzen Füßen und staubtrocken von der Hitze in den Flur trat. Lore kratzte ungeduldig das Eis aus dem Kühlschrank. »Mist«, sagte sie, »das dauert zu lange.«

Sara fiel in den letzten Tagen Lores nervöse Spannung auf, die weniger mit dem bevorstehenden Umzug zu tun hatte als mit der Tatsache, dass sie nur mit Sara und Paulchen gehen wollte. Sie sollten verschwunden sein, und zwar bevor Jörg am nächsten Mittag von seiner angeblichen Montage zurückkehren würde. Weg wären sie dann. Viele Kilometer von hier. Die meisten Jahre ihres Lebens hatte Sara in Sitterswald verbracht. Aber diese Zeit war jetzt zu Ende.

Sara legte das Fläschchen neben ihr Kopfkissen. »Mehr brauche ich nicht«, sagte sie, schlüpfte ins Bett und schlief sofort ein.

Am frühen Morgen wurde sie von einem gleichmäßigen Rauschen geweckt. Sie sprang auf und schaute aus dem Fenster. Der große Regen war gekommen. Endlich. Ein neues Leben würde beginnen. Sie schlich sich leise hinaus in die Küche und richtete sich Proviant für die Reise. Wie lange sie dauern würde, wusste sie nicht. Sie schloss den roten Koffer, dessen Deckel von der Schreibmaschine ausgebeult war. Der Koffer war schwer. Sara musste ihn von Stufe zu Stufe heben.

Draußen war es merklich abgekühlt. Wie gut das tat. Sara trug keinen Regenschutz. Sie watete durch tiefe Pfützen und vermied die regengeschützten Plätze. Nur mit dem Koffer mühte sie sich redlich ab. Durch den strömenden Regen brauchte sie bis zur Bushaltestelle doppelt so lang wie sonst. Doch das hatte sie mit einkalkuliert. Sie war nicht zu spät. Wenige Minuten später fuhr der Bus heran, der einen großen Schwall Wasser vor sich hertrieb. Sara war tropfnass, als sie einstieg. Sie nahm gleich hinter dem Fahrer Platz, das Fläschchen fest in ihrer Hand. Von hier aus konnte sie in alle Richtungen aus dem Bus schauen. »Wasserbilder«, ging ihr durch den Kopf.

Der Bus fuhr durch die Pappelallee. Sie erreichten den Feldweg. Dort, wo der leichte Anstieg endete, war Anita vom Blitz getroffen zu Boden gestürzt. Sara fühlte einen Stich in der Brust. Sie richtete ihre Augen wieder in Fahrtrichtung. Schwere Tropfen veranstalteten ein Trommelfeuerwerk auf dem Dach. Der Wind schlug den Regen in Kaskaden gegen den Bus. Die ausgetrocknete Erde und die Flüsse konnten die gewaltigen Regenmengen so schnell nicht aufnehmen. Die Blies trat über die Ufer. Das Wasser ergoss sich über jede Unebenheit des Bodens und füllte kleine und große

Senken auf Straßen und Feldern zu Seen und Flüssen auf. Wie ein Schiff musste sich der Bus seinen Weg bahnen.

Die Leute im Bus, darunter viele Bergmänner, machten sich gegenseitig auf das Naturspektakel aufmerksam, das endlich die Erleichterung brachte, auf die alle so ausgiebig gewartet hatten.

Saras Spannung ließ nach. Der Fahrer manövrierte den Bus sicher durch die überfluteten Straßen in Kleinblittersdorf. Kinder sprangen laut jauchzend im Wasser herum, bis sie völlig durchnässt waren. Hier wohnte Tante Helga, bei der Sara einige Monate zugebracht hatte. Der Regenvorhang öffnete sich ein wenig, und sie konnte einen Trauerzug ausmachen. Doch niemand schien traurig zu sein. »Das muss am Regen liegen«, dachte Sara. Sie fuhren durch Bübingen und Güdingen und erreichten Brebach, wo Tante Elisabeth und Onkel Fritz lebten. Sara konnte das graue Haus mit den Fensterläden erkennen, die von den Eisenmännchen mit den Eisenhüten gehalten wurden. Auf der anderen Seite floss die Saar, die stark angeschwollen war und in einigen Orten Überschwemmungen verursachte. Sara erinnerte sich, dass die Strömung sie damals mit sich fortgerissen hatte. In letzter Sekunde kam aus dem Nirgendwo ein Seil zu Hilfe, an dem sie sich aus dem Wasser zog. »Ich wäre entweder ertrunken oder in Saarbrücken gelandet«, dachte Sara nüchtern.

Sie blickte an den Schloten der Halberger Hütte hoch, die sich über den Häusern erhoben. Die ersten Arbeiter stiegen aus. Andere kamen von der Nachtschicht zurück und ließen sich in die Sitze fallen. Ihre Gesichter waren fast reingewaschen vom Regen. Nur hier und da hatten sich neben ihrem müden Lächeln grau-schwarze Rußflecken behauptet. Kühle Regenluft wehte durch die geöffneten Türen in den Bus. Sara sog sie in sich ein. Der Geruch des Rußes, der hier immer in der Luft hing, war kaum wahrnehmbar.

Zwei Haltestellen weiter stieg Sara aus. Es goss immer noch in Strömen. Nur wenige Menschen waren auf den Straßen. Alle ohne

Schirm. Sara schleppte tapfer ihren Koffer. Am liebsten hätte sie ihn stehen lassen, aber sein Inhalt war ihr viel zu wichtig. Also hieß es durchhalten.

Niemand war auf dem Hof der Brauerei zu sehen. Sara öffnete leise die Tür zum Stall. Sie summte das Waldbeerensommerlied. Notre Goethe brummte sanft, als er Saras Stimme erkannte. Sie kletterte an der Brüstung der Box hoch und hievte den Koffer auf den breiten Rücken des Pferdes, das geduldig ausharrte. Sie schlang das Seil um seinen Bauch und den Koffer, damit er nicht herunterrutschen konnte. Dann nahm sie vor dem Koffer Platz. Sie stieß mit den Füßen die Tür auf und manövrierte Notre Goethe aus der engen Box nach draußen.

Notre Goethe blieb stehen und ließ sich beregnen. Das Wasser perlte an seinem Fell ab. Sara spürte ein erwartungsvolles Zittern durch seinen gewaltigen Körper laufen, bevor er sich in Bewegung setzte.

Sie verließen das Gelände der Brauerei. Sara dachte an Lore und Paulchen, die möglicherweise genau in diesem Moment den Umschlag finden würden mit dem Abschiedsbrief. »Liebe Mama, mach dir keine Sorgen. Ich habe Notre Goethe, der auf mich aufpasst. Ich suche meinen Vater. Wenn ich ihn gefunden habe, werden wir uns wiedersehen. Grüße Paulchen von mir, Deine Sara.«

Jetzt fiel es ihr siedend heiß ein. Wie sollte sie sich zurechtfinden? Sie dachte an ihren Großvater und den Spruch, den sie aufsagte, als sie seine Asche in die vier Himmelsrichtungen streute. »Im Osten geht die Sonne auf!« Sie ließ ihren Blick über den Himmel gleiten und fand eine Stelle, die heller war als alle anderen. »Dort muss es sein«, sagte sie bestimmt und lenkte Notre Goethe auf einen Waldweg, der nach Osten führte. Sara beugte sich nach vorne, damit Notre Goethe sie besser verstehen konnte: »Weißt du eigentlich, dass ich heute Geburtstag habe? Ich bin jetzt zwölf Jahre alt.«

Sie fasste mit einer Hand hinter sich, um das Seil zu prüfen. Der rote Koffer saß fest. Mit der anderen Hand hielt sie die Zügel und das Wasser aus den Flüssen.

— ENDE —

Martin Bettinger

DIE LIEBHABER
MEINER FRAU

Conte Roman 20
ISBN 978-3-941657-03-8
208 Seiten
englische Broschur
14,90 €

Ein Mann war zu viel. Und zwei zu wenig …
Laura, 36, will nach der Scheidung ihre Freiheit genießen. Sie beginnt
mit einem Schauspieler eine Affäre. Mit einem Regisseur und dessen
Freund stellen sich weitere Liebhaber ein. Als schließlich Simon, Mann
Nummer vier, vor der Tür steht, ist nichts mehr wie früher. Simons
Vitalität wirkt wie eine Droge, und plötzlich macht in Lauras Straße
jeder jedem den Hof. Nur einer bleibt skeptisch. Blum, Lauras stiller
Verehrer seit Jahren. Männer, so seine Meinung, haben schon immer
über ihre Potenz gelebt. So wundert ihn nicht, dass ein Liebhaber nach
dem anderen verunglückt. Womöglich hat Blum selbst seine Hände im
Spiel, denn was Laura angeht, ist er sicher: »Laura ist nicht meine Frau,
doch meine Liebe. Und sie wird meine Frau werden, sobald ich ihre
Liebhaber aus dem Weg geschafft habe.«

Ein moderner Schelmenroman, in dem gewohnte Rollen
passé sind. Unruhige Frauen sind auf der Suche nach Sex,
erschöpfte Männer sind auf der Suche nach Ruhe. Nur
Gott Amor ist der gleiche geblieben. Wo er auftaucht,
bleiben Katastrophen nicht aus.

Ulrike Kolb

Schönes Leben
Roman

318 Seiten, Paperback
ISBN 978-3-9808118-2-8
Preis € 12,90

Das Saarland der Nachkriegszeit: Die erste deutsche Region, in der das heutige Europa vorweggenommen ist - wenngleich unter ganz anderen Vorzeichen. *La Sarre* ist weder richtig französisch noch ist das Saarland richtig deutsch. Der Krieg ist vorbei, aber die Feindschaft zwischen Franzosen und Deutschen ist lebendig, die Bewunderung der Deutschen für französische Lebensart und französische Frauen ungebrochen.

Eine Fülle anrührender Lebensgeschichten verarbeitet Ulrike Kolb zu einem Gesellschaftspanorama des Alltags der »kleinen« und »großen« Leute. Ein ermordeter Fabrikant und seine Witwe, Arbeiter in einer Marmeladefabrik, ein jüdischer Student auf der Suche nach seinem Nazivater, eine Tochter aus höherem Haus, ein Chauffeur, der Probleme mit der ehelichen Treue hat, ein Homosexueller, der das KZ überlebt hat, Flüchtlinge, Spanienkämpfer und Altnazis. Der Roman verknüpft zahllose Geschichten, die die Autorin erlebt, gesammelt oder erfunden hat.

»Das Unglaublichste ist vorgefunden, das Plausible erfunden. Ulrike Kolb erzählt mit einer Sicherheit die ihresgleichen sucht« (Süddeutsche Zeitung).